狼與辛香料 Ⅳ

第一幕

在寒冬裡走了整整六天的旅程，總覺得體力快到了極限。

雖然沒遇上下雪天算是幸運，但寒冷的程度並未因此而減少。

以低價買入的論堆計價棉被，觸感根本不像被褥，倒像柔軟的木板。只要是能夠取暖的東西，通通被收進了棉被底下。

最溫暖的當然是有血有肉的活生物，如果帶有毛皮，那更是好得沒話說。

只不過，若是個會說話的生物，那就有些麻煩了。

「咱總覺得每次好像都是咱吃虧。」

這時天際已逐漸泛白，夜晚的最後一道寒風，像是不願離去似地掠過臉龐。

在這個時間即使被冷醒，也根本不想從被窩裡爬出來。所以通常會在被窩裡待上好一會兒，仰望著漸漸變亮的天色。然而，同睡一床棉被、帶有毛皮的夥伴，今天的心情卻是糟透了。

「我就說是我不對了啊。」

「如果要說對或不對，那肯定是汝不對。當然吶，如果能夠讓汝感到暖和些，咱也覺得開心。所以咱睜一眼、閉一眼地沒多計較，也沒說要向汝收錢。」

仰臥在被窩、不斷遭人埋怨的青年——克拉福・羅倫斯把視線別向左側。

羅倫斯從十八歲開始行商至今，算算已過了七個年頭。在大多數的情況下，即使遇上不講理的人，他也有自信能夠哄騙過對方。

然而，羅倫斯卻無法機靈地反駁俯臥在他的右側，朝他不客氣地投來不滿視線與埋怨話語的旅行夥伴。

這位夥伴名為赫蘿，擁有一雙琥珀色的眼睛，以及一頭美麗的亞麻色長髮。即使體型略嫌瘦弱，卻不失女孩獨有的柔軟身材。

雖然夥伴有一個特別的名字，但特別的不單是名字而已。

畢竟夥伴的頭上不但有動物般的耳朵，腰上還長著漂亮出色的狼尾巴呢。

「可是吶，汝啊。還是有些事可為，有些事不可為唄？」

如果是「羅倫斯因為睡昏頭而忍不住偷襲熟睡中的赫蘿」如此簡單易懂的事，或許她就不會生氣了吧。

不僅如此，赫蘿還會嘲笑羅倫斯直到他無法反擊為止，然後大笑著結束話題。

然而，赫蘿從方才就一直沒完沒了地埋怨著，這是因為羅倫斯做了讓她忍無可忍的事。

羅倫斯到底做了什麼呢？那就是他因為太過寒冷，在不知不覺中把赫蘿的尾巴墊在腳下睡覺。更糟的是，他翻身時居然還扯到了長毛。

高齡數百歲、平日以賢狼自稱、在非自願下被尊稱為神的赫蘿，竟然會發出如女孩般的慘叫聲，她當時受到的痛楚可想而知。

可是，羅倫斯不禁心想，這也不能責怪熟睡中的人啊。

況且，雖然赫蘿現在只是沒完沒了地埋怨著，但在羅倫斯的腳不小心扯到長毛，就像根桿麵棍般輾過尾巴的當下，他的臉上可是重重吃了兩拳。

羅倫斯覺得這樣的懲罰也該得到原諒了。

「人們就是清醒時，也可能走路踩到別人的腳，更何況是睡著的時候。可是吶，這尾巴是咱的驕傲，也是證明咱就是咱的唯一鐵證。」

雖說被輾過的尾巴並無大礙，但是毛髮脫落了好幾根。

比起疼痛，毛髮脫落的事實似乎更讓赫蘿氣憤。

而且，在事態演變成這樣之前，羅倫斯好像把尾巴墊在腳下睡了好一段時間，讓尾巴的毛都被壓平了。

一直發愣看著尾巴的赫蘿一發現羅倫斯尷尬地想爬出被窩，便用身子把他壓了回去，然後就一直在同一床棉被下埋怨個沒完。

人們生氣時，一般不是徹底表現得冷淡，就是向對方提出決鬥。然而這些都比不上赫蘿的報仇方法來得折騰。

因為與赫蘿在同一床棉被底下睡覺很溫暖，時刻又正值凌晨，再加上身體因為寒冬的旅程而疲憊不堪。

這時如果被埋怨個不停卻不能反駁，也難怪會忍不住想要打起盹兒來。

當然了，如果顯得一臉睡意，赫蘿就會猛烈地譴責。

這簡直跟被拷問沒兩樣。

想必赫蘿一定可以成為優秀的警官。

「話說回來吶……」

這樣的拷問直到赫蘿因生氣而疲累得出現睡意為止，都不曾間斷過。

繼續駕著馬車前進的羅倫斯，當然知道惹赫蘿生氣是件恐怖的事。但在這次的紛爭之後，他明白原來恐怖也分有很多種類。儘管他一點也不想知道。

至於因生氣而疲累得出現睡意的赫蘿，則是從羅倫斯身上搶走所有棉被後，便像隻結草蟲般蜷縮著身體沉沉睡去。

不過，赫蘿並非睡在馬車貨台上，而是把頭倚在羅倫斯的大腿上，橫躺在駕座上睡覺。

雖然光看赫蘿的睡臉會覺得她乖巧可愛，但是她現在的舉動正說出她的心機重得嚇人。

如果赫蘿露出尖牙發怒，羅倫斯還找得到藉口迎擊；若是她採取不理會的態度，羅倫斯也能夠做出反應。

但像這樣強硬地拿大腿當枕頭來睡，只會使羅倫斯的立場越來越薄弱。

羅倫斯不能生氣、不能不理赫蘿、不能冷淡對待她。不僅如此，赫蘿如果吵著要吃東西，也不能拒絕她。

因為赫蘿的舉動，形式上算是表示和好。

雖然這時太陽高掛天空，清晨的空氣也不再那麼嚴寒，然而從羅倫斯口中嘆出來的氣息卻相當沉重。

儘管羅倫斯告訴自己往後要比過去更加小心，以免壓到赫蘿的尾巴。但在寒冬中露宿時，那尾巴的溫暖總有著無法抗拒的吸引力。

倘若天上真有神明，羅倫斯還真想問問：「該怎麼做比較好呢？」

抱著如此心情的晨間旅程，比預期中更早結束。

因為途中沒有與任何人擦身而過，所以羅倫斯以為路途仍然遙遠。不過在爬過一座小山丘後，便看見前方出現了城鎮。

羅倫斯從未到過這一帶，也完全不了解這裡的地區情勢。

這裡的位置差不多是在異教徒與正教徒共存的廣大國家——普羅亞尼的中央略偏東邊一帶。

羅倫斯並不清楚這一帶的軍事價值如何，但是他知道這一帶是沒有任何行商價值的地區。

儘管如此仍然來到此地的羅倫斯，當然是為了有如小惡魔般在他腿上熟睡著的赫蘿。

說到他為何與赫蘿一同旅行，本是為了帶赫蘿回到故鄉。

但是，赫蘿離鄉已經有好幾百年之久。在她的記憶中，回故鄉的路以及故鄉的位置都已模糊不清。而且這麼長一段歲月，也足以讓世上一切事物歷經極大變化。所以只要是有關故鄉的話題，赫蘿都不願意錯過。

就算她知道故鄉約伊茲早已滅亡的傳說也一樣。

因此，羅倫斯兩人在六天前出發的異教徒城鎮卡梅爾森裡，結識了熱衷收集古老傳說的修女狄安娜，並向她詢問有關約伊茲的消息。而且，狄安娜還介紹了一位專門收集異教眾神傳說的修道士給他們。

這位修道士據說在偏僻地區的修道院服務，而且只有住在特列歐這個城鎮裡的教會祭司，知道修道院的地點。

但因為前往特列歐的路不普遍為人所知，所以兩人必須先前往名為恩貝爾的城鎮問路。

兩人現在總算抵達了恩貝爾。

「咱想吃甜的麵包。」

然後，在入境關卡前慢吞吞地爬起來的赫蘿，一開口就這麼說。

「說是要甜的麵包，不過咱想要用小麥做的。」

她要求的還是相當高價的東西。

然而，羅倫斯沒有權力拒絕。

而且，羅倫斯因為不了解這地區有什麼樣的商品需求，所以在卡梅爾森向受了許多照顧的小麥商人馬克，買了小麥麵粉北上。但在旅途中，他卻是選了又黑又苦的黑麥麵包作為糧食。

如此小氣的決定，也使得羅倫斯在旅途中不停被赫蘿挖苦。

一想到赫蘿不知道會吵著要買多麼優質、膨脹狀況多麼良好的小麥麵包，羅倫斯的心情就跟著黯淡下來。

「可是要先賣了商品才能買。」

「好唄，這般程度的要求尚可接受。」

照理說，明明應該是赫蘿乞求羅倫斯帶她一起旅行才是，但現在的羅倫斯反而像個侍從。

赫蘿似乎是察覺到羅倫斯的想法。她一邊搓揉長袍底下的尾巴，一邊壞心眼地說：

「咱的可愛尾巴可是被汝踩在腳下吶。咱如果沒把汝踩在腳下，這怎划算。」

羅倫斯本以為赫蘿會再沒完沒了地埋怨上好一會兒，但聽到赫蘿這麼說，便心想她的氣已經消了許多吧。

為此感到安心而暗自嘆了口氣的羅倫斯駕著馬車，駛向麵粉店。

恩貝爾雖位在偏僻地區，但似乎是這一帶公認的交易中心，所以城裡還算熱鬧。

看來是羅倫斯兩人的來時路恰巧人煙稀少罷了。

恩貝爾的城鎮中心隨處可見從鄰近各村落運送來的穀物、蔬菜，以及家畜；買家和賣家把這裡擠得水泄不通。

面向廣場建蓋的大型教會敞開著大門，道出訪客絡繹不絕的事實。而前來祈禱或做禮拜的人們則是頻繁地進出教會。

恩貝爾給人的感覺就像各地可見的鄉下城鎮。

在入境關卡打聽消息的羅倫斯，得知恩貝爾最大規模的麵粉店是里恩都商行。

不過是家麵粉店，卻為了充門面而以商行為名，這讓羅倫斯覺得像極了鄉巴佬的行徑。

但位於廣場北邊，坐落於整齊乾淨大路右側的里恩都商行，有著寬敞的店面以及氣派的卸貨場，讓人看了不難理解對方想充門面的心態。

羅倫斯從卡梅爾森採買來的小麥價值約為三百枚崔尼銀幣。

其中經過充分磨製的麵粉、以及僅經過去殼處理的小麥各占一半。

因為小麥在寒冷地區不容易生長，所以越往北走，就越有價值。

不過，運送途中如果不幸遇上連日下雨，小麥一下子就會腐爛。而且更重要的是，小麥作為日常食物太過昂貴，所以很難找得到買家。

羅倫斯當初是基於商人特有的小氣想法，也就是「不喜歡拖著空蕩蕩的貨台旅行」，所以才載著小麥出發。

另一方面是因為在卡梅爾森賺了一大筆錢，所以羅倫斯決定不要太貪心。

而且，羅倫斯猜測如恩貝爾般規模的城鎮裡，總會有富裕的貴族或教會人士居住，想必麵粉店也會願意向他採買。

這就是羅倫斯的計畫。

「喲，是小麥嗎？」

因為來者是貨台上裝有小麥的客人，所以商行老闆里恩都親自出來接待羅倫斯。有著與其說像麵粉店老闆，不如說更像肉店老闆的肥胖外表的他，帶著有些困擾的表情如此說道。

「是的，這裡有麵粉和麥粒各半，品質也是掛保證的呢。」

「原來如此，這些麵粉充分揉和再拿去烤，應該可以烤出很好吃的麵包吧。可是如您所見，今年黑麥大豐收。所以我們沒有餘力去準備非必要的小麥。」

商行的卸貨場裡確實可以看到裝袋的麥子堆積如山，而一旁的牆上也掛了一長排用粉筆寫著出貨對象的貨牌。

「不過，對我們來說，畢竟小麥有很好的利潤。如果可以，我們當然希望向您採購，但就是手頭上的資金不夠……」

比起必須看有錢顧客的心情好壞，才能決定賣不賣得出去的小麥，只要進了貨，就一定賣得出去的黑麥更值得重視；想必這是老闆的心聲吧。

尤其這裡是偏僻地區，所以非常重視人際關係。就是站在避免被其他商人搶走零散生意的觀點，也必須重視每年都會運來麥子的各個村落。

「話說，我猜您應該是旅行商人，您這次前來是為了開拓新的販賣路徑嗎？」

「不，算是在旅途中一邊做點小生意。」

「原來如此。請問您的目的地是？」

「我計劃前往雷諾斯。但是在那之前，我想先順道拜訪這附近的一個地方。」

里恩都聽了，不停眨著眼睛。

雖然雷諾斯是比這裡更北方的城鎮，但擁有堪稱商行店面的里恩都儘管只是麵粉店老闆，也不可能不知道雷諾斯的存在。

「您要到那麼遠的地方啊……怪了……」

不出羅倫斯所料，老闆果然一副很想說「來到這一帶的商人，會順道拜訪的地方就只有恩貝爾吧」的樣子。

「我現在是打算先前往特列歐。」

而老闆聽了羅倫斯的回答，明顯露出吃驚的表情。

「怎麼會要到特列歐那樣的小地方，您的目的是？」

「我有點事得跑一趟特列歐的教會。啊，對了，除了商談之外，想順便請教您是否知道怎麼去特列歐？」

里恩都的表情像是被問到第一次買賣的商品價格般，視線在空中停留了一會，才回答說：

「有一條路可以直通特列歐，所以不必擔心迷路，駕馬車差不多要花半天的時間吧。不過，路況不是很好就是了。」

或許里恩都是真的感到很意外。由此可見，特列歐一定是個鳥不生蛋的鄉下城鎮吧。

在那之後，里恩都發出「嗯～～」的呻吟聲，跟著把視線移向羅倫斯的馬車貨台說：

「您回程會再經過這裡嗎？」

「真的很抱歉，回程我會從另外一條路回去。」

想必老闆是盤算著如果羅倫斯回程會再經過這裡，他就可以賒帳採購吧。

然而，羅倫斯並不打算把這一帶加入行商路線。

「這樣啊……那麼，雖然很可惜，但這次算是無緣與您做成生意……」

雖然里恩都扭曲著臉一副打從心底感到懊惱的模樣，但是他有一半是說謊吧。

向正在旅行中、僅有一面之緣的客人採買高價的小麥，這算是風險頗高的賭博行為。

小麥麵粉裡有可能參雜了不同品種麥子磨製的麵粉，也有可能即使外觀看來良好，但烤成麵包後卻發現品質糟透了。

如果能夠以賒帳方式採購，延後付款日期，儘管品質不好，也能靠欺騙偏遠地區的鄉下貴族，或是採取各種方式脫手。

不過，羅倫斯並沒有非得現在賣出小麥不可。

既然無緣做成生意，羅倫斯便與里恩都握手道別。

「比起販賣小麥，烤成麵包來賣果然是最快的脫手方式。」

咬一口麵包，就能夠當場知道品質是好是壞。就算激動地辯解麵粉的品質有多麼好，仍無法顛覆百聞不如一「吃」的效果。

「哈哈哈，我們商人都這麼認為。這會成為我們與麵包店吵架的原因。」

「這裡的麵包店也很強勢嗎？」

「當然強勢。如果有麵包店之外的地方烤起麵包，他們就會拿著石頭做成的擀麵棍殺過來。」

生意由商人來做，而麵包就由麵包店來做。無論到了哪一個城鎮，都會有這樣的職業區分，也經常聽得到這類玩笑話。

不過，商人如果一手包辦從採買麥子到製造麵包的所有作業，那確實是可以賺大錢的生意。因為從麥子開始收割直到烤出麵包為止的一連串作業，必須有眾多人數參與。

「那麼，希望神能指引我們再次相逢。」

「是啊，屆時請務必關照本商行。」

以笑臉點點頭回應里恩都後，羅倫斯兩人便離開了商行。

雖然小麥沒能賣出去讓羅倫斯感到遺憾，但是更讓他在意的是赫蘿始終保持著沉默。

「妳這次沒插嘴說話呢。」

羅倫斯語氣輕鬆地說道。赫蘿心不在焉地應了一聲之後，便開口說：「汝啊。」

「那老闆說到特列歐，只要半天時間是唄？」

「咦？喔，對啊。」

「現在出發，傍晚之前就會到了唄？」

赫蘿的口吻顯得有些強勢。羅倫斯聽了，身子一邊往後退，一邊點點頭說：

「可是，休息一下比較好吧？妳不是也很累了嗎？」

「要休息，到了特列歐也能夠休息唄。如果今天到得了，咱想早點去。」

聽到赫蘿不曾有過的強勢口吻，羅倫斯總算察覺到了她的真意。

雖然赫蘿幾乎不曾以態度表明、或是說出口，但她似乎恨不得馬上去見那名收集異教眾神傳說的修道士。

赫蘿總喜歡意氣用事，而且在一些細節上顯得自尊心特別強。

想必赫蘿一定認為像個孩子一樣，催促羅倫斯快點的態度很丟臉吧。

只是，目的地就在不遠處的事實，點燃了壓抑在她心底的那把情緒之火。

事實上，赫蘿一定已經相當累了。儘管如此，她卻仍然這麼表示，由此可見她有多麼著急。

「好吧。那這樣，先吃一點熱的食物再出發。這總可以吧？」

於是，羅倫斯這麼說，赫蘿聽了，突然露出愕然表情說：

「這還用說嗎？」

不用說也知道，羅倫斯的臉上當然露出了苦笑。

彷彿無止盡的平原風光終於結束，眼前開始出現被上天稍作點綴的景色。

像掉落的麵糰貼在地面上似的起伏地勢層層相疊，河川就在其縫隙之間流動，還有好幾處蓊鬱的森林。

兩人乘坐的馬車發出小小的「叩叩」聲響，在沿著小河鋪設的道路上前進。

羅倫斯看著依舊熟睡著的赫蘿，心想在恩貝爾時，或許應該強迫赫蘿休息才對。

在寒冬的旅途上，從深夜到清晨的那段時間總會被冷醒，然後入睡又再次醒來，如此反覆不停。雖然赫蘿原本是隻能力遠遠勝過人類，可在原野來去自如的狼；但是當她保持少女模樣時，似乎也只擁有少女的體力。

若真是如此，這旅程對赫蘿來說不可能不嚴酷。

從赫蘿倚著羅倫斯睡覺的模樣看起來，也給人一種她已經精疲力盡的感覺。

羅倫斯思索著抵達修道院之後，就拜託對方讓兩人停留一些日子。

可是，這麼一來就必須過質樸的生活，赫蘿說不定會排斥。就在羅倫斯想著這些事情時，他發現小河的寬度漸漸變寬了。

因為小河是繞過右手邊的斜坡流去，所以看不見前端。但是小河的寬度越來越寬，不久後清楚地看得出水流速度變緩。

跟著，隱約傳來了獨特的聲響。

羅倫斯一下子就明白了有什麼東西在前方。

儘管在睡夢中，擁有如狼般敏銳耳力的赫蘿，似乎也聽得出前方道路出現的東西所發出的聲音。她慢吞吞地抹了抹臉後，從兜帽底下探出頭來。

城鎮特列歐似乎不遠了。

當河水停止流動，形成一灘小池時，馬車前進的方向出現了小巧、但裝備完整的水車磨坊。

「都看得到水車了，差不多快到了吧。」

在水源供水量較少的地區，人們會先蓄水，再利用水面的高低差促使水車轉動。

因為這個地域原本的水源供水量就很少，所以利用這種方式轉動水車的力量有限。但在過了收成季節許久的這個時期，水車磨坊前當然不會見到人們大排長龍。如果是在收成完沒多久時，就會有很多人拿著麥子大排長龍地等待磨粉。

但現在，泛黑的水草色磨坊孤零零地矗立著，顯得十分淒涼。

當羅倫斯的馬車前進到連磨坊牆壁上的木頭紋路，都清楚可見的距離時，突然有個身影從磨坊裡跑了出來。

他慌張地拉緊韁繩。馬兒一邊不滿地嘶叫，一邊左右甩頭，最後停下腳步。

突然跑出來的是一名少年，在如此寒天下少年竟然捲起袖子，從手掌到手肘部位都被粉末沾得雪白。

「哇，抱歉、抱歉！話說，你是旅人吧？」

然後，羅倫斯還來不及在馬兒之後表達不滿，少年隨即繞到馬車前方這麼說。

「……我的確是旅人。那你呢？」

眼前的人雖說是少年，但是與約莫一星期前在市場決鬥的魚商阿瑪堤不同。他的身材儘管纖瘦，卻有著習慣從事勞力工作的均衡體格，身高應該也與羅倫斯差不多。少年有著常見於北方地區的黑髮黑眼，強壯有力的外表看起來比較適合拿斧頭，而非弓箭。不過，他的頭髮因為沾上了粉末，使得髮色變得十分怪異。

看見有人從水車磨坊跑出來，而且被粉末沾得一身白，這時詢問對方是誰，就等於站在擺滿麵包的攤販前面，詢問攤販賣的是什麼一樣。

「哈哈，如你所見，我是個磨粉匠。那，你從哪裡來的啊？你不是恩貝爾人吧？」

看見少年毫無顧慮的笑臉，羅倫斯不禁覺得那笑臉顯得孩子氣。

羅倫斯一邊猜想少年應該小他六、七歲左右，一邊滿懷戒心地想著「難不成又會把赫蘿拖下水，最後演變成麻煩事吧」。

「如你所說沒錯，那我也想順便問你一下，還要多久才會到特列歐鎮？」

「特列歐……鎮？」

少年聽了羅倫斯的話，先是錯愕了片刻，跟著咧嘴一笑說：

「如果特列歐是城鎮的話，那恩貝爾就是王國城市了。我是不知道你到特列歐想幹嘛，不過特列歐只是個小得可憐的村落。你看這間磨坊也能明白吧？」

雖然少年說的話讓羅倫斯感到有些訝異，但是他記起了提供特列歐情報的狄安娜和赫蘿一樣活了好幾百年，並非人類的事實。

就算現在被稱為村落，但是在很久以前，這個村落有可能是該地區的最大城鎮，像這樣的事情並不稀奇。

羅倫斯點點頭後，再次詢問：「那麼，還要走多久？」

「就在前面不遠。不過，特列歐沒有氣派的圍牆圍住。所以，要說這裡已經是特列歐，也沒什麼不對吧。」

「原來如此。我知道了，謝謝。」

羅倫斯心想如果不加以阻止，這少年好像會講個沒完的樣子。

於是他簡短地這麼說完後，便打算駕著馬車繞過少年。這時少年急忙攔住他。

「且、且慢，不用這麼急著走嘛，旅人。你說對不對？」

被少年張開雙手這麼一擋，羅倫斯根本無法在不算寬敞的道路繞過而行。

如果羅倫斯想要強硬通行，也不是行不通，只是萬一讓少年受了傷，應該會讓第一次拜訪的特列歐居民留下壞印象。

羅倫斯夾雜著嘆息聲，說了句：「有什麼事嗎？」

「嗯——嗯……有沒有事啊……啊，對、對了，你身邊帶了個大美人呢。」

頭上戴著兜帽、安靜低著頭的赫蘿雖然沒有笑出聲音來，但是她在棉被底下的尾巴稍微甩動了一下。

對羅倫斯而言，比起與赫蘿一同旅行所帶來的優越感，擔心會不會又牽扯進麻煩事的心情更加令他厭煩。

「她是巡禮中的修女。好了，可以了吧？能夠阻擋商人前進的，只有徵稅官而已。」

「修、修女？」

結果，少年因為聽到意外的字眼而露出驚訝表情。

因為恩貝爾的城鎮中心有所頗具規模的教會，所以少年口中的小村落特列歐不太可能是徹頭徹尾的異教徒村落。因為就算是在普羅亞尼的北方地區，只要附近的城鎮擁有相當規模的教會，周圍的村落想要繼續保持異教徒的身分，就必須具備相當強的武力。

而且，特列歐裡應該有教會才是。那麼少年為何會驚訝呢？

這麼想著的羅倫斯瞬間露出了思考的表情，而這樣的舉動被少年犀利的目光發現了。

看來，比起赫蘿，少年似乎更在意羅倫斯。

「好吧，旅人，我不會再多留你了。但是，我希望你聽我的建議，你最好不要帶著修女去特列歐。」

「喔……」

在羅倫斯的眼中，少年不像在胡言亂語的樣子。

為了安全起見，羅倫斯在蓋腿布底下輕輕踢了一下赫蘿的腳進行確認，便看見赫蘿在兜帽底下點了點頭。

「理由是什麼？我們有事前來拜訪特列歐的教會。既然有教會，應該就沒有修女不能去的理由吧。還是說——」

「不、不，這裡有教會。理由？理由是……怎麼說呢，教會正在與人吵架。對象就是恩貝爾教會那些討人厭的傢伙。」

少年忽然露出嚴肅的表情，那目光銳利的模樣就像個初出茅廬的傭兵。

少年意外顯露出來的敵意讓羅倫斯感到吃驚，但是他立刻想起少年只是個磨粉匠。

「所以，就是這樣，怎麼說呢，如果這時修女去那裡，有可能會讓事情變得複雜吧？所以我才說不希望你們去。」

少年一收起敵意，便忽然又變得親切可愛。然而他的主張卻有些奇怪。

不過，少年似乎不是因為惡意才向羅倫斯兩人這麼說，所以羅倫斯也沒多追問他。

「這樣啊。好吧，我會注意，總不會一到那裡就被趕出來吧？」

「我想……不至於那樣吧……」

「還是要謝謝你，我會記住你的建議。只要打扮成看不出是修女的模樣前去拜訪，就不會有事了吧？」

少年鬆了口氣，露出天真表情點點頭說：

「你願意這麼做，我就放心了。」

不知不覺中，少年向羅倫斯提出的警告變成了懇求。想必這才是少年的真心話吧。

「不過，你們找教會有什麼事啊？」

「我們是來問路的。」

「問路？」

少年一臉訝異地搔著臉頰。

「嗯～什麼嘛，所以說你不是來做生意的？你是旅行商人吧？」

「你是磨粉匠沒錯吧。」

少年像是被人用指尖彈了一下鼻頭似的表情笑笑，隨即一副很遺憾的模樣垂下肩膀。

「哎唷，我想說你如果是來做生意，或許我可以幫上忙。」

「有需要時我會拜託你的，我可以走了嗎？」

雖然少年仍一副很想說些什麼的模樣，但是他似乎找不到話頭可以延續話題，於是輕輕點點頭讓開了路。

然後，少年向羅倫斯投來了想要討東西的視線。

不過，羅倫斯明白少年並不是想要索討情報費。

他鬆開韁繩伸出手，然後直視少年的眼睛，努力讓自己慢條斯理地說：

「我的名字是克拉福・羅倫斯。你呢？」

少年的臉上瞬間浮現燦爛的笑容，他衝向駕座說：

「艾凡！吉堯姆・艾凡！」

「艾凡。我知道了，我會記住你的名字。」

「嗯！絕對要記住喔！」

艾凡用足以讓害怕聽見巨響的馬兒立刻發狂的巨大聲量說罷，便用力握緊了羅倫斯的手。

「回程請務必再到這裡來喔！」

從馬兒身邊走遠，回到水車磨坊門前的艾凡仍然大聲地這麼說。

被麵粉沾得雪白的少年，站在黑黝黝的水車磨坊門前。

少年戀戀不捨地目送著羅倫斯兩人的模樣，看起來有些孤寂。

後來果然不出羅倫斯所料，赫蘿回過頭朝艾凡揮了揮她的小手。艾凡見狀，先是驚訝地聳聳肩，然後一邊大笑，一邊大動作地揮動雙手。

那模樣看起來不像因為美麗少女向自己揮手道別而雀躍不已的小伙子，反倒像因為找到意氣相投的朋友而雀躍不已的少年。

因為前方道路是緩緩彎向右側，所以艾凡的水車磨坊一下子就離開視野。於是赫蘿轉向前方坐正身子。

然後，她深感懊惱地開口說：

「哼，那人看汝的次數比看咱還多。」

看見赫蘿懊惱地說道，羅倫斯笑笑後，先是深深吸了一口氣，再嘆氣說：

「他是個磨粉匠，應該過得很辛苦吧。」

赫蘿露出感到不可思議的眼神看向羅倫斯，跟著微微傾頭。

艾凡不多看再適合這般可愛動作不過的赫蘿一眼，卻渴望與旅行商人羅倫斯握手，這一定有什麼理由。

只是，如果問起那是不是會讓人開心的理由，想必是否定的答案。

「就跟牧羊人沒兩樣。雖然都是必要的職業，但在城鎮或村落裡卻會惹人嫌。」

依地區不同，當然也不盡然如此。不過，怎麼看也不覺得那間水車磨坊像是受到特列歐居民敬愛傾慕的樣子。

「比方說……妳脖子上掛的袋子裡不是裝了麥子嗎？」

赫蘿的脖子上掛著一只袋子，裡面裝了赫蘿自身寄宿其中的麥子，不過這只袋子現在被壓在好幾層衣服底下。

「如果把那袋子裡裝的麥子去殼，再用石臼磨製，妳猜磨製出來的麵粉有多少？」

赫蘿聽了，看著自己的胸前好一會兒時間。

就是能夠掌控麥子豐收、控制麥子品質好壞的赫蘿，似乎也回答不出麥子磨製後，可得到多少份量的麵粉。

「假設有這麼多麥粒。」

羅倫斯鬆開手中的韁繩，用手指在左手掌心上畫出一座小山。

「把這些麥粒去殼再磨製成粉，頂多只能磨成這麼多。」

羅倫斯這次不是用手指畫出一座小山來表示份量，而是用食指和大拇指比出一個很小很小的圓圈。

麥子一經過石臼磨製，其份量會變得少的驚人。

那麼，日復一日前去麥田，汗流浹背地辛苦耕作，還不厭其煩地向豐收之神祈禱，才好不容易收成的麥子被磨成麵粉時，如果份量變得這麼少，農夫們會怎麼想呢？

聽到羅倫斯這樣的詢問，赫蘿低聲發出「唔」一聲。

「人們會說水車磨坊裡的磨粉匠有六根手指頭。其中一根手指頭是長在手掌心上，而這根手指頭專門偷拿人家的麵粉。另外，水車通常都是歸當地領主所有。雖然每次磨製麵粉都得徵收稅金，但是領主不可能一直守在水車磨坊監視。這麼一來，會是誰負責代收稅金呢？」

「照理說應該是磨粉匠唄。」

羅倫斯點點頭後，繼續說：

「沒有人會樂意繳交稅金。但是，又不得不收稅金。那麼，最受人怨恨的會是誰呢？」

儘管赫蘿不是人類，但是她對世間俗事卻有著比人類更深的了解。

她當然立刻就知道了答案。

「原來如此吶。那這樣，那小子會拚命對汝，而不是對咱搖尾巴是因為——」

「嗯，沒錯。」

羅倫斯夾雜著嘆息聲點頭說道，這時前方開始出現特列歐的民宅。

「他恨不得馬上就能離開這個村落。」

磨粉匠是必須有人從事的重要工作。

可是從事這工作的人多會遭人懷疑、嫌棄，不受人感謝。

尤其是麥子必須經過仔細磨製，才能在烤麵包時順利膨脹。

然而，磨製得越仔細，份量就越變得越少。

採取某行動只為了做好工作，卻引起人們的反感。

這簡直就跟羅倫斯在某處聽來的故事沒兩樣，赫蘿則是一副「早知道就不問了」的表情面向前方。

「不過，這是必要的職業，所以也有人心存感謝的。」

羅倫斯伸手握住韁繩前，先用手摸了赫蘿的頭，結果赫蘿在他手掌底下輕輕點了點頭。

雖然艾凡是以「小得可憐」來形容特列歐，但事實上並沒有那麼誇張。

城鎮與村落的差別不過就在於有沒有城牆罷了。有不少地方以城鎮為名，卻只設有簡陋的木頭柵欄，和這些地方比起來，特列歐算是相當有規模的村落。

特列歐確實與一般村落同樣沒有密集建蓋的建築物，而是散落在四處，但其中也看得到石造的建築物。在村落的正中央、算是稱得上重心地區的地方有多而集中的建築物。這個重心地區的道路雖不是石塊鋪成的路面，但是路面平整，並沒有凹凸不平。羅倫斯兩人尋找的教會大而顯眼，也設有鐘塔，就算在遠處也能夠清楚看見。

感覺上，特列歐只要再加蓋城牆，就夠資格稱為城鎮。

赫蘿聽從艾凡的忠告換下長袍，改以穿雨衣的要領把羅倫斯的大衣套在頭上，再用繩子綁在脖子上加以固定。會這樣打扮，是因為平時的城市女孩裝扮有些太俏皮，反而顯得醒目。

不管怎麼說，赫蘿不必特別打扮，就已經很醒目了。

等待赫蘿換裝完成後，羅倫斯便駕著馬車來到路旁開始出現建築物的地方。

沒有城牆就等於沒有城門，這也代表著旅人不會被徵收稅金。

這裡沒有人會阻止旅人的馬車進入村落。羅倫斯一邊向正在綑綁麥草、毫不客氣地朝他投來目光的男子點頭致意，一邊讓馬車前進。

整個村落感覺像是蒙上了一層塵埃，除了主要道路之外，其他地方都是坑坑洞洞的路面。在這裡，建築物不分石造或是木造，都建蓋得十分寬敞，而且屋頂都相當低矮。這裡也有很多住家擁有一般城鎮難得一見的大庭院。

路旁到處可見代表著已收成完畢、被堆高的麥草堆。而這些麥草堆之間，還夾雜堆放著為了度過寒冬而準備的木柴。

路上的行人非常少，說不定被放養的雞、豬都比行人來得多。

不過，這裡與其他鄉下地方的唯一共通點是，所有人一發現羅倫斯兩人，便直盯著兩人看。

就這點來說，這裡散發出來的氣氛確實不像城鎮，而像村落。

羅倫斯深刻感覺到自己是個異鄉人，他已經許久不曾有這樣的感受了。

因為羅倫斯也是在貧窮荒村長大的人，所以他知道村裡的娛樂少得可憐，而旅人正是用來娛樂村民的犧牲品。

羅倫斯一邊這麼想，一邊讓馬車前進。走著走著來到了放著一巨大石塊的廣場。

這裡似乎就是村落的重心地區，四周有很多建築物繞著廣場建蓋。

從屋簷垂掛的鐵製招牌可得知，這裡有旅館、麵包店和酒吧，也有編織毛織物等產品的工作場地。其中還有門面設計較寬敞的建築物，那地方一定是把收成的麥子等穀物去殼，或是篩麵粉的共同工作場地。

其他建築物看起來像是住在特列歐的權貴顯要宅第，其中也包括了教會。

這裡果然是重心地區，可以看到很多路人聚在一起聊天，以及很多孩童在玩耍。而兩人也引來了眾人的好奇目光。

「好大的石塊吶，有什麼用途嗎？」

然而，赫蘿卻是一副不太在意的模樣，悠哉地問道。

「可能會在祭典的儀式上使用，或者是用來跳舞、召開會議之類的吧。」

那是一塊有平整表面，差不多有羅倫斯的腰部這麼高的石塊，從上面架設著木製登梯這點看來，石塊應該不是單純被當成地標而擱置在廣場上。

當然，得詢問村民才能夠知道石塊真正的用途。所以赫蘿也不確定地點點頭，跟著讓身體緊貼駕座，重新坐正身子。

在這之後，羅倫斯讓馬車繞過石塊朝教會的方向前去。

雖然村民們仍然投來好奇的目光，但這裡並非深山中未經開發的村落。

當馬車停在教會前面時，村民們似乎認為羅倫斯兩人是前來祈禱旅途平安，好奇的視線明顯地減少了。

「感覺都快聽到『哎呀呀』的聲音了。」

羅倫斯停下馬車從駕座走下來時，這麼對赫蘿說道。赫蘿便露出彷彿孩子們共享秘密時會有的笑容。

眼前的教會是棟氣派的石造建築物，木製大門還加上了鋼鐵外框。

或許是棟歷史悠久的建築物吧，砌好的石牆角落因風化而坍塌。大門上的鐵製門環，看起來也像是鮮少有人碰觸的樣子。

而且教會並不像修道院，除非進行禮拜儀式，否則大門一般都是敞開著的；而這裡的大門卻是緊閉著。

簡單來說，這所教會看起來散發著不受村民愛戴的氣氛。

然而羅倫斯覺得多想也沒用，於是抓起門環輕輕敲了幾次門。

「叩！叩！」清脆的敲門聲在廣場引起回聲，感覺特別響亮。

等了好一會兒後，沒有聽到任何回應。羅倫斯才猜想著或許教會的人外出了，下一秒鐘大門便發出嘎吱嘎吱巨響，隨即露出了微小的縫隙。

「哪位？」

跟著，從微開的門縫裡傳來女孩的聲音，那聲音聽起來並不怎麼友善。

「很抱歉冒昧前來造訪，我是旅行商人羅倫斯。」

羅倫斯露出了突然拜訪客戶時必備的笑容說道。而門縫另一頭的女孩瞇起眼睛，露出訝異的神情說：

「您是商人？」

「是，我從卡梅爾森來的。」

如此明顯表現出戒心的教會還真是少見。

「……那位是？」

女孩的視線移向羅倫斯身邊的赫蘿。

「她是因為結緣而一起旅行的旅伴。」

聽了羅倫斯的簡單說明後，女孩先看看羅倫斯，再看看赫蘿，跟著嘆了口氣，才緩緩打開整個大門。

令人驚訝地，大門的另一頭出現了身穿長襬祭司服的少女。

「有何貴事嗎？」

雖然羅倫斯相信自己成功隱藏了驚訝的情緒，但是身穿祭司服的少女語氣依舊顯得相當不悅，不快的表情也絲毫不見緩和。少女束緊一頭深褐色的頭髮，蜂蜜色的眼珠散發出帶有挑戰意味的光芒。

姑且不說女孩的態度，羅倫斯來到教會卻被人詢問「有何貴事？」還是頭一遭。

「是的，我是想來拜訪貴教會的祭司大人。」

在正常狀況下，女性不可能成為祭司，因為教會組織是徹底的男性社會。

羅倫斯因為抱有如此想法才這麼開口，沒想到他說的話似乎讓身穿祭司服的少女眉頭鎖得更深了。

而且，少女還刻意先看了一眼自己身上的衣服，才再次把視線移向羅倫斯說：

「雖然還不是正式的祭司，不過我是掌理本教會的艾莉莎．修汀哈姆。」

不僅是女兒身，還是如此年輕的祭司。

這個事實比得知大商行精明能幹的老闆其實是個少女更加令人驚訝。

然而，自稱艾莉莎的少女似乎早已習慣人們這樣的反應，她再次冷靜地丟出一句話：「那麼，有何貴事？」

「啊，這個，我們想問路。」

「問路？」

「是，想請問您前往修道院的路。修道院的名字是帝恩多蘭修道院，院長是路易士・拉納・修汀希爾頓。」

羅倫斯一邊說，一邊心想院長的姓氏與艾莉莎有些相似。艾莉莎聽了，露出讓人一眼就看得出她感到吃驚的表情。

羅倫斯還來不及詢問「怎麼了嗎？」艾莉莎便立刻收起吃驚的表情開口：

「我不清楚。」

雖然用字遣詞有禮貌，但仍然面帶凶氣的艾莉莎說道。最後她竟然沒等羅倫斯回答，就打算關上大門。

商人怎可能讓對方輕易關上大門。

羅倫斯迅速把腳塞進門縫，面帶微笑地說：

「我聽說貴教會有一位名為法蘭茲的祭司。」

艾莉莎滿懷怨恨地瞪著羅倫斯夾在門縫的腳，跟著直接瞪向羅倫斯說：

「祭司在夏季過世了。」

「咦？」

跟著，在羅倫斯感到驚訝的瞬間，艾莉莎的聲音蓋過他的聲音說：

「您滿意了吧？我不知道什麼修道院的地點，而且我很忙。」

羅倫斯心想再繼續堅持下去，萬一艾莉莎大聲叫人就麻煩了。

於是他抽回了腳，艾莉莎隨即留下充滿怒氣的嘆息聲關上大門。

「……」

「汝還真惹人厭吶。」

「可能是我沒有捐錢的關係吧。」

羅倫斯聳了聳肩，看向身邊的赫蘿說：

「法蘭茲祭司過世是真的嗎？」

「不像在說謊，可是──」

「說不知道修道院的地點是騙人的吧。」

艾莉莎那麼明顯地露出驚訝的模樣，就算矇著眼睛也知道她在說謊。

不過，艾莉莎掌理教會的事是真的嗎？如果說她在惡作劇，那未免也太危險了。說不定艾莉莎是法蘭茲祭司的女兒。就算不是親生女兒，至少也有可能是養女。

「怎麼辦？」

赫蘿立刻回答說：

「總不能強行闖入吶，找旅館先唄。」

兩人沐浴在村民們的異樣眼光下，坐上了馬車。

「唔～好懷念吶……」

赫蘿一進到旅館的房間，便立刻飛撲到床上，伸展著身子說道。

「這床雖然比馬車貨台好一點，不過可能會有蟲子，妳小心點。」

因為這裡的床鋪不是在木製床架鋪上布料或棉花，而是用緊緊綑綁在一起的麥草做成床墊，所以會有大量蟲子為了在冬季冬眠、夏季繁殖而跑進床墊裡。

羅倫斯心裡明白就算要赫蘿小心點，她也無從小心起吧，因為她毛髮濃密的尾巴正是蟲子的最佳溫床。

「小心什麼，咱早就被壞蟲子跟上了。」

赫蘿托著腮不懷好意地笑笑，那模樣看起來確實會招惹很多蟲子，讓羅倫斯不禁嘆了口氣。

「這個村落很小，妳別引起騷動啊。」

「那得看汝的態度如何吶。」

羅倫斯面露苦色瞪了赫蘿一眼。赫蘿別過臉俯臥在床上，一邊左右甩甩尾巴，一邊打了個大哈欠說：

「咱有些睏，可以睡一會兒嗎？」

「我如果說不行，妳怎麼辦？」

聽到羅倫斯笑著問，赫蘿回過頭來，妖豔地瞇起眼睛說：

「我會在汝的身邊打盹兒。」

羅倫斯想像了一下那樣的畫面，雖然覺得沒出息，但是他不得不承認自己覺得那樣還不賴。

羅倫斯逃開赫蘿那彷彿在說「早就看透你的心聲」的眼神，決定不反抗赫蘿。他假裝咳了一下說：

「不過，妳是真的累了吧？在弄壞身體前好好休息，這樣身為旅伴的我會比較放心。」

「嗯，那咱就不客氣了。」

赫蘿沒有繼續攻擊，她很乾脆地閉上眼睛。

左右甩著的尾巴也「唰」一聲落下，感覺就快傳來了鼾聲似的。

「先脫掉兜帽，也脫掉綁在腰上的長袍，然後把我那件被妳亂丟的外套折好，最後再蓋上棉被睡覺，聽到沒？」

羅倫斯忍不住心想，喜劇裡頭出現的任性貴族千金就是像赫蘿這樣的傢伙吧。

就算被羅倫斯警告，赫蘿仍是連抬頭也不肯抬一下。

「我回來之前，妳如果沒有把衣服折好，我就不給妳吃好吃的晚餐。」

羅倫斯抱著像父母在責罵小孩的心情說道，而赫蘿也像個鬧彆扭的小孩一樣輕瞥了羅倫斯一眼說：

「汝很溫柔，所以不會那麼做。」

「……我說妳啊，我總有一天會讓妳好看。」

「那也得要汝做得到吶。別提這個了，汝還要去哪裡啊？」

看著雖然動著嘴說話，但已經睡眼朦朧的赫蘿，羅倫斯一副拿她沒輒的模樣走了過去，替她蓋上棉被說：

「如果只是路過這裡，那就算了。但是照這情形看來，應該會在這裡待上幾天，所以我去跟村長打聲招呼。而且，說不定村長會知道修道院的地點。」

「……是嗎。」

「就是這麼回事，所以妳乖乖睡吧。」

赫蘿把棉被拉近嘴邊點點頭。

「不過，沒有伴手禮喔。」

「……無所謂。」

赫蘿微微張開眼睛，用著彷彿下一秒鐘就會進入夢鄉的朦朧聲音說：

「只要汝能夠回來就好了……」

儘管羅倫斯明白這是赫蘿設下的陷阱，但被出其不意地這麼一說，還是教他不知所措。

赫蘿的耳朵看似愉快地動著。

就算沒有伴手禮，但至少見到了羅倫斯的蠢樣子。

「咱先睡了，晚安。」

說著，赫蘿便慢吞吞地鑽進棉被底下。羅倫斯語帶投降意味地回了她一句：「請便。」

羅倫斯把一些裝載貨物的小麥分裝到大小適當的袋子裡後，便向旅館老闆打聽村長的住處，跟著離開了旅館。

在這個寒冷季節裡會有旅人到訪，似乎讓孩童們非常地在意。群聚在旅館門外的孩子們一看到羅倫斯打開大門，便全都一溜煙地逃開。

據旅館老闆所說，在秋季與春季舉辦收割和插秧祭典時，會有不少客人前來。但畢竟這裡偏離街道，所以很少有旅人路過。整間旅館的投宿客也只有羅倫斯兩人而已。

這樣的特列歐村長住家就建蓋在廣場旁，是所有建築物中規模最大的一棟。地基和一樓是石造、二樓及三樓則是木造結構，可說相當宏偉。

村長住家的大門也有著像教會那樣的氣派鐵框，上頭還有細緻的裝飾圖樣。

門上設有模樣看似蛇或蜥蜴的門環，實在稱不上有格調。

不過，門環形狀想必是模仿土著之神的模樣吧。因為蛇神或是青蛙神出乎意料地多。

「請問有人在嗎？」

羅倫斯一邊想著這些事情，一邊用門環敲門說道。過了一會兒後，大門打了開來，眼前出現一名圍上沾滿粉末的圍裙、雙手也被沾得雪白的中年婦人。

「來了、來了！哪位啊？」

「冒昧打擾，我是旅行商人克拉福．羅倫斯——」

「哎呀，村長～！大家說的那個人來了！」

雖然羅倫斯因為話說到一半被打斷而感到錯愕，但婦人卻是一副不以為意的模樣一邊喊著「村長～」一邊往屋裡頭走去。

被婦人丟下、孤零零的羅倫斯雖知道沒有人在注意自己，但還是輕咳了一下，讓自己重新提起勁來。

後來，羅倫斯就這麼獨自等了一會兒後，方才的婦人陪著手持枴杖的矮小老人從屋裡頭走了回來。

「您看！是這個人沒錯吧？」

「肯普太太，這樣對客人太不禮貌了。」

雖然兩人這樣的對話全都傳進了羅倫斯的耳中，但是他當然沒有小心眼到因為這樣就生氣。況且，做生意時，沒有人比活潑開朗的村婦更有幫助了。

基於這層考量，羅倫斯露出了再燦爛不過的笑容站到兩人面前。

「抱歉、抱歉，真是失禮了。我是掌理特列歐村的塞姆。」

「幸會，我是旅行商人克拉福．羅倫斯。」

「好了，肯普太太，妳快到後面和大家繼續工作……抱歉，真不好意思。這寒冷季節難得有旅人前來，所以成了閒得發慌的婦人們談論的話題。」

「希望她們不是在說我壞話才好。」

塞姆笑著說：「到裡面坐坐吧。」並為羅倫斯帶路。

走進大門後，可看到直直延伸的走廊。從最裡面的大房間傳來了笑聲。

走著走著，空氣中飛散的粉末使得羅倫斯的鼻子一陣搔癢，他心想婦人們應該是一邊談笑，一邊揉著收割下來的麥子磨成的麵粉，準備烤成麵包吧。

這是鄉村常見的光景。

「要是到最裡面去，會被麵粉沾得一身白，請進來這裡。」

說著，塞姆走到大房間前打開房門，先讓羅倫斯進了房間後，自己也隨後進入。

一進到房間，羅倫斯就愣住了。

他看見一條巨蛇盤繞在牆邊的櫃子上。

「哈哈哈，請放心，那是死的。」

羅倫斯聽了定睛細看，發現泛著黑光的鱗片顯得乾燥，蛇身也有多處皺摺。想必這是先曬乾蛇皮，在蛇皮裡放入填充物再縫合的吧。

羅倫斯記起了大門上的門環，他心想這個村落果然是崇拜蛇神。

他一邊在塞姆建議下就座，一邊想著回旅館後要把這件事告訴赫蘿。

「那麼，您特地前來是有何貴事呢？」

「啊，第一件事情是因為我們路經這裡，所以前來向您打聲招呼。這是我做買賣的小麥。」

羅倫斯遞出事先分裝好、裝了小麥麵粉的袋子。塞姆見狀，驚訝地不停眨眼。

「這真是太難得了，最近的旅行商人一開口就是談生意。」

因為不久前的羅倫斯也是這個樣子，所以他不禁覺得有些刺耳。

「那麼，第二個目的是？」

「嗯。其實我們正在尋找修道院，所以想請問村長是否知道地方。」

「修道院？」

「是，方才我們也前去教會詢問過了，可惜教會的人也不知道地方。」

在羅倫斯佯裝感到困擾的表情底下，當然不忘以商人的目光捕捉塞姆的神情。

他看見塞姆的眼神瞬間飄移了一下。

「這樣啊……很可惜我也沒聽說過這附近有修道院，您是從哪裡聽來的？」

羅倫斯的直覺告訴他塞姆其實知道修道院在哪裡。

不過，如果羅倫斯胡亂回答從哪裡聽來，往後可能會帶來麻煩。於是他決定老實回答：

「從卡梅爾森。是那裡的修女告訴我的。」

塞姆鼻下的鬍子抽動了一下。

他一定隱瞞著什麼事情。

不，是羅倫斯察覺到了——

無論是塞姆還是艾莉莎，他們不僅知道修道院的地點，甚至可能知道修道院裡有些什麼。

羅倫斯正在尋找的修道院裡，住著狄安娜介紹給他、專門收集異教眾神傳說的修道士。

假使塞姆與艾莉莎都知道這件事，那或許他們是因為不想扯上關係，所以才佯裝不知情。

不管怎麼說，狄安娜要羅倫斯前來詢問修道院地點的對象——法蘭茲祭司已經蒙主恩召了。

留在世上的人會就此封印危險禁地，並不足以為奇。

「卡梅爾森的修女告訴我，只要詢問住在這裡的法蘭茲祭司，就能夠得知修道院的地點。」

「這樣啊……可是，法蘭茲祭司已經在夏天……」

「我聽說了。」

「法蘭茲祭司為了特列歐長年辛苦付出，我們村裡失去了很重要的人物。」

塞姆顯得悲傷的樣子不像在演戲，但要說他這是尊敬教會的表現倒也不像。

這讓羅倫斯感覺到有些不協調。

「所以現在由艾莉莎小姐接手嗎？」

「是的。她很年輕，您應該嚇了一跳吧？」

「是啊，很訝異。對了——」

羅倫斯打算繼續說話時，聽到有人猛烈地敲著大門，跟著傳來了呼喊「村長！」的聲音。

雖然想打聽的事情如排山倒海似地湧上喉嚨，但現在焦急不會有任何好處。

而且招呼也算是打完了，於是羅倫斯決定離開。

「您好像有訪客的樣子。因為我也有些擔心夥伴，就先告辭了。」

「喔？那您還是趕緊回去的好，很抱歉沒能好好招待您。」

不斷地猛烈敲打大門的可能是村民，而方才為羅倫斯開門的婦人肯普太太正在應門。

「希望是好消息……」

羅倫斯一邊聽塞姆這麼喃喃自語，一邊走出房間。這時一名旅人打扮，在如此寒冷的氣候下，卻滿臉通紅、淌著汗的男子推開了他，走向塞姆。

「村長，我把這個帶回來了。」

雖然塞姆只用眼神向羅倫斯致歉，但羅倫斯仍然面帶笑容地離開村長住家。

他心想，以一個旅行商人來說，這樣應該能夠讓塞姆留下好印象了吧。

接下來在村裡逗留，應該會比較容易行動。

話說回來，剛剛闖進屋內的男子究竟帶了什麼東西回來？

羅倫斯一走出村長住家，眼前立刻出現一匹全身冒著熱氣的馬兒。馬兒沒被拴住地隨意安置，一群孩童從遠處注視著馬兒。

從馬兒身上的裝備可看出應是從遠方到來，而且闖進屋內的男子也是一身旅行裝扮。

羅倫斯雖然思索了一下究竟發生了什麼事，讓村民必須去到遠方；但後來又想到自己不是來這裡做生意的。

設法從塞姆或是艾莉莎口中問出修道院地點才是當務之急。

怎麼做好呢？

羅倫斯一邊這麼想著，一邊走回旅館。

因為看見赫蘿睡得太香甜的模樣，羅倫斯便抱著小睡一會兒的心情躺上床，卻在不知不覺中也沉沉睡去。

當羅倫斯醒來時，屋內已變得微暗。

「聽說如果沒有把衣服折好、蓋上棉被，就吃不到好吃的晚餐吶？」

然後，他一坐起身子，便發現不知何時身上已蓋上了棉被。

「妳很溫柔，所以不會那麼做。」

羅倫斯夾雜著哈欠聲，直接說出赫蘿說過的話。正在梳理尾巴的赫蘿聽了便咯咯地笑了。

「我好像睡了很久……妳肚子不餓嗎？」

「就算肚子餓得難受，咱也不願意叫醒汝。汝懂這樣的體貼嗎？」

「這樣妳不是正好可以從錢包裡偷拿錢嗎？」

赫蘿沒有發脾氣，只是笑著露出尖牙。這反應像極了她的作風。

羅倫斯走下床，稍微打開木窗一邊往窗外眺望，一邊扭動脖子讓骨頭喀啦作響。

「鄉村的夜晚似乎也來得很早。時間還這麼早，廣場上卻看不到半個人影。」

「也沒有攤販吶，有地方吃飯嗎？」

赫蘿突然露出不安的眼神，對著坐在窗框上的羅倫斯說道。

「只要去酒吧就有飯吃吧，這裡又不是一整年都沒有旅客的地方。」

「嗯，那趕緊走唄。」

「我才剛睡醒耶……好啦、好啦。」

羅倫斯對著瞪著眼睛的赫蘿聳了聳肩後，從窗框上站起身子時，察覺到窗外有異狀。

「那是？」

羅倫斯看見一個身影快速跑過不見人影、在夕陽映照下顯得微暗的廣場。

他定睛一看，發現那是磨粉匠艾凡的身影。

「喲？」

（嚇！）

因為眼前忽然出現赫蘿的腳，羅倫斯險些叫了出來。

「妳不要忽然跑出來好不好？嚇死人了。」

「汝真是膽小吶。不說這個，那人怎麼了嗎？」

沒傳來腳步聲、也沒傳來衣服摩擦聲就忽然出現，任誰都會嚇一跳。但羅倫斯才沒那麼多精力去應付赫蘿每次的捉弄。

「沒什麼，我只是在想他要去哪裡。」

「好像是去教會吶。」

少年磨粉匠必須比從事任何職業的人更加誠實。

在教會城市留賓海根，牧羊女諾兒菈即使承受教會的嚴苛工作條件對待，以及一般人的懷疑眼光，仍會默默地參加禮拜。

或許艾凡也一樣頻繁地參加禮拜。

「真詭異吶。」

「我們比較詭異吧。」

就在羅倫斯與赫蘿你來我往之際，艾凡輕輕敲了教會大門。艾凡敲門的方式很奇怪，或許那是告知來者是自己的暗號。

不過，雖然艾凡輕聲敲門、一副擔心被人瞧見的模樣讓人覺得詭異，但是一想到他的職業，也就覺得沒什麼好奇怪。

而且，教會在特列歐似乎沒有什麼地位。

正當羅倫斯心想應該沒什麼可疑之處，而放心地準備遠離木窗時，赫蘿忽然用力扯了一下他的衣角。

「幹嘛？」

赫蘿用手指向窗外代替她的回答。

羅倫斯心想赫蘿指的方向一定是教會，於是他毫不猶豫地看向教會。

然後，躍進眼簾的光景讓羅倫斯感到有些驚訝。

「呵，原來是這麼回事吶。」

赫蘿顯得特別開心地喃喃說道，她的尾巴彷彿在掃地似的興奮地甩來甩去。

羅倫斯不禁看著眼前的光景看得入神。但他立刻回過神來，關上木窗。

木窗一關上，赫蘿立刻朝他投來不滿的視線。

「只有神明可以偷窺人們的生活。」

「……唔。」

赫蘿說不出話來，一副感到無趣的表情不時瞥向木窗。

教會大門被敲了後，出來應門的當然是艾莉莎。

但是，一看見艾莉莎出來應門，艾凡彷彿要抱起貴重物品似的緊緊抱住了艾莉莎。

從艾莉莎依偎在艾凡懷裡的模樣看來，實在無法說那單純只是親切的打招呼方式。

「汝不在意嗎？」

「如果是密談生意，就會覺得在意。」

「說不定就是在密談。以咱的耳力偷聽得到，如何？」

赫蘿只露出一邊的尖牙笑笑，瞇起了眼睛。
「沒想到妳會對這種閒言閒語這麼感興趣。」
羅倫斯一邊嘆息，一邊以極其難以置信的口氣說道。赫蘿瞇起的眼睛散發怒氣，她溜出羅倫斯與木窗之間，坐起身子說：
「感興趣不行嗎？」
「至少不是值得稱讚的事吧。」
如果為了竊聽生意密談而把耳朵貼在牆上三天三夜，或許會被稱讚是商人的典範；但沒有什麼比偷聽閨房私語更顯庸俗了。
「哼，咱又不是因為好奇心而感興趣。」
赫蘿輕輕把雙手交叉在胸前，微微傾頭且閉上眼睛。那模樣像是在試著回憶些什麼。
除了好奇心之外，還能有什麼理由？羅倫斯一邊這麼心想，一邊反倒有些期待起赫蘿會拿什麼藉口來解釋。
赫蘿保持那姿勢不動好一會兒後，終於開口說：
「嗯。硬要說的話，是為了學習。」
「學習？」
聽到出乎意料的平凡答案，羅倫斯不禁感到失望。

而且，憑赫蘿的能力，根本沒必要再多學習那方面的事情。

除非她有拐騙某國國王之類的計畫。

如果當真拐騙成功，就跟國王討各式各樣的免稅特權好了；羅倫斯一邊在腦海裡浮現如此天方夜譚的空想，一邊把手伸向水壺打算喝水，這時赫蘿接續說：

「嗯，是學習沒錯。咱在學習從旁觀角度來看，咱和汝會是什麼模樣。」

羅倫斯的手指「鏘！」地撞到鐵製水壺，他慌張地想抓住搖搖欲墜的水壺，卻失敗了。

「吶，汝啊。凡事都得從旁觀角度來看才能明白是唄？汝聽到了嗎？」

羅倫斯知道赫蘿正用著喉嚨發出咯咯笑聲。不僅如此，即使背對著赫蘿，他也能夠清楚知道赫蘿臉上是什麼樣的表情。

幸好水壺裡頭沒有太多水，所以沒有釀成慘事，但羅倫斯倒是被整得慘不忍睹。

「原來從旁觀角度來看，咱是被汝那樣對待吶……」

赫蘿一副感觸極深的模樣說道。羅倫斯聽了，決定關上耳朵不再做出任何反應。於是他開始擦起翻倒出來的水。

羅倫斯不知道應該從何生氣起。

不，應該說他連自己為何生氣都不知道。

或許他是因為自己不小心表現出極其明顯的動搖而生氣吧。

「呵。反正，咱們應該不會輸給那兩人唄。」

如果這時做出反應，羅倫斯不知道自己又會掉入什麼樣的陷阱。

羅倫斯擦乾水，把水壺放回原位後，一口氣喝光水壺裡剩下不多的水。

如果可以，羅倫斯希望自己喝的是烈酒。

「汝啊。」

赫蘿簡短地呼喚他。

羅倫斯心想，如果不予以理會，赫蘿一定也會有些不高興吧。

萬一吵起架來，佔上風的肯定是赫蘿。

羅倫斯嘆了口氣，不多做掙扎地回頭看向赫蘿。

「咱肚子餓了。」

赫蘿笑著說道。

她果然比羅倫斯高超得多。

第二幕

「好耶！真爽快！」

一身城市女孩裝扮的赫蘿在大家大聲叫好的喝采下，把顯得粗俗的木製大啤酒杯擱在桌上。赫蘿的嘴邊長著有如隱居聖人般的白色泡沫鬍鬚，手上仍握著啤酒杯不放，彷彿在說「再來一杯」似的模樣。

酒吧的客人覺得有趣，紛紛把自己啤酒杯裡的啤酒倒給赫蘿，赫蘿的啤酒杯一下子就滿了。

某天街上突然來了奇妙的雙人組訪客。雖不知兩人是何等身分，但兩人不僅出手闊氣地請酒吧裡的所有客人喝酒，而且酒也喝得相當爽快。這麼一來，大部分的村落都會歡迎兩人。更別說如果兩人當中還有一人是個美麗的年輕女孩，那又會是什麼狀況呢？場面想當然是相當熱鬧了。

「你看吧，要是輸給你那女夥伴，怎配當個男人呢！不要停下來，多喝點！」

看赫蘿喝酒的那般豪爽模樣，也難怪羅倫斯會被如此勸酒。不過，羅倫斯與赫蘿不同，他是來這裡收集情報的。

他不能被人這麼一勸，就暢快痛飲到醉倒為止。

為了怕壞了現場的氣氛，羅倫斯適度喝著酒，同時一邊吃著端上桌的料理，一邊循序漸進地與人閒話家常。

「嗯，這啤酒真好喝。是有什麼秘訣嗎？是不是經過什麼特別的釀造過程？」

「哈哈哈，那當然了。說到這家酒吧的老闆娘伊瑪・拉尼爾，可是這一帶大名鼎鼎的人物。她的腕力強過三個大男人，食量超過五人份……」

「別在旅人面前胡說八道。久等了，蒜炒羊肉。」

話題裡出現的老闆娘伊瑪，用木盤子邊緣輕輕頂了一下男子的後腦勺後，動作敏捷地把料理一一排在桌上。

伊瑪束起一頭紅色捲髮、捲起袖子的強悍模樣，確實能夠讓人想像她擁有相當於三個大男人的強壯體力。

然而，對於羅倫斯的提問，男子的回答根本不成解答。

「好痛喔，我這才要開始誇獎老闆娘耶。」

「你是說剛剛講的都是壞話囉？那我這算是給你一點懲罰。」

與羅倫斯同桌而坐的客人全都笑了個開懷，另一名男子延續方才的話題說：

「這裡的老闆娘啊，以前曾經扛著啤酒釀造鍋獨自旅行呢。」

「哈哈，怎麼可能。」

「哈哈哈哈，每個人第一次聽到這件事，都會這樣說。可是這是真有其事，對吧？」

在其他桌子應付醉客的伊瑪聽了，回過頭十分乾脆地回答說：「對啊。」

然後，她一忙完手邊的工作，便回到羅倫斯的桌子開口說：

「那時候的我比現在更年輕、更美麗。我是在靠西邊的地區出生，就住在沿海的一個城鎮。可是，沿海城鎮注定會遭到海浪吞噬。有一天，海上突然出現一艘大船，跟著城鎮一下子就被大浪吞沒了。」

羅倫斯立刻就明白伊瑪指的是海盜。

「然後啊，我也混在人群之中死命地往城外逃去。當我發覺時，背上已經扛著一只釀造鍋，手上還抓了裝大麥的袋子。就算到了現在，我仍然搞不懂自己當初在想些什麼。」

老闆娘的視線看向遠方，一副感觸極深的模樣說道。雖然她的表情顯露出懷念之情，臉上掛著淡淡笑容，但想必當時一定是非常辛苦。

與羅倫斯同桌而坐的男子說了句：「來，老闆娘也喝一杯。」並遞出啤酒杯。

「喲?謝啦。後來呢，我一個孤單女子就算去到城鎮，也找不到像樣的工作。而且，聽說那時就連越過三座山頭的地方也都遭到海盜襲擊。所以我就拿著一直扛在背上的鍋子和抓來的大麥，隨便找條河川，利用河水釀了啤酒。」

「後來喝了那些啤酒的，竟然是從邊境特地前來視察對抗海盜的戰況，然後恰巧經過那附近的伯爵和隨行屬下們！」

從旁插嘴的人還加上了拍手動作說道，老闆娘趁機一口氣飲盡啤酒杯裡的啤酒稍作休息。

「哎呀，我從來沒有像當時那麼丟臉過。伯爵一行人看到頂著一頭亂髮、滿臉烏黑的妙齡少女在森林裡，心想少女在做什麼，結果發現竟然是在釀啤酒。我後來問了伯爵大人，他說他那時還以為我一定是森林裡的妖精呢。不過，那位伯爵大人的眼光還真是不賴。」

這回換成是其他桌子響起了拍手聲和喝采聲。羅倫斯朝聲音的方向一看，發現和其他客人比賽喝酒的赫蘿似乎贏了比賽。

「之後啊，伯爵大人稱讚我釀的啤酒好喝。還說他打算前往的城鎮都遭到海盜襲擊，喝不到像樣的啤酒。所以要我一起旅行，好為他們釀造啤酒。」

「於是乎，正中下懷的少女野心家伊瑪．拉尼爾決定跟隨伯爵大人而去！」

「不料，伯爵大人早已娶了美麗的皇后！」

「就是說嘛……才怪哩！那個醜八怪伯爵大人怎麼可能配得上美若天仙的我啊！不過，我還真想要那黑貂的皮草。」

「所以，您就成了專屬釀造師嗎？」

羅倫斯說出腦海浮現的想法後，才立刻察覺到那是不可能的事情。

如果成了專屬釀造師，就不可能屈就於特列歐的酒吧老闆娘身分吧。

「哈哈哈，那是不可能的事情。當然了，當時不懂世事的我確實做過那樣的美夢。我跟隨伯爵大人一同旅行所得到的回禮，就是在大到不行的屋子裡享用一次豪華晚餐，以及能夠獲得伯爵大人認可來販賣啤酒的權利。不過，光是這樣的獎賞就太足夠了。」

「然後，故事就是從這裡開始的。行腳兜售啤酒女子的世間奇妙故事。」

「給我說是少女釀造師的流浪故事！」

伊瑪「咚」地一聲，用拳頭重重搥了一下桌面，讓所有人都挺直背脊點點頭。

「反正，我就這樣在路途上一釀好了啤酒就賣，賣完了就再釀造，不停地反覆。一路上當然也遇到了很多問題，不過還算順利啦。只是我犯了唯一的錯誤……」

「沒錯，伊瑪來到了特列歐後，在她身上發生了一場悲劇！」

這樣的台詞在絕妙的時機響起。

想必每當有旅人來到這裡，村民總會提起這件事吧。

「一直以來，我絕對不喝自己釀的啤酒。因為我總是想要多賣一些，所以根本也沒好好地品嚐過自己釀的酒。可是，來到這裡後，我第一次喝了自己釀的啤酒，結果愛上了那美味。後來，喝得不醒人事的我就這樣搭上了現在的老公。」

羅倫斯一邊想像此刻一定在廚房裡苦笑的老闆表情，不禁笑了出來，其他人則是刻意裝出哭泣的模樣。

「所以我就當上了鄉村酒吧的老闆娘。不過這裡是個好地方，你們就多留幾天玩玩吧。」

伊瑪露出可掬的笑容說罷，便離開羅倫斯這桌。羅倫斯發自真心地笑著目送她的背影。

「哎呀，這裡真是間好酒吧，這麼好的地方就算在恩狄瑪都很難找到。」

在普羅亞尼，人們想要誇獎城鎮或村落時，一定會這麼說。

普羅亞尼王國的王城恩狄瑪，是普羅亞尼以北地區的最大城市。與其相比之下，甚至教會城市留賓海根都遜色三分。

「就是說嘛、就是說嘛！小哥你雖然是個旅行商人，眼光倒是挺不錯的。」

聽到自己的故鄉被人誇獎，沒有人會覺得不開心。

男子們各個面帶笑容地喝酒。

羅倫斯心想，現在正是好時機。

「而且，這裡的酒也很好喝，特列歐一定是備受神明愛護的村落。」

羅倫斯很自然地在對話中插入這樣的話題。

結果，這話題就彷彿水滴在油裡似地浮在空氣中。

「糟糕，我失言了。」

羅倫斯經常聽到旅行商人的同伴提到，在與異教徒們的酒席上，因為不小心失言而嚇得一身冷汗的經驗。

就連羅倫斯自己也有過不少這樣的經驗，男子們的反應和他有過的經驗時一樣。

「沒事、沒事，小哥你沒有錯，誰叫這裡有所大教會。」

一名男子緩和氣氛地說道，其他人也跟著點了點頭。

「反正啊，就算我們這種鄉下地方，也會有很多複雜的問題……的確，死去的法蘭茲先生是特列歐的大恩人沒錯，可是……」

「對啊。就算如此，還是不能忤逆陶耶爾大人。」

「陶耶爾大人？」

「嗯，陶耶爾大人是村裡的守護神。祂為村裡帶來豐收，讓孩子們健康成長，不會遭到惡魔傷害。也是特列歐村的命名由來。」

羅倫斯暗自嘀咕說：「原來是這麼回事。」想必陶耶爾指的是塞姆家中房間裡擺設的蛇吧。

他趁著點頭時看向赫蘿，沒想到那般大聲喧鬧、大口喝酒的赫蘿竟會與他四目相交。

眼前這位神明也是相當不容輕視。

「原來是豐收之神啊？嗯，因為我是個旅行商人，所以見聞過各種傳說。陶耶爾大人指的也是狼神嗎？」

「狼？你胡說些什麼，那惡魔的爪牙怎麼可能是神。」

相當傷人的批評。羅倫斯心想，這話題或許可以用來揶揄赫蘿。

「那麼陶耶爾大人是？」

「陶耶爾大人是蛇，是蛇神！」

一個不留心，就會被藏在貨物裡或是露出毒牙的東西給嚇著，無論這樣的東西是蛇還是狼，都一樣教人頭痛。而北方地區存在相當多蛇神。

這樣一來，被教會視為眼中釘的自然會是蛇。聖經上也記載著蛇是讓人們墮落的存在。

「我也聽過有關蛇神的傳說。像是有一條蛇從山上往大海的方向前進時，爬行過的痕跡形成了一條大河。」

「喂喂，不可以拿那種東西來和陶耶爾大人相比。你要知道啊，據說陶耶爾大人的頭和尾巴所處的天氣不一樣，還有陶耶爾大人會把月亮當早餐、太陽當晚餐一口吞下。根本差得遠了！」

「對啊！對啊！」大家異口同聲說道。

「而且，陶耶爾大人和那些假傳說完全不同。不管怎麼說，在這裡的近郊有一個陶耶爾大人為了冬眠而挖的洞窟呢！」

「洞窟？」

「是啊。當然了，洞窟隨便哪兒都找得到，可是就只有那個洞窟連蝙蝠和狼都不敢靠近。聽說從前有個旅人不怕死地進去洞窟，結果就再也沒出來過。從以前就有進了洞窟，會得到報應的傳說。就連法蘭茲祭司也都表情嚴肅地告訴我們不可以進去那個洞窟。不然你要去瞧瞧嗎？走一下就到了喔！」

羅倫斯刻意地做出誇張的害怕表情搖搖頭。但是他心想，照這情形看來，也難怪沒有村民會上教會去。

不僅如此，教會至今仍安然存在更讓人覺得是個奇蹟。

不過，這麼想著的羅倫斯思索了一下後，似乎也就明白了教會仍存在的理由。

想必是恩貝爾就在特列歐附近的緣故吧。

「不過小哥啊，你來這裡之前，有先路過恩貝爾吧？」

就在羅倫斯思索著應該如何插入這個話題時，村民早了一步說出恩貝爾這個字眼。

「恩貝爾有一間很大的教會吧？那教會現在是由一個叫做梵的主教掌理，那裡的每一任主教都是讓人火大的傢伙。」

「據說恩貝爾原本是個比這裡小得多的冷清鄉村，那裡一直以來都是受到陶耶爾大人的恩惠，哪知道他們一下子就被某天突然前來傳教的教會傢伙騙走，二話不說地投向教會的懷抱。結果很快就蓋好了教會，掌管的人也來了，道路也鋪蓋完成……最後變成了規模十足的城鎮。恩貝爾變得有勢力後，就對我們村子丟出無理的要求……」

「還有啊，這麼一來，他們當然也會想要叫我們改變信仰。後來在我們上上一代的先民努力下，以建蓋一所教會為條件，暫時讓事情緩和下來。可是，城鎮的規模顯然不是村落可比。雖然他們表示不追究陶耶爾大人的事，但相對地會向我們村民徵收很重的稅……爺爺輩的人每次都會提到這件事。」

就算到了現在，在傳教最前線仍然耳聞得到這類公開要求改變信仰與交易的話題。

「就在那時候，大約在三十年……還是四十年前吧，法蘭茲先生來到了村裡。」

羅倫斯逐漸掌握到了有關特列歐的話題。

「原來如此。可是，現在是由一位年輕的艾莉莎小姐在掌理教會，對吧？」

「嗯，是這樣沒錯……」

村民們黃湯下肚後，什麼話都隨隨便便說出口。

於是羅倫斯毅然地決定把他心中的疑慮一次問個明白。

「我們打算去教會祈求旅途平安的時候，看見艾莉莎小姐那麼年輕的女子穿著祭司服，真是嚇了一大跳。艾莉莎小姐會擔任祭司應該有什麼特殊理由吧？」

「你果然也這樣想啊？應該是在超過十年以前吧，法蘭茲祭司撿到了艾莉莎那小姑娘。她雖然是個乖巧的孩子，但是要擔任祭司還是太勉強了吧？」

一名男子尋求同意地問道。其他人聽了，也都點點頭。

「既然對艾莉莎小姐來說這責任太重，那麼難道不能從恩貝爾的教會請祭司來嗎？」

「說到這個嘛……」

回答的男子一副吞吞吐吐的模樣看向身旁的男子，被看的男子也看向其身旁的男子。

結果大家的視線就這樣繞了桌子一圈後，第一個男子接續說：
「你是從遙遠國度來的商人吧？」
「是、是的。」
「既然這樣，那我問你喔，你有沒有認識什麼知名教會裡的大人物？」
雖然羅倫斯不明白男子為何這麼問，但是他感覺得到現場的氣氛是，如果羅倫斯認識教會的大人物，男子就願意說出詳情。
「那種有辦法給恩貝爾那些傢伙當頭一棒的大人物——」
「有分寸點！」
方才出現的伊瑪突然打了男子後腦勺一下。
「你到底在對旅人說什麼，是想挨村長罵嗎？」
看著男子像個被母親責罵的小孩般垂頭喪氣的模樣，羅倫斯差點笑了出來。但他一看見伊瑪的視線移向自己，便急忙把笑意藏進心底。
「抱歉，這樣就好像故意瞞著不讓你知道一樣。不過，你是旅人就應該……不，正因為你是旅人，所以能夠明白每個村落都會有每個村落的問題吧。」
伊瑪不愧是曾經扛著啤酒釀造鍋旅行的人，她的話很有說服力。
而且，羅倫斯當然也認同她的意見。

「旅人來到村裡，我們希望他們能夠品嚐這裡的料理、好酒，玩得開心。然後，到了其他地方時，可以告訴別人這裡是個好村落。至少我個人是這樣認為。」

「嗯，我贊成妳的意見。」

伊瑪露出可掬的笑容一邊說：「好了，你們趕快給我喝酒炒熱氣氛，這是你們今天的最後一項工作！」一邊拍打男子們的背，跟著忽然把視線移向其他方向。

然後，她看向羅倫斯露出苦笑說：

「雖然我很希望你繼續留下來同樂，可是你的同伴好像喝醉了呢。」

「她可能是太久沒喝酒，所以玩得太瘋了。」

因為啤酒杯裡的啤酒也剩下沒多少，於是羅倫斯一口氣喝光剩下的酒後，便從椅子上站起身子說：

「在夥伴醜態百出之前，我先帶她回旅館去。畢竟她還沒嫁人。」

「哈哈哈！根據我的經驗來說，讓女孩子喝酒一點也不值得！」

聽了伊瑪豪邁的發言後，四周的男子們一副傷腦筋的表情在竊笑，從他們的反應看來，或許曾經發生過很多趣聞。

羅倫斯回答了句「我會銘記在心」後，把銀幣擱在桌面上。

他支付了為了能夠迅速融入這家酒吧的氣氛當中，而慷慨請大家喝酒的十枚崔尼銀幣。

雖然人們都不喜歡揮霍無度的友人，但是付錢爽快的旅人無論到了哪裡，都同樣受歡迎。

羅倫斯扶起醉倒趴在桌上、似乎睡著了的赫蘿。在揶揄話語和感謝他供應歡樂時光的道謝話語歡送下，離開了酒吧。

至少酒吧與旅館的位置都面向同一片廣場，可說是不幸中的大幸。

儘管赫蘿的身材嬌小，但她是個大胃王狼女，能夠吃進、喝下令人難以置信的量，所以相對地身體也變重了，羅倫斯得費點力氣才能夠抱住她。

不過，這也得是赫蘿當真醉得不醒人事。

「妳大吃大喝得太過頭了。」

羅倫斯把赫蘿的手臂繞在肩上，以幾乎是將赫蘿抱在腋下的姿勢拖著她。一聽到羅倫斯這麼說，赫蘿的雙腳似乎使了一點力氣，她的身體也變得輕盈一些。

「嗝……咱連說話的時間都沒有，拚命吃吃喝喝個不停，不就是為了達成咱的任務嗎？」

「這我當然知道，可是……妳啊，剛剛老是點一些高價的東西，對吧？」

就像赫蘿擁有犀利的目光一樣，一扯上金錢，羅倫斯的目光也是相當犀利。

他當然不可能沒瞧見被端上赫蘿那桌的酒和料理。

「真是個小氣的雄性……可是，別提這些了，咱想先躺下來……好難受。」

羅倫斯輕輕嘆了口氣，他心想原來赫蘿站不穩的腳步並非演技。不過，自己也開始有了幾分醉意的羅倫斯，同樣想要好好地坐下來休息。

特列歐村的廣場上不見任何人影，只有幾棟建築物透漏出微弱的光線。

雖然距離日落後已過一段時間，但仍然看得出來村落與城鎮果然不同。

就算到了旅館並打開大門，也只看得見裡頭點著小蠟燭，供應著極其微弱的光線，卻不見老闆的身影。

老闆當然不在旅館裡了，因為他與赫蘿就坐在同桌喝得爛醉如泥。

老闆娘發現客人回來後，從旅館後方走了出來。她一看見赫蘿的醜態，不禁露出苦笑。

羅倫斯先拜託老闆娘送水後，跟著爬上嘎吱嘎吱響個不停的階梯，往二樓的房間走去。

整家旅館似乎共有四間房間，而投宿客就只有羅倫斯與赫蘿兩人。

雖然現在是這般冷清模樣，但是聽說在收割祭或春天的插秧祭時，會有不少旅客從附近地區前來同歡。

另外，樸素無華的這家旅館唯一有的裝飾物是掛在走廊牆上的紡織品，據說上面繡的是從前到訪這裡的騎士徽章圖樣。

從敞開的窗戶流瀉進來的月光映照著那紡織品。如果羅倫斯記得沒錯，那圖樣應該是在普羅亞尼以北地區赫赫有名的聖人殺手傭兵旗印。

不知道旅館老闆是在知情下，還是在不知情下拿這個來裝飾。

不過，光看這件紡織品，就能夠大致掌握到特列歐與教會之間會是什麼樣的關係。

「喂，再一下就到了，別睡啊！」

從爬上階梯後，赫蘿的腳步就開始變得很沉重，等來到房門前，似乎已經到了她的極限。

赫蘿恐怕又得宿醉了；羅倫斯帶著這般與其說受不了赫蘿，不如說同情她的心情走進房間，好不容易才讓赫蘿躺在床上。

儘管房間裡的木窗緊閉著，卻仍然有好幾道月光溜了進來。羅倫斯打開木窗，呼出肺部裡充滿喧嚷與熱度的空氣，吸進冬天夜裡冰冷得甚至顯得莊嚴的空氣。

這時傳來了敲門聲。羅倫斯回頭一看，看見老闆娘送來了水與不曾見過的果實。問了老闆娘後，才得知那是對宿醉有效的果實，只可惜最需要這樣東西的人已經完全陷入了夢鄉。不過，拒絕老闆娘的好意未免顯得失禮，於是羅倫斯向她道謝，並收下了果實。

呈現正圓形的果實很硬實，一隻手就能夠握住兩顆。羅倫斯咬了一口果實後，酸溜溜的味道瞬間在口中亂竄，讓他感到太陽穴一陣疼痛。

這果實的確是很有效的樣子，說不定會是一門可做的生意。於是他告訴自己要記住明天過後找個時間調查看看。

羅倫斯暗自嘀咕著：「話說回來。」腦中同時浮現方才在酒吧裡的喧鬧景象。

赫蘿融入酒吧氣氛當中的速度之快，實在令人嘖嘖稱奇。

當然了，羅倫斯有事先告訴過赫蘿他的目的，也交代了赫蘿的職責。

當旅人雙人組來到酒吧，通常不是得不停應付村民不斷發問，就是會被遠遠圍起圓圈的村民排擠在外。

為了避免遇上這兩種情況，首先，必須揮金如土。

村落因為沒有交易行為，所以幾乎沒有獲取現金的方法。然而，除非是完全被隔離的村落，否則村民不可能在沒有現金的狀況下生活。

村民之所以會歡迎旅人到訪，幾乎是為了獲取現金。如果不是因為這樣，村民當然不可能會歡迎來歷不明的人來到村裡。

接下來必須爽快喝酒、大口吃飯。

第一次光顧酒吧的客人根本不知道店家會端出品質多麼差的酒和料理，一個不小心還有可能被下毒。雖說不至於會喪命，但是有可能被搶走身上所有行頭，然後被丟棄在附近山上。

也就是說，爽快喝酒、大口吃飯是為了告訴對方自己有多麼信任對方。

還有，與村民接觸時，雖然明明必須留意這些重點，不過村民一旦知道自己被信任，就不會再表現出冷漠態度。因為大部分的人都不是冷血動物，這也是世間會讓人覺得有趣的地方。

羅倫斯是在不斷開發新的行商路線時，慢慢學習到這些事情。可是赫蘿卻比這樣的他更有技巧地融入酒吧的氣氛當中，同時他也託赫蘿的福，比想像中更輕鬆地從村民口中打聽到難以提問的事情。

雖然在打聽出最後重點時，被老闆娘伊瑪打斷了，但羅倫斯覺得已經有了很大的收穫。如果這是一趟行商之旅，羅倫斯甚至願意送上一筆獎金給赫蘿。

不過，看到赫蘿如此輕鬆就做到這一切，讓一路以來都是獨立順利做成生意的羅倫斯覺得心裡有些不是滋味。

如果要說赫蘿是因為人生歷練夠所以做得到，那或許是吧。

只是——

羅倫斯關上木窗，讓自己也躺在床上陷入思索。

如果赫蘿學會做生意，就等於誕生了一名所向無敵的商人。若是在自己的行商圈裡，出現了一個能夠那麼輕易與人們打成一片的旅行商人，想必那人一定會想要另尋其他行商路線吧。憑赫蘿的能力，她足以成為具有如此威脅性的商人。

由於羅倫斯的夢想就是在某個城鎮擁有商店，所以很顯然地，若要讓這間商店生意興隆，與其靠一個人的力量，不如靠兩個人的力量；靠兩個人的力量不如靠三個人的力量。如果赫蘿願意一起經營這間商店，沒有什麼比她的存在更讓人感到安心，而羅倫斯會有這樣的想法，也是很自然的反應。

距離赫蘿的故鄉約伊茲已不算太遠，而且也不是完全不知道約伊茲的位置。

就算沒能在特列歐打聽到修道院的地點、沒能獲得新的線索，想必最遲也能夠在夏天之前抵達約伊茲吧。

赫蘿在那之後，不知道有沒有什麼打算？

雖然只是口頭上的約定，但是羅倫斯與赫蘿訂定的合約內容是帶赫蘿回到故鄉。

羅倫斯看著天花板，嘆了口氣。

他當然知道、也了解旅行必定伴隨著離別。

即便如此，不僅是對赫蘿的才華，包括與她應對不窮的愉快對話等等一切相處，都讓羅倫斯一想到與赫蘿的旅行即將結束，就覺得胸口有些苦悶。

想到這裡，羅倫斯閉上了眼睛，在一片黑暗中揚起嘴角。

商人只要開始思考起與生意無關的事情，肯定沒好事。

這也是羅倫斯歷經七年的行商生活所得到的教訓之一。

應該在意的是錢包裡有多少錢。

應該思考的是如何制止老是想要吃喝的赫蘿。

羅倫斯在心中反覆這麼嘀咕後，總算有了睡意。

肯定沒好事。

實在不是什麼好事。

房間裡的棉被就像用鍋子煮過，再拿來曬乾的破布一樣，根本無法對抗清晨的寒氣。

羅倫斯被自己的噴嚏聲吵醒，他了解到一天又開始了。

在這個時間，被窩裡的溫暖可說比千金更可貴，但那溫暖無法帶來任何等價報酬。

不僅如此，那溫暖還是惡魔派來吞食時間的壞小孩；這樣的想法就寫在臉上的羅倫斯坐起身子，看向身邊的床鋪，結果發現赫蘿早已起床。

赫蘿背對著他，低著頭好像在忙些什麼。

「赫……」

羅倫斯說到一半停了下來，因為他從來沒看過赫蘿的尾巴膨脹得這麼大。

「怎、怎麼了？」

羅倫斯好不容易擠出這幾個字，赫蘿聽了，耳朵顫動了一下，然後總算慢慢回過頭來。

在太陽仍未完全升起、泛藍的清晨空氣中，赫蘿嘴裡一邊吐著白色氣息，一邊回過頭來。

赫蘿的眼框裡有淚水在打轉，手裡握著似乎剛剛被她咬了一口的圓圓小果實。

「……妳吃了啊？」

聽到羅倫斯半帶著笑意問道，赫蘿一邊吐出舌頭，一邊點點頭說：

「這、這是什麼……」

「昨天回到這裡後，老闆娘送來的。聽說對宿醉很有效。」

可能是口中還殘留著果實渣，赫蘿緊緊閉上眼睛吞下果實渣，跟著發出抽嗒鼻子的聲音擦了擦眼角說：

「吃了這東西後，就是醉了一百年，也會醒過來唄。」

「不過，看妳這樣子，那果實應該是發揮了效用才對。」

赫蘿眉頭一鎖，便把咬過的果實丟向羅倫斯，然後輕輕撫摸起仍然膨脹著的尾巴。

「咱又不是每次都會宿醉。」

「那就好。話說回來，今天也還是很冷啊。」

羅倫斯發現赫蘿丟過來的果實已經沒了一半。一次咬了一半那麼酸澀的果實，而且還是在沒有心理準備的情況之下，肯定讓赫蘿嚇了一大跳。雖然她沒有發出尖叫聲可說相當了不起，但事實上應該是叫不出聲音來吧。

「冷倒是無所謂吶，咱比較在意的是這個村子還沒半個人起床。」

「應該有人起床了吧……不過，這裡的店家似乎很晚才會開門。」

羅倫斯走下床，打開彷彿只要有微風吹來，就會擋不住風兒似的木窗。他朝窗外一看，發現晨霧瀰漫的廣場上不見任何人影。

對於習慣看到廣場上有城鎮商人與外地來的商人，神氣活現地互搶場地的羅倫斯來說，這裡的廣場顯得閒散冷清。

「咱比較喜歡熱鬧的感覺。」

「我也有同感。」

羅倫斯關上木窗回過頭一看，發現赫蘿正動作緩慢地鑽進被窩底下，準備睡回籠覺。

「聽說，上天是把我們的身體塑造成一天只需要睡一次覺。」

「咱是狼吶。」

赫蘿「呼」的一聲打了個哈欠。

「又沒有人起床，也只能睡覺唄。不睡覺只會覺得冷，而且還會餓肚子。」

「嗯，畢竟現在這季節比較冷清。不過，還真是怪異。」

「喔？」

「沒事，我指的不是妳會感興趣的那一類話題……我是在想這裡的村民收入。」

赫蘿原本一副很感興趣的模樣抬起頭，但是她聽到羅倫斯說的話，立刻把臉鑽進被窩底下。

看著赫蘿的舉動，羅倫斯輕輕笑笑。反正閒來無事，就動腦思考一下好了。

雖說現在是農閒時期，但是在收成後，可以不工作過日子的富裕農村可說少之又少。

而且，根據酒吧裡聽來的消息，恩貝爾似乎向特列歐徵收很重的稅。

然而，村民們的樣子看起來不像有從事副業。

如赫蘿所說，村裡現在確實一片寧靜。

提到農村的副業，多以毛織品加工或是用麥草編籠子、袋子的工作為主；因為這類工作如果沒有大產量就賺不到錢，所以通常在太陽升起後，全村就會總動員著手工作。如果這個農村還必須繳納稅金，想必得更加勤勞吧。

而且，昨天酒吧喝的酒和端上桌的料理也都比預期來得好。

特列歐村似乎相當富裕，這確實很不可思議。

有如赫蘿能夠瞬間分辨出食物的好壞般，對於金錢的味道，羅倫斯同樣有著敏感的嗅覺。

羅倫斯在心中嘀咕：「只要稍微調查一下金錢流向，說不定能夠做點小生意。」

重點是，在特列歐完全不見商人的身影。對羅倫斯而言，光是這樣就是個很好的條件。

雖說這趟旅行並非行商之旅，但是到頭來腦子裡想的仍是生意方面的事情。對於這樣的自己，羅倫斯不禁苦笑。

這時，窗外傳來了像是打開大門的嘎吱聲響。

因為四周一片寧靜，所以聲音顯得特別響亮。羅倫斯從木窗縫隙往窗外一看，再次看見了艾凡的身影。

不過艾凡這回不是準備走進教會，而是從教會走了出來。

他的手上提著小包袱，裡頭或許是裝了便當。
艾凡同樣表現出有些在意四周動靜的樣子，跟著小跑步離開了教會。
不過，他小跑了一下後，便回過頭來朝著艾莉莎揮手。羅倫斯把視線移向艾莉莎，看見艾莉莎面帶笑容地揮手回應，那表情與出來迎接羅倫斯兩人時簡直是天壤之別。
眼前的光景讓羅倫斯有些羨慕了起來。
他目送著艾凡的背影遠去，總算想通了一點。
艾凡會對艾莉莎所掌理的教會與恩貝爾的教會起爭執一事感到憤怒，原來就是這個緣故。
不過，羅倫斯是個商人，他的視野當然不會狹窄到認為眼前的光景只是養眼的畫面。
羅倫斯眼前看到的，只有自己能力範圍內掌握得到的人們利益。
「我決定今天要去哪裡了。」
「嗯？」
赫蘿從被窩底下探出頭來，面帶不可思議的表情看向羅倫斯。
「話說回來，明明是在尋找妳的故鄉，為什麼是我在努力啊？」
赫蘿沒有立刻回答，她微微動著耳朵，跟著輕輕打了一個噴嚏後，揉著鼻子說：
「因為咱很重要，是唄？」
看著赫蘿厚臉皮地回答，羅倫斯除了嘆氣，還是嘆氣。

「像這種話，拜託妳不要這麼隨隨便便就說出來好嗎？」

「汝真是個徹頭徹尾的商人吶。」

「想要賺取大筆利潤，就得大筆採買。為了達成這個目標，就不能小筆小筆地採買。」

「嗯。可是，汝的膽子那麼小，這該怎辦？」

羅倫斯想不出能夠順利反擊的話語。

於是他矇住了眼睛。赫蘿見狀，咯咯笑了幾聲後，突然換了個口吻說：

「咱如果在身邊，汝也不方便行動唄？這村子這麼小，到處都有人們在注意咱們吶。」

羅倫斯連「啊」的一聲都發不出來。

「如果咱可以自己行動，咱會動作的。只是，當咱採取動作時，就是前往教會，咬斷那傲慢女娃頭顱的時候；汝最好趕緊向那女娃打聽出修道院的位置。別看咱這副悠哉模樣，其實咱急得恨不得早一刻前往修道院問個明白。」

「我知道了。」

為了安撫有如點燃了火的麥草般，熊熊燃燒的赫蘿情緒，羅倫斯回答道。

赫蘿時而會毫不掩飾地坦承真心，時而也會在她那像是提不起勁的表情下，讓焦躁情緒發出熊熊火燄。

雖然赫蘿是個麻煩的旅伴，但還是被她說中了，羅倫斯正是因為覺得赫蘿重要，所以才會積極行動。

「我最晚會在中午左右回來。」

「別忘了伴手禮吶。」

聽到棉被底下傳來含糊不清的聲音，羅倫斯露出苦笑當作回應。

羅倫斯走下一樓，向臉色慘白、坐在吧檯裡呻吟的老闆打聲招呼後，便繞到旅館附設的馬廄，從貨物堆中取出裝有尚未磨製成粉的小麥袋子，接著走出旅館。

儘管不用下田工作，想必在太陽升起後，村民還是會自然醒來。村裡幾處有村民在照顧庭院種植的蔬菜，也有村民在照料雞或豬隻。

雖然昨天村民們只會投來異樣的眼光，但是昨晚在酒吧裡的熱鬧氣氛果然帶來了效果，幾名村民面帶笑容向羅倫斯打招呼。

其他村民則是因為宿醉的關係，只能苦著臉打招呼。

村民們算是已接受了旅人身分的羅倫斯，讓他鬆了口氣。

不過，有這麼多村民認得羅倫斯，反而使得他無法自由地行動。

赫蘿的猜測果然正確。羅倫斯在佩服赫蘿的同時，不禁感到有些忌妒。

心中這麼想著的羅倫斯打算前去的地點，當然就是艾凡的水車磨坊。他想打聽有關艾莉莎的事情。

因為羅倫斯不是赫蘿，所以他當然不是為了想得知艾凡與艾莉莎兩人的關係。為了馴服一副凶巴巴模樣、與之爭論也無效的艾莉莎，從似乎頗了解狀況的艾凡下手是最快的方法。

羅倫斯一邊沿著昨天駕著馬車經過的道路往回走，一邊向在近郊田裡除草的男子打招呼。雖然羅倫斯並不記得男子的面容，但男子似乎昨晚也在酒吧裡。他一看見羅倫斯，便露出笑容打招呼。

男子也順口問了句「你要走去哪裡啊？」這個理所當然會有的疑問。

「我想把麥子磨成粉。」

「喔，你是要去磨粉匠那裡啊。小心麵粉不要被偷了喔。」

想必這是前去磨粉時，村民一定會說的玩笑話吧。羅倫斯戴上親切笑容的假面具回應男子後，便一路朝水車磨坊走去。

除非對方同樣是個商人，否則商人這職業不太能夠取得人們的信任。但是在這世上，還有更多更多辛苦的職業。

雖然羅倫斯不禁想責備主張職業不分貴賤的教會神明到底在忙些什麼，但他隨即想起，特列歐村對於這位神明的僕人似乎沒什麼好感。

世上似乎總有很多事情無法如意，真是麻煩極了。

穿過已收割完成、顯得冷清的麥田，沿著夾在小山丘與小河之間的道路向前走，一下子就看到了水車磨坊。

當羅倫斯來到水車磨坊附近時，艾凡似乎是聽到了腳步聲，他忽然從入口處探出臉來說：

「啊，羅倫斯老闆！」

艾凡還是一副很有精神的樣子。不過昨天才見過一次面就被稱呼為老闆，讓羅倫斯感到心頭一陣搔癢。

羅倫斯舉高手中裝有小麥的袋子，回答說：

「石臼現在空著的嗎？」

「咦？空是空著，可是……你已經要走了啊？」

羅倫斯一邊把袋子交給艾凡，一邊搖搖頭。

的確，當旅人打算把麥子磨成粉時，自然會聯想到那旅人是在做重新踏上旅途的準備。

「不是，我打算在特列歐停留一陣子。」

「本、本來就該這樣嘛，那你等一下啊。我會幫你磨到能夠烤出又膨又軟的麵包。」

艾凡可能是想要討好羅倫斯，好找機會離開村落。他放心地嘆了口氣後，回到磨坊裡。

羅倫斯也跟在後頭踏進了磨坊，磨坊裡的模樣讓他感到有些吃驚。

磨坊裡的模樣與其外觀十分不相稱，打掃得很乾淨，而且擺設了三座規模十足的石臼。

「很壯觀呢。」

「是吧？這磨坊外觀看起來雖然破舊，但是特列歐的麥子全都是在這裡磨製呢。」

艾凡得意地一邊說道，一邊搭上轉動石臼的木棒和轉動水車的木棒，使兩個轉動方向不同的東西藉此聯結。

然後，他把細長的竹竿從窗戶伸向河川，取下用來固定水車的繩索。

木頭嘎吱作響的聲音隨即傳來，而石臼也隨著「叩叩」的衝擊力轉動了起來。

艾凡確定這些動作都已就緒後，便將羅倫斯帶來的小麥。從石臼上方的開口部位倒入。

接下來就只需等待麵粉掉落石臼下方的托盤。

「不愧是個商人，我好久沒看到過小麥粒了。等會兒我會測重量，但我想費用差不多是三路德吧。」

「還真便宜。」

「咦？便宜嗎？我還以為你會嫌貴呢。」

在稅金重的地方，就是被收取三倍的費用，也不足為奇。

不過，對於不知道行情的人來說，或許會覺得貴吧。

「說到村裡那些人，總是遲遲不肯付錢。但若沒把錢收齊，挨村長罵的可是我耶。」

「哈哈哈。不管到了哪裡，差不多都是這種情形。」

「你也當過磨粉匠嗎？」

艾凡露出意外的表情看向羅倫斯，羅倫斯搖搖頭說：

「沒有，我只有當過徵稅代理人。我記得那時徵收的是肉店的食肉處理稅。像是解剖一隻豬要多少稅金之類的。」

「喔~還有這樣的工作啊。」

「清洗生肉和骨頭時，不但會汙染河水，也會造成很多垃圾。因為要處理這些問題，所以才要徵收稅金，可是大家總是不肯繳稅。」

徵稅代理權是由城鎮的官吏舉辦競標，然後看哪個人能夠得標。得標金額會直接成為城鎮的稅金收入，接下來就任憑得標者自由徵收稅金，能夠徵收得越多，就越有錢賺，而徵收不到稅金時，就會造成大虧損。

羅倫斯初自立門戶時，曾經當過兩次代理人，但後來他就不敢再嘗試了。

因為這工作所付出的勞力和酬勞根本不成正比。

「而且，到了最後還要哭著哀求大家繳稅，真的很慘呢。」

「哈哈哈哈，我懂那感覺。」

想要讓對方產生親近感時，說出能夠引起共鳴的辛苦談最有效果。

羅倫斯一邊與艾凡一起開懷大笑，一邊在心中喃喃說：「可以開始打聽了。」

「對了，你剛剛說特列歐的麥子全都在這裡磨製，是嗎？」

「嗯，對啊。因為今年麥子大豐收，來不及磨製根本就不是我的錯，我卻一直挨村民的罵。」

羅倫斯的腦中很容易地就浮現了艾凡面對大量麥子，不眠不休地轉動石臼的身影。

然而，艾凡卻是一副「那也是一段美好回憶」的表情輕輕笑笑，然後繼續說：

「什麼嘛，羅倫斯先生，說到底你來到特列歐，還是為了做麥子生意吧？你昨天明明不是這樣說的呢。」

「嗯？嗯，視狀況發展，是有這樣的打算。」

「如果是這樣，我勸你還是死心的好。」

艾凡輕描淡寫地這麼回答。

「商人是很難死心的。」

「哈哈哈，不愧是個商人。反正，你只要去一趟村長那裡，馬上就會明白的，因為村裡的麥子被規定要全數賣給恩貝爾。」

艾凡一邊說話，一邊確認石臼的狀況，他拿著看似豬鬃毛做成的小刷子，小心翼翼地把石臼上的麵粉刷落在托盤上。

「這是因為恩貝爾是特列歐的領主嗎?」
如果事實真是如此,村民卻還能夠生活得如此悠哉,那就太奇怪了。
果然不出所料,抬起頭來的艾凡有些得意地說:
「我們和恩貝爾是同等地位。他們跟我們村子買麥子,而我們則是跟他們買麥子以外的東西。而且,我們跟他們買酒或衣服時,還不會被課稅。如何?很了不起吧?」
「如果這真是事實……那確實很了不起。」
羅倫斯經過恩貝爾時,知道恩貝爾是個規模頗大的城鎮。
或許把特列歐形容成貧窮荒村會太過分,但是恩貝爾實在不像如特列歐般規模的小村能夠反抗的對手。
再說,能夠免稅向城鎮購買物品,這絕不尋常。
「可是,我昨晚在酒吧裡聽到的是,這裡被恩貝爾徵收很重的稅。」
「嘿嘿嘿,那是很久以前的事了。你想知道原因嗎?」
艾凡把雙手交叉在胸前,像個小孩子似地挺起胸膛。
不過,艾凡這樣的動作並不會惹人討厭,反而讓人覺得有趣。
「請務必告訴我。」
羅倫斯稍微舉高雙手做出乞求的姿勢,艾凡見狀,突然鬆開胸前的手,跟著搔了搔頭。

「抱歉，其實我也不知道原因。」

艾凡靦腆地笑著說道。一看見羅倫斯以苦笑回應他，他便急忙地補充說：「可、可是啊……」

「我知道是誰改變狀況的。」

在這瞬間，羅倫斯感受到搶先別人一步時，那種睽違已久的快感。

「是法蘭茲祭司，對吧？」

艾凡聽了，露出像是狗兒被骨頭敲了一下腦袋似的表情。

「你、你、你、你為什麼會知道？」

「沒什麼，不過是商人的直覺罷了。」

如果赫蘿在場，她的臉上一定會浮現不懷好意的笑容吧。不過，羅倫斯偶爾也想要像這樣裝模作樣一下。自從與赫蘿相遇後，羅倫斯就一直處於不斷被籠絡的一方，今天讓他難得記起了在那之前，自己都是處於籠絡他人的一方。

「好、好厲害喔，羅倫斯先生果然不是個普通人物。」

「就算誇獎我，也沒好處可拿喔。倒是麥子磨好了嗎？」

「嗯，啊！對喔，等一下喔。」

看著艾凡慌張地著手收集麵粉，羅倫斯露出淡淡笑容，並在心中嘆了口氣。

在特列歐長時間停留或許會有危險。

羅倫斯時而會遇上一些地方有著像特列歐與恩貝爾之間的關係。

「呃……沒錯，果然要三路德。不過，反正也沒被人瞧見，只要我不說……」

「不，我付。在水車磨坊裡應該誠實，沒錯吧？」

艾凡手上拿著的量具裡裝有剛剛磨製好的小麥麵粉，他一副彷彿在說「被你打敗了」似的表情笑笑，然後收下羅倫斯遞出的三枚黑色銀幣。

「要做成麵包之前，一定要仔細篩過喔。」

「我知道了。話說——」

羅倫斯朝著動手做起石臼善後工作的艾凡如此搭腔。

「這裡教會的晨間禮拜都那麼早嗎？」

羅倫斯本以為艾凡會顯得吃驚，但是他露出臉上彷彿寫著「嗯？」的表情回頭看了羅倫斯一眼，然後他似乎察覺到羅倫斯話中的真意，邊笑邊搖頭說：

「沒，怎麼可能那麼早。夏天倒是還好，但是冬天要在這裡過夜太冷了吧？所以我才到教會借住。」

因為羅倫斯當然也是這麼猜測，所以他能夠很自然地做出一副「原來如此」的贊同模樣。

「不過，你和艾莉莎小姐看起來感情很好的樣子呢。」

「咦？嗯，算是吧。嘿嘿嘿……」

得意、開心，再加上難為情，當這些情緒混成一團時，只要多加一點水分仔細搓揉，想必就會變成艾凡現在的表情吧。

這時如果用忌妒之火加以烘烤，肯定會膨脹得很大。

「昨天我們去教會問路時，遭到艾莉沙小姐極其冷漠的對待，她甚至不肯好好聽我們說話。結果今天早上一看，她就像聖母一樣地溫和，真是嚇了我一大跳。」

「啊哈哈哈。艾莉莎她明明膽子很小，卻很沒耐心，而且還很怕生。所以每當她遇到第一次見面的人，總會像隻山鼠似的露出尖牙示威。她那個樣子竟然說要繼承法蘭茲先生的職位，實在太亂來了。」

艾凡從石臼上卸除水車，然後動作靈巧地只使用木棒套回繩索。

一邊身手俐落地進行作業，一邊這麼說的艾凡背影看起來，散發著一點點成熟韻味。

「不過，她很久沒有心情這麼好了。你們運氣不好，去的時間不對，她昨天晚上心情就變好了。所以說……奇怪了，艾莉沙怎麼沒跟我說你們來過呢？那傢伙連一天打了幾次噴嚏都會跟我說的。」

雖然羅倫斯明白艾凡只是抱著閒話家常的心情在說話，但是身為聽眾的他聽得都覺得膩了。

不過，羅倫斯心想，為了接近艾莉莎，還是拉攏一下艾凡的好。

「那一定是因為我好歹也是個男生吧。」

艾凡聽了，愣了好一會兒後，突然發出顯得輕佻的笑聲。

最後甚至還說了句：「原來是怕我誤會啊，那傢伙真是笨喔。」

看著艾凡那模樣，羅倫斯心裡十分明白儘管艾凡比他年輕，但是艾凡身上卻有很多值得他學習的地方。

比起學習做生意，這方面的學習或許困難許多。

「不過，原本那麼氣憤的人會突然心情轉好，到底是怎麼回事啊？」

艾凡的臉上蒙上一層淡淡的陰影。

「你問這要做什麼？」

「因為我夥伴的情緒就跟山上的天氣一樣變化無窮。」

羅倫斯聳了聳肩這麼說。艾凡聽了，便從他的記憶裡找出赫蘿的身影，然後他似乎感受到赫蘿像是羅倫斯口中那樣的人。

艾凡露出同情的笑容看向羅倫斯說：

「你也很辛苦呢。」

「就是啊。」

「不過，就算我說明原因，對你也沒什麼用處吧。因為單純只是一直以來的問題告了一個段落而已。」

「什麼問題？」

「這個……」

就在艾凡差點就要說出口時，他慌張地閉上嘴巴。

「我被交代不能跟村民以外的人說。如果你說什麼也想知道，拜託你去問村長好嗎……」

「喔，不不，如果是不能說的事，那無所謂。」

羅倫斯爽快地表示不再追問。但是他會表示不再追問，當然有其理由。

因為聽艾凡說了這麼多，羅倫斯已經得到足夠的線索了。

然而，艾凡似乎以為自己惹得羅倫斯不高興，他的表情突然變得畏畏縮縮。尋找著話題搭腔的艾凡，似乎一下子就找到了話頭：

「啊，不過呢，我可以告訴你，如果現在去教會，艾莉莎一定肯聽你說話。她也不是心地那麼壞的傢伙。」

從村長也佯裝不知道修道院存在的這點看來，事情似乎沒那麼簡單。不過羅倫斯心想，這或許是再次前去詢問艾莉莎的好機會。

不管怎麼說，羅倫斯已經擬好了策略。

假設他的猜測無誤，這策略應該可行。

「我知道了。那麼，我會再去找她問看看。」

「我想這樣會比較好。」

羅倫斯心想已經打聽不出其他事情了，於是他說了句「那就這樣了」後，便轉過身子。

艾凡見狀，急忙地搭腔說：

「我、我說羅倫斯先生啊。」

「嗯？」

「那個，當個旅行商人很辛苦嗎？」

艾凡不安的眼神透露出內心的決意。

他一定是打算有一天辭去磨粉匠的工作，到外面的世界瞧瞧吧。

羅倫斯當然不會恥笑他的決心。

「世上沒有什麼職業是不辛苦的。不過嘛……嗯，我現在過得很開心。」

只是遇上赫蘿之後，與相遇之前的開心感覺截然不同罷了。羅倫斯在心中對著自己這麼自言自語。

「這樣啊……也是啦。我懂了，謝謝。」

雖然當個磨粉匠必須很誠實，但是誠實與直率不能畫上等號。

如果艾凡成了商人，想必會得到不錯的評價吧。只是在賺錢方面，或許就得吃點苦了。

羅倫斯的腦海浮現了這樣的想法。

不過，羅倫斯當然沒有將這個想法說出口，他輕輕舉高皮袋謝過艾凡為他磨粉後，便離開了水車磨坊。

羅倫斯沿著小河旁的道路一邊悠悠哉哉地走著，一邊暗自呢喃道：「話說回來……」然後陷入一陣思考。

艾凡提到艾莉莎連一天打了幾次噴嚏都會告訴他，這件事讓人印象特別深刻。

如果換成是赫蘿，她可能會為了讓人知道她的千愁萬恨，而說出她一天嘆息了幾次。

這兩者之間的差別究竟是怎麼回事？

不過，如果赫蘿變得像艾莉莎那般穩重果決，說起來也有點噁心；因為赫蘿本人不在旁邊，肆意這麼想著的羅倫斯不禁笑了出來。

回到廣場上，看見若干攤販排列著。雖然這裡的規模以早市來形容稍嫌小了些，但廣場上倒是聚集了不少村民。

不過，村民們聚集的目的不像為了採買物品，而是比較像為了展開新的一天而聚在一起談笑的感覺。至少廣場上完全沒有想要把商品賣得高價些、或是想要買得便宜些，這類破壞和悅氣氛的感覺。

照艾凡所說，恩貝爾會以定價全數買走特列歐的麥子，而特列歐的村民則能夠免稅向恩貝爾採買商品。

雖然這是讓人一時無法相信的狀況，但倘若這是事實，也就能夠說明特列歐的村民為何會如此地悠哉。

村落之所以會被迫隸屬於城鎮，並且為了生活而被工作追著跑，是因為村落無法在完全自給自足的情況下，取得酒、食物、衣服及家畜等生活必需品。

於是村落把麥子等農作物賣給城鎮，再以農作物的代價購買生活必需品。

然而，想要購買從各地方運送到城鎮的各式各樣商品，必須要有現金。所以村民必須把麥子賣給城鎮商人以換取現金，然後再用這些現金向城鎮商人購買各式各樣商品。

在這裡最重要的一點是，對村民而言，現金是必要的東西；然而對城鎮而言，村落的麥子並非是必要的。

兩者的強弱懸殊顯而易見。城鎮會要求村落便宜賣出麥子，然後以關稅等各種藉口高價賣出商品。

村落的財政狀況越是困窘，城鎮就越能針對這點下手。

到了最後，村民只好向城鎮借錢。而為了這個無力償還的借款，最後窮困潦倒地變成只能不停運送麥子給城鎮的奴隸。

對於如羅倫斯般的旅行商人來說，變成奴隸的村落也會是絕佳的生意來源。因為貨幣在這時會變成具有驚人威力的武器，讓旅行商人能夠以低價採買各種物品。

不過，當村落能夠從某處取得現金收入時，就有辦法再次對抗城鎮的勢力。如此一來，城鎮會感到困擾，於是城鎮與村落就會開始為各自的權益採取各種行動，並不斷引起紛爭。然而，特列歐似乎與這些事情一點關係都沒有。

雖然不知道特列歐怎麼有辦法不與這些事情牽扯上關係，但是羅倫斯隱約感覺得到特列歐因為這狀況而面臨的問題及危險。

羅倫斯在開了店，卻絲毫沒有做生意幹勁的南北貨店買了無花果乾後，便返回旅館。

回到旅館，看見房間裡的赫蘿也是一副與世間疾苦一點關係都沒有的模樣熟睡著，羅倫斯不禁沒出聲地笑了出來。

在羅倫斯沙沙作響地動作了好一會兒後，赫蘿醒了過來，當她總算從棉被底下探出臉來時，一開口就只說了句「吃飯」。

因為羅倫斯無法預測抵達特列歐的路程有多遠，所以每天都是吝嗇地吃著糧食。現在他決定先解決掉剩下的存糧。

「原來還有這麼多乳酪。因為汝一直說不夠不夠，咱才不敢多吃。」

「是誰說妳可以全部吃掉？有一半是我的。」

羅倫斯一拿起用刀子對半切好的乳酪，赫蘿就像看見仇人似地瞪著羅倫斯說：

「在上一個城鎮汝不是賺了相當多錢嗎？」

「我不是已經跟妳說明過那些錢都用完了嗎？」

正確來說，羅倫斯是一次還清了在卡梅爾森留下的未付貨款，以及在距離卡梅爾森不遠的城鎮留下的債務。

這是因為羅倫斯擔心在北方地區尋找約伊茲時，萬一耽擱太久會來不及付款，也單純是因為擔心身上帶了太多現金會有危險。

不過，在還清債務後，剩下的現金則是寄放在洋行。現金能夠直接化為洋行的力量。當然了，羅倫斯沒忘記要收取利息，只是他並沒有告訴赫蘿這件事。

「這種事咱聽一遍就明白。咱指的不是這個，咱是在說雖然汝賺了錢，咱卻一毛都沒賺到。」

聽到赫蘿這麼說，羅倫斯不禁苦著臉。

在卡梅爾森是因為羅倫斯自己會錯意而造成大騷動，而赫蘿卻是一點好處都沒得到。

不過，如果顯露出弱點，這隻狼就會固執地咬著人不放。

「妳吃吃喝喝那麼多，還好意思說這種話？」

「既然這樣，汝應該可以把汝賺的錢，還有咱花費的金額一筆一筆地算給咱聽唄？」

被說到痛處的羅倫斯不禁別開了視線。

「光是咱自己跟那小鳥女娃買的礦石，應該就賺了很多錢唄。而且……」

「我知道了，我知道了啦。」

赫蘿擁有能夠識破謊言的耳朵，這點比任何徵稅官都更加惡劣。

要是做了無謂的掙扎，也只會使得傷口越來越大而已。

羅倫斯決定投降，他把所有乳酪都塞給赫蘿。

「呵呵呵呵，謝謝。」

「不客氣。」

聽到對方道謝，卻覺得如此不開心，這種狀況應該很少見吧。

「話說，調查有進展嗎？」

「多多少少有吧。」

「多多少少？只打聽出一半的路程嗎？」

羅倫斯笑著心想：「原來也可以這樣解讀。」他稍作思考後，說出推敲好的話語：

「因為我想昨天才去過，就算今天再去教會，也只會吃閉門羹。所以我去找了磨粉匠艾凡。」

「朝與那女娃關係匪淺的對象下手，是唄？嗯，以汝的能力來說，算是很不錯的判斷。」

「然後啊……」

羅倫斯先咳了一下，接著開門見山地說：

「可不可以放棄去修道院？」

赫蘿聽了，身體停止不動。

「……理由呢？」

「這裡怎麼看都不像普通的村落，有種危險的感覺。」

赫蘿臉上沒有浮現任何表情，她咬了一口塗上乳酪的黑麥麵包說：

「意思是說汝不願意為了尋找咱的故鄉而冒險？」

羅倫斯沒料到赫蘿會使出這招，不禁壓低了下巴說：

「妳這種說法……不對，妳是故意的吧。」

「哼。」

赫蘿嘴巴一張一合地不停咬著麵包，轉眼間就吞下了整塊麵包。

雖不知赫蘿到底連同麵包吞下了多少話語，但是她的表情因此變得不悅。

不管是明猜暗想，羅倫斯都能夠明白赫蘿想要早一刻前往修道院打聽事情的心情，但赫蘿的心情或許比羅倫斯想像中的來得強烈。

然而，從村裡收集到的少數情報，再加上身為旅行商人、看過各式各樣村落或城鎮的經驗來思考，羅倫斯認為繼續在特列歐尋找修道院地點似乎會有危險。

這是因為——

「照我的猜測來看，我們在尋找的修道院應該就是那所教會。」

赫蘿臉上的表情沒有變化。取而代之地，她豎起了耳朵尖起部位變得捲曲的毛。

「我現在一一舉出憑據，妳聽仔細喔。」

赫蘿用手指抓著耳朵豎起的毛，輕輕點頭。

「第一點，教會的艾莉莎顯然知道修道院在哪裡，但是她卻裝作不知道。姑且不論事情的嚴重性如何，但她會隱瞞著不說，至少表示修道院的事情不能被人知道。還有，我昨天去村長那兒詢問同一件事情時，村長好像也知情。當然了，他後來也是裝作不知道。」

赫蘿閉上眼睛，點了點頭。

「第二點，在整座村子裡，教會是規模僅次於村長住家的建築物。教會雖然蓋得相當氣派，但是一想起昨天在酒吧聽到的事，就覺得教會其實沒有受到村民的尊敬。比起教會崇拜的神明，村民似乎更尊敬從很久以前就守護著土地的蛇神。」

「可是，村民不是有說，本來咱們打算問路的那個法蘭茲是村子的恩人。」

「沒錯，村長也說了同樣的話。這麼一來，就表示法蘭茲祭司一定為村子做了什麼貢獻。而且，這個貢獻顯然不是以神的教誨解救了村民們。這麼一來，就表示他應該是做了能夠讓村民得到利益的事情吧。至於他做了什麼呢，我剛剛從艾凡那裡打聽到了。」

用手指戳著麵包的赫蘿微微傾著頭。

「簡單扼要地說，這個貢獻，就是讓特列歐與隔壁城鎮的恩貝爾締結了與其地位不符的合約。就是這個原因讓特列歐的村民在麥子收成完後，還能夠悠哉地過活。這個村子沒有金錢上的困難。而且，幫助村民實現這樣的生活、與恩貝爾締結了有些令人難以置信的合約內容的，似乎不是別人，正是法蘭茲祭司。」

「嗯。」

「而艾凡曾提到，這個村子與恩貝爾的教會正在吵架的狀況，就與此事有所關係吧。一般來說，教會內的爭執多是爭奪祭司或主教的就任權、土地的捐贈糾紛，也有因為信仰內容偏差而起的爭執。一開始我以為是艾莉莎太年輕，而且身為女性，卻想要掌理教會，所以才會與教會起爭執。可是，我後來發現就算表面上是這樣的理由沒錯，但其實另有真正的理由。」

艾莉莎無論如何也要繼承法蘭茲職位的舉動，以及羅倫斯在村長塞姆住處打擾時出現的旅行裝扮男子。

還有，艾凡說艾莉莎面臨的問題在昨天告了一個段落。

如果把這三件事放在羅倫斯所熟悉的關係圖上，就能夠完全理解整個狀況。

「可想而知，恩貝爾當然希望破壞與特列歐之間的關係。我是不知道法蘭茲祭司在何時、用了什麼方法與恩貝爾締結合約，但我想恩貝爾應該很想把這份合約與法蘭茲祭司一同埋葬起來吧。最快的方法當然就是以武力壓制；可是很遺憾的，這個村子裡也有教會。而且我認為一直以來，恩貝爾之所以無法行使武力，是因為特列歐的教會有後盾。那麼，恩貝爾會怎麼做呢？答案是只要除去特列歐的教會就好了。」

昨天出現在村長住處的男子所帶回來的，有可能是某遙遠城鎮的教會認可艾莉莎為法蘭茲繼承人的文件，也有可能是教會後盾的某地方貴族認可文件。

無論是前者或後者，都一定是穩固艾莉莎立場的文件。

「而且，這裡的村民似乎不避諱於祭拜異教之神。只要能夠認定這裡是異教徒的村落，恩貝爾就有藉口攻打這裡。」

「假設只是知道修道院的地點，就沒必要特別隱瞞。可是吶，如果這所修道院的位置就在這裡，那就有必要隱瞞。」

羅倫斯點點頭，並再次提議說：

「可以放棄嗎？從目前的狀況看來，修道院的存在是恩貝爾進攻的絕佳藉口，所以特列歐應該會一直隱瞞下去。而且，如果說修道院果真就是這裡的教會，想必法蘭茲祭司就是修道院院長吧。說不定異教眾神的傳說已經和法蘭茲祭司一同被埋進土裡了。對於無利可圖的事情，沒必要引起爭執。」

而且，羅倫斯兩人無法證明自己與恩貝爾一點關係都沒有。

大部分的神學者也都不認為只是說一句「我不是惡魔」，就能夠證明說話的人不是惡魔。

「再說，這事情會牽扯到異教眾神。萬一發生騷動，而我們被視為異端而遭到逮捕，那事情就會變得很棘手。」

赫蘿大聲嘆了口氣，一副搔不著癢處的模樣咯吱咯吱地搔著耳根。

她看起來像是已明白眼前的狀況是不容隨便忽視的事態，但是又不肯輕易放棄的樣子。

羅倫斯咳了一下，再次對著抱著如此心境的赫蘿說：

「我能理解妳想要多收集一些故鄉線索的心情。但是，我認為現在應該先避開危險。如果是約伊茲所在位置的相關線索，在卡梅爾森已經收集得相當足夠了。而且，妳又不是失去了記憶。只要到了附近，妳就會記起來的，根本不用擔心——」

「汝啊。」

赫蘿突然打斷了羅倫斯的話。但是打斷了後，她卻像不記得自己要說什麼似的閉起嘴巴。

「我說赫蘿啊。」

聽見羅倫斯的呼喚，赫蘿稍稍嘟起了嘴巴。

「為了怕我又會錯意，我希望妳可以先告訴我，妳對異教眾神的神話抱著什麼樣的期待？」

赫蘿別開了視線。

羅倫斯為了不讓自己說話變得像在追問似的口吻，他努力保持平靜地說：

「妳是想調查把妳的故鄉……呃……毀滅掉的傳說裡頭出現的熊怪嗎？」

赫蘿仍然別開著視線，動也不動。

「還是想調查……故鄉同伴的事？」

羅倫斯想得到的可能性就只有這兩個而已。

有可能讓赫蘿執著的應該就是其中之一。

或者兩個都是。

「如果是，汝會怎麼做？」

赫蘿的銳利眼神顯得冷漠，彷彿要將人的內心深處都凍結似的。

然而，那不是高傲的狼在捕捉獵物時的眼神。

而是一隻受了傷的動物把想要靠近自己的一切，都視為敵人的眼神。

羅倫斯在腦中思索著回答的話語，適當的字眼浮現得比他想像中的更快。

「視狀況而定，也不是說一定不能冒險。」

重點在於利益與危險到底相不相稱。

如果赫蘿堅持要收集毀滅故鄉的可恨熊怪情報，或者是非得要調查同伴的下落不可，羅倫斯當然不會吝於提供協助。

因為赫蘿並非像她的外表般是個小孩子，相信她多少懂得看清自己的心情，做出冷靜的判斷。如果赫蘿在經過冷靜的判斷後，要求羅倫斯提供協助，羅倫斯當然有決心冒險來回應赫蘿深思熟慮過的決定。

然而，赫蘿卻突然放鬆肩膀的力量，一邊輕輕笑笑，一邊解開盤腿。

「既然這樣，放棄無妨。」

結果，赫蘿卻是這麼說。

「放棄無妨，汝不需要那麼慎重其事的樣子。」

當然了，羅倫斯不可能照字面上的意思來解讀赫蘿的真意。

「汝啊，如果要咱老實說，咱當然想賞那女娃一巴掌，要那女娃說個一清二楚。因為汝都願意這麼表示了。還有一個理由是，咱只是單純地想要知道有關約伊茲的傳說。換作是汝如果知道有故鄉的傳說，也會想知道唄？」

羅倫斯點頭表示贊同赫蘿的意見，赫蘿也滿意地點點頭做出回應。

「可是，如果因為咱的緣故而要汝去冒險，那麼咱會覺得困擾。已經大致掌握到約伊茲的所在位置，是唄？」

「啊，嗯。」

「既然這樣，放棄無妨。」

雖然赫蘿這麼說，但是羅倫斯心裡卻覺得有些不暢快。

羅倫斯確實提出了應該放棄的提議，但是看赫蘿怎麼決定，他都很願意配合。

在抱著這樣的心情下，聽到赫蘿爽快地接受提議，羅倫斯不禁猜疑起赫蘿是在扯謊。

感到猜疑的羅倫斯說不出話來，這時赫蘿坐到床邊，把腳放在地板上說：

「汝啊，汝覺得咱為什麼都不向汝提起故鄉的事？」

赫蘿的質問讓羅倫斯不禁吃驚。

雖然赫蘿的臉上掛著淺淺的笑容，但是怎麼看都不像在捉弄羅倫斯的樣子。

「咱偶爾也會想提起故鄉值得驕傲的事，也想說說回憶。可是吶，咱之所以沒說，是因為汝會顧慮到咱的感受，就像汝現在這樣。咱當然知道如果責怪汝顧慮太多，咱就太不懂得知足了。可是，這對咱來說，不免覺得有些痛苦。」

赫蘿說著說著，抓起了尾巴的毛，跟著一副受不了似的表情繼續說：

「真是的，如果汝是個理解力強的雄性，咱就不需要說這些難為情的話。」

「這……抱歉……」

「呵。不過，雖然爛好人個性是汝少之又少的優點之一……但是這讓咱感到害怕。」

赫蘿從床邊站起來，轉了一圈身子背對著羅倫斯。

泛著光澤的蓬鬆冬毛尾巴微微甩動，赫蘿一邊以兩手臂抱住自己的肩膀，一邊轉過頭看向羅倫斯說：

「因為就算看到咱這麼寂寞的樣子，汝也不會撲向前把咱給吃了吶。真是的，汝這雄性太可怕了。」

看著赫蘿低頭抬眼投來充滿挑戰意味的眼神，羅倫斯輕輕聳聳肩說：

「因為有些東西的外觀雖然看似果實，但是沒仔細品嚐的話，就會嚐到難以下嚥的味道。」

赫蘿聽到的瞬間，忽然鬆開抱住肩膀的手，跟著面向羅倫斯一副笑嘻嘻的模樣。

「的確，有可能會嚐到酸不溜丟的味道吶。可是……」

赫蘿緩緩走近羅倫斯，保持笑臉說道：

「難道汝認為咱吃起來不甜嗎？」

羅倫斯心想，說這種話的傢伙怎麼可能會讓人覺得甜？

他毫不猶豫地點點頭。

「喔？膽子很大吶。」

看著臉上露出一抹微笑的赫蘿，羅倫斯立刻補充著說：

「有些東西不苦澀就不好吃，就像啤酒一樣。」

「……」

赫蘿露出一副驚訝的表情稍微瞪大了眼睛，跟著像是在說「糟糕」似的閉上眼睛，甩了一下尾巴說：

「哼，讓小毛頭喝酒是害人吶。」

「嗯，要是宿醉就傷腦筋了嘛。」

赫蘿故意嘟起嘴巴，跟著揮出右拳頂了一下羅倫斯的胸前。

然後，赫蘿就保持這樣的姿勢垂下視線。

羅倫斯當然明白兩人這樣子就像在演短劇一樣。

他輕輕握住赫蘿的手，緩緩地說：

「妳，是真的……願意放棄吧？」

像赫蘿般反應靈敏的人，想必一下子就能夠知道什麼是合理的判斷，而什麼又是不合理的判斷吧。

但是，就如無法以理性去理解神明般，感情是無法完全控制得了的。

赫蘿沉默了好一會兒，沒有回答。

「汝這樣的問法吶……太狡猾了唄。」

赫蘿沉穩地回答道，她鬆開頂在羅倫斯胸前的拳頭，跟著輕輕抓住他的衣服。

「如果打聽得到約伊茲、同伴，或是可惡熊怪的傳說，咱當然想知道詳細。光是在卡梅爾森聽那小鳥女娃說的那些內容根本不夠。就好像口渴時，只能喝到一點點水一樣。」

赫蘿用著柔弱的聲音喃喃說道。

羅倫斯一邊小心翼翼地應付這個早已看穿對方真意的互動，一邊輕聲說：

「妳想怎麼做？」
赫蘿點了一下頭回答說：
「咱可以跟汝……撒嬌嗎？」
赫蘿的話讓人聽了有種「如果抱緊她，那身體一定很柔軟吧」的感覺。
羅倫斯深深吸了一口氣，簡短地回答說：
「沒問題。」
赫蘿依舊垂著頭不動，她只是甩了一下尾巴，讓尾巴掃過地面。
雖然羅倫斯不知道赫蘿這模樣有多少真實性，但光是這樣就足以讓他覺得獲取了與危險相稱的利益，他不禁心想自己一定是喝醉了。
不過，忽然抬起頭來的赫蘿露出無敵的笑容說：
「其實吶，咱有一個點子。」
「喔？什麼樣的點子？」
「嗯，就是吶……」
聽到赫蘿說出既單純又明快的方法，羅倫斯輕聲嘆了口氣說：
「妳是認真的嗎？」
「就是拐彎抹角地行動，事情也無法有所進展唄。再說，咱剛剛說可以跟汝撒嬌嗎，本來就是在問汝可以跟咱一起冒險嗎?」

「可是——」

赫蘿咧嘴一笑,稍稍露出嘴唇底下的尖牙說:

「汝很英勇地回答了咱『沒問題』,咱真的很開心。」

合約書上面之所以會有冗長的周詳記述,是為了不讓人有多餘解讀的空間。

而口頭約定之所以危險,不僅是雙方會因說過或沒說過而起爭執,更危險的是約定內容就是被解讀成對自己不利的事態,也很難察覺得到。

而且,羅倫斯的對手可是高齡數百歲、以賢狼自稱的狼啊。

羅倫斯心想「真是的,太掉以輕心了」,他還一直以為所有主導權都握在自己的手上。

這時,赫蘿顯得開心地說:

「偶爾也得重新握好控制汝的韁繩唄。」

因為被赫蘿依賴,所以羅倫斯表現英勇地回應她的期待。

對於夢想著會有這般狀況發生的自己,羅倫斯不禁感到沒出息。

「反正事情沒法順利進行時,就交給汝來處理。可是吶……」

說著,赫蘿的手輕輕一滑,握住了羅倫斯的手。

「咱現在只要握住汝的手就好。」

羅倫斯無力地垂下頭。

就是想撥開赫蘿的手，羅倫斯也根本做不到。

「那，汝啊，趕緊吃完飯出門唄。」

羅倫斯雖然只簡短地做了回答，卻不敢回答得含糊不清。

第三幕

事實上，如果法蘭茲祭司就是羅倫斯兩人所尋找的修道院院長——路易士・拉納・修汀希爾頓，那麼記載著異教眾神傳說的書籍文件，都極有可能仍收藏在特列歐的教會裡。

當然了，如果艾莉莎與特列歐村所面臨的狀況與羅倫斯的臆測相同，那艾莉莎就有可能是因為不願冒任何風險，而對修道院的地點三緘其口。

然而，對於越重要的事情，人們就越想記錄在紙張上。若這些記錄還是某人嘔心瀝血的著作，人們就更無法輕易地將其燒成灰燼。

所以，教會裡應該仍保留著記述異教眾神內容的書本。

問題在於要如何挖出這些書籍。

「請問有人在嗎？」

羅倫斯兩人與昨天一樣，從正面玄關拜訪教會。

不過，兩人今日當然不像昨天那般莽撞無謀。

「……有何貴事？」

因為只隔了一天又前來拜訪，羅倫斯不知道艾莉莎願不願意開門。但就目前的情況看來，似乎暫時沒了這層顧慮。

昨天的艾莉莎散發出彷彿會讓人被電得全身發麻的焦躁情緒，而今天的她則露出像是蒙著厚厚一層烏雲似的不悅表情。

能夠被艾莉莎討厭到如此地步，反倒使得羅倫斯對她產生了好感。

羅倫斯露出自然的笑容回答：

「昨天真是冒昧打擾了。我聽艾凡先生說，您好像正面臨一個很棘手的狀況。」

艾莉莎聽到艾凡的名字時，身子微微動了一下。她從稍微打開的門縫裡先看看羅倫斯與赫蘿，再看看已備齊旅行裝備，在兩人後方待命的馬車，最後把視線拉回羅倫斯身上。

羅倫斯看出艾莉莎的不悅表情因此和緩了一些。

「……那麼，您又是來詢問修道院地點的嗎？」

「不不。我向村長詢問過修道院的地點，村長也說不知道。說不定是我在卡梅爾森時被人騙了，畢竟告訴我這個線索的人有點奇怪。」

「原來如此。」

雖然艾莉莎以為自己隱藏得不錯，但還是躲不過商人的銳利目光。

「所以，雖然比原先預定的時間早了些，不過我們決定出發到下一個城鎮。因此，希望您可以讓我們在這所教會裡祈禱旅途平安。」

「如果是這麼回事……」

雖然艾莉莎露出帶著懷疑的表情，但是她緩緩打開大門，說了句：「請進。」邀請羅倫斯兩人入內。

赫蘿也跟在羅倫斯後頭走進教會後，大門「啪咚」一聲緊緊關上。兩人一身旅行裝扮，羅倫斯的肩上還背著行囊。

從教會正面進入後，可看見往左右延伸的走廊，走廊盡頭還各有一扇門。因為不管到了哪裡，教會的構造都一樣，所以正對面這扇門的背後應該是禮拜堂，左側是聖務室或筆耕室，而右側是臥室吧。

艾莉莎一邊稍微拉高祭司服，一邊繞過兩人，跟著打開禮拜堂的大門說：

「請往這邊走。」

一走進禮拜堂，羅倫斯發現裡頭的裝潢可說十分氣派。

禮拜堂的正前方有祭壇及聖母雕像，光線從設計在二樓位置的窗戶投射進來。

挑高設計的天花板，再加上沒有任何椅子的擺設，使得禮拜堂看起來相當寬敞。

石造地板上的石塊緊密排列著。看石塊排列得如此緊密，想必再貪得無厭的商人也無法撬開石塊拿去變賣吧。

從大門到祭壇之間的石造地板，因為人們的腳步踐踏而受到磨損，所以稍微變了色。

羅倫斯跟在艾莉莎背後緩緩往裡頭走去，他發現祭壇前方的地板略呈凹陷。

「法蘭茲祭司……」

「咦？」

「他的信仰相當虔誠呢。」

艾莉莎顯得有些吃驚，隨即察覺到羅倫斯的視線。

從艾莉莎站立的位置再往後方移動一些，肯定就是祭司跪拜祈禱的位置。

「啊……是的，沒錯。只是……在聽到您這麼說之前，我從來沒發現過。」

艾莉莎第一次在羅倫斯面前展露的笑容，雖然只帶著淡淡的笑意，卻很像教會女孩特有的溫柔笑容。

或許是因為昨天第一次見面時，看到艾莉莎那副凶巴巴的模樣，所以她現在的笑容才會讓羅倫斯更覺溫柔吧。

不過，一想到接下來要讓這笑容消失，羅倫斯就不禁感到一陣落寞。那感覺就像好不容易生起的火被吹熄了似的。

「那麼，開始祈禱吧。準備好了嗎？」

「啊，在那之前。」

說著，羅倫斯卸下行囊，也脫下外套，然後走近艾莉莎說：

「能否讓我先懺悔？」

或許是對羅倫斯的要求感到意外，艾莉莎頓了一下後，才回答一聲：「好。」

「那麼，請到懺悔室……」

「不，就在這裡。方便的話，我想在神的面前懺悔。」

儘管羅倫斯走近時顯得氣勢逼人，艾莉莎卻沒有被他的氣勢壓倒。她點點頭說了句：「我明白了。」之後再次莊嚴地點頭的模樣，相當符合她聖職者的身分。

想必艾莉莎會堅持要繼承法蘭茲的職位，並非只是為了村子著想吧。

看著赫蘿安靜地退到後方後，艾莉莎雙手合十，低頭輕聲吟唱起祈禱文。

當她抬起頭時，已化身為忠誠的神之侍者。

「向神告白你的罪行吧，神永遠寬大對待誠實之士。」

羅倫斯緩緩做了一次深呼吸。雖然對羅倫斯來說，不管是向神明祈禱，還是貶責神明都是家常便飯，但是一旦要在禮拜堂正中央告白罪行，他仍會感受到與其氣氛相呼應的緊張感。

羅倫斯花了與吸入空氣時一樣長的時間呼出空氣後，跪在地上說：

「我說了謊。」

「什麼謊？」

「我為了自己的利益，欺騙了對方。」

「你已經在神的面前告白了這個罪行。那麼，你有勇氣說出事實嗎？」

羅倫斯抬起頭，回答說：

「有。」

「雖然神知道一切，但是神希望由你的口中再次說出罪行。無須感到害怕。對於懷抱正確信仰的人，神永遠是寬大的。」

羅倫斯閉上眼睛說：

「我今天說了謊。」

「什麼謊？」

「我為了欺騙對方，說出了假目的。」

艾莉莎頓了一下後，接續說：

「有一件事情我說什麼也想知道，為了請對方告訴我這件事，我說了謊好接近對方。」

「為何要這麼做？」

「……那對方……是哪位？」

羅倫斯抬起頭回答：

「是妳，艾莉莎小姐。」

艾莉莎明顯表現出慌張的模樣。

「我在神的面前告白了我說謊的罪行，並且說出了事實。」

羅倫斯站起身子，朝著矮了他一個頭的艾莉莎毫不客氣地說：
「我在尋找帝恩多蘭修道院，我是前來詢問妳修道院的地點。」
雖然艾莉莎咬著嘴唇，以充滿憎恨的眼神瞪視羅倫斯，但是她身上已經不再散發出如昨日那般「不管面對任何要求，都會予以駁回」的強悍氣勢。
羅倫斯刻意選在這裡告白，是有其理由的。
他是為了在神明面前設下陷阱，好讓信仰虔誠的艾莉莎往裡面跳。
「不，我又說謊了，我不是前來詢問地點的。」
困惑彷彿油脂滴落水中似的，在艾莉莎的臉上蔓延開來。
「我是前來詢問妳，這裡是不是帝恩多蘭修道院？」
「……！」
艾莉莎往後退了幾步。她被地板上因為法蘭茲祭司長年不斷向神明禱告，而形成的凹陷絆住了腳步，有點失去平衡。
這位置就在神的面前。
在這裡不允許說謊。
「艾莉莎小姐，這裡是帝恩多蘭修道院，而法蘭茲祭司是路易士・拉納・修汀希爾頓院長，沒錯吧？」

艾莉莎彷彿被「只要沒搖頭，就不算說謊」這孩子般的主張支撐著。她一副泫然欲泣的表情，從羅倫斯身上別開視線。

然而，艾莉莎的反應分明是在肯定這個事實。

「艾莉莎小姐，我們想知道法蘭茲祭司所收集的異教眾神傳說內容。這不是為了做生意，更不可能是為了恩貝爾。」

艾莉莎倒抽了口氣，她慌張地摀住嘴巴不讓倒抽的空氣呼出來。

「妳之所以會擔心被人發現這裡是帝恩多蘭修道院，是因為這裡還留有法蘭茲祭司所收集的傳說記錄，對吧？」

汗水從艾莉莎的太陽穴慢慢滲透出來。

她的反應就跟承認了事實沒兩樣。

羅倫斯很自然地握住拳頭，向赫蘿發出暗號。

「艾莉莎小姐是擔心會被恩貝爾發現法蘭茲祭司的所作所為，我說的沒錯吧？我們只是說什麼也想知道那些記錄內容而已。哪怕是採取像現在這樣不溫和的手段，也要知道記錄內容。」

艾莉莎像在咳嗽似的開口說：

「你、你們……你們是什麼人？」

羅倫斯沒有回答，他直直注視著艾莉莎。

打算以瘦弱身軀背負這間教會的艾莉莎，用不安的眼神迎向羅倫斯。

然後──

「咱們是什麼人？關於這個問題，恐怕很難說出一個讓汝滿意的答案。」

赫蘿從旁插嘴說道。艾莉莎像是終於發現赫蘿站在那裡似的，不自覺將視線投向了她。

「咱們……不，咱這麼無理地提出要求，是有原因的。」

「……有什麼……原因？」

回話的艾莉莎就像個哽咽的愛哭鬼。赫蘿緩緩點頭說：

「就是這樣的原因。」

想要證明自己不是恩貝爾的教會派來的爪牙，就跟想要證明自己不是惡魔一樣地困難。

但是，若能夠露出天使的羽毛，至少可以證明自己不是惡魔。依循此理，也至少可以證明自己不是恩貝爾教會派來的爪牙。

也就是──露出赫蘿的耳朵和尾巴。

「啊……啊……」

「這不是假的，要不要摸摸看？」

羅倫斯以為艾莉莎輕輕點了點頭，結果發現她是垂著頭緊握胸前的雙手。

「呼……」

艾莉莎保持這樣的姿勢發出有如鼾聲般的呻吟聲，跟著當場暈厥了過去。

讓艾莉莎躺在樸素的床鋪上後，羅倫斯輕輕嘆了口氣。

羅倫斯本以為帶點恐嚇意味地追問艾莉莎會比較有效果，但似乎做得有些過頭了。

不過，艾莉莎只是暈厥過去而已，不用多久應該就會醒過來吧。

羅倫斯環視了房間一圈後，發現整間房間樸素極了。

雖說教會本來就是個讚頌清貧的地方，但是看見房間裡家徒四壁、一無所有的樣子，羅倫斯不禁懷疑起艾莉莎是否真的住在這裡。

從入口處進到教會，再往右轉就可以來到設有暖爐的客廳。客廳後方有沿著禮拜堂建蓋的走廊，以及通往二樓的階梯。

因為床鋪就在二樓，所以羅倫斯將艾莉莎帶到二樓讓她躺下。說到這間有床鋪的房間，裡頭就只有一組書桌椅、攤開來的聖經、註解書，以及幾封信件。說得上是裝飾品的，就只有掛在牆上的一個環型麥草編織物。

二樓一共有兩間房間，另一間房間被當成儲藏室使用。

雖然羅倫斯也不是刻意想物色些什麼，但是他一眼就看出儲藏室裡應該沒有法蘭茲祭司留下的記錄。

儲藏室裡放了遵照教會年曆舉辦儀式或祭典時，會使用到的特殊刺繡圖樣布料、燭臺，以及劍、盾等物。這些物品蒙著一層塵埃，似乎很久沒被使用過的樣子。

當羅倫斯關上儲藏室的房門時，耳邊便響起了拾級而上的輕快腳步聲，他隨即發現是赫蘿走了上來。

想必赫蘿是沿著圍繞禮拜堂而建蓋的走廊繞了一圈，順便看一看整所教會的構造吧。

赫蘿露出了不快的表情。這應該是因為她沒找著法蘭茲祭司留下的東西，而不是在擔心被她嚇暈的艾莉莎。

「還是用問的比較快吶。如果被藏了起來，根本找不著。」

「沒辦法靠味道找到嗎？」

隨口回應的羅倫斯，一看見赫蘿無聲地露出一抹微笑，連忙慌張地補上了句：「抱歉。」

「話說女娃還沒醒來嗎？膽子比想像中還小吶。」

「是膽子小嗎……她的處境或許比我想像的更辛苦。」

雖然知道不應該偷看他人的信件，但羅倫斯還是忍不住看了放在桌上的信件內容。看完後他清楚知道艾莉莎為了預防恩貝爾出手干涉，採取了什麼樣的手段。

艾莉莎向其他教會提出特列歐與恩貝爾同樣是正教徒的主張，並向某地區的領主請求庇護，以作為防止恩貝爾進攻的後盾。

然而，從那位領主的回覆內容當中，可看出領主似乎是為了報答已故法蘭茲祭司的情義，而非艾莉莎獨力取得領主的信賴。

除此之外，也有信件從連羅倫斯都聽過的大型主教區教會寄來。

大致說來，艾莉莎所採取的行動就如羅倫斯的猜測一般。

依艾莉莎擺在書桌上的文件日期來看，羅倫斯在村長家時所送達的文件，應該就是取得領主庇護的文件。

只要想像起艾莉莎每天引頸期盼文件送達的那段日子，即使身為外人，也能體會當時她那焦慮不安的心情。

不過，羅倫斯心想，讓艾莉莎最感辛苦的或許是其他事情。

比方說置於隔壁房間，蒙著一層塵埃的種種聖具所代表的意義。

雖然艾莉莎是在獲得村長的協助下與恩貝爾對抗，但是提到村民對於艾莉莎的努力是否抱以感謝之情，想必會是個問號吧。

從在酒吧與村民的互動之中，羅倫斯得知村民們對於村落所面臨的問題有所認知。但對於這個問題，村民們似乎並不喜歡讓艾莉莎主導一切。

因為教會不受到村民尊敬是毋庸置疑的事實。

「嗯……」

就在羅倫斯思索著這些事情時，從床上傳來了細微的呻吟聲。

艾莉莎似乎醒來了。

羅倫斯用手制止像隻狼聽見兔子的腳步聲，差點要撲向前去的赫蘿，然後輕輕咳了一下。

「妳沒事吧？」

羅倫斯對著沒有猛地從床上跳起來，只是緩緩睜開眼睛的艾莉莎如此問道。艾莉莎的臉上露出不知道應該感到驚訝、害怕，還是生氣的複雜表情，最後露出了困擾的表情。

她輕輕點點頭，嘆了口氣說：

「不用把我綁起來嗎？」

儘管顯得虛弱，從艾莉莎口中說出的話語卻是相當強悍。

「我當然也想過妳有可能會大聲喊叫，所以我在行囊裡也準備了麻繩。」

「如果我現在大聲喊叫呢？」

艾莉莎驀地從羅倫斯身上移開視線，她的視線移向了急得恨不得馬上問出異教眾神傳說藏在何處的赫蘿。

「這樣對彼此都沒有好處吧。」

艾莉莎把視線拉回羅倫斯身上，跟著忽然閉上眼睛，垂下長長的睫毛。

儘管艾莉莎看似剛強，但畢竟還是個年輕女孩。

「我看到的……」

因為看見艾莉莎一邊說話，一邊想要坐起身子，於是羅倫斯準備伸手扶起她，這時艾莉莎卻說了句：「我自己來。」以手勢制止羅倫斯。

艾莉莎用不帶敵意，也沒有恐懼感，像是看著雨滴終於從烏雲落下的眼神直直注視著赫蘿，然後繼續說：

「我看到的不是夢境吧。」

「咱們當然希望汝可以把這當成夢境。」

「據說惡魔就是靠著製造夢境來欺騙人類。」

雖然羅倫斯聽得出來赫蘿的語氣就像平常一樣輕佻，但他聽不出艾莉莎是不是認真的。

羅倫斯看向赫蘿，發現赫蘿的表情顯得不悅。他心想，赫蘿有一半是認真的吧。

這對峙氣氛或許並非因為一個是正教徒，一個是豐收之神，純粹只是兩人性情不合所造成。

「只要能夠讓我們達成目的，我們會像夢境一樣什麼都不做地離開這裡。我再一次請求妳，可否讓我們看看法蘭茲祭司的記錄？」

在僵持不下的兩人之間，試圖緩和氣氛的羅倫斯開口說道。

「到現在……我還無法確定兩位不是恩貝爾派來的人。但是，如果兩位真不是恩貝爾派來的人……那你們的目的究竟是什麼？」

羅倫斯無法決定是否該由自己來回答這個問題，於是他將視線轉向赫蘿。而赫蘿則是緩緩點了點頭。

「咱想回到故鄉。」

然後，她簡短地說道。

「故鄉？」

「可是吶，咱離開故鄉已經事過好幾百年。咱忘了怎麼回去，也不知道故鄉的同伴們是否平安。不僅如此，咱甚至不確定故鄉是否還存在著。」

赫蘿語氣平淡地說道：

「如果這時咱得知有人或許知道故鄉的消息，汝覺得咱會怎麼想？」

就算是一輩子從未離開過生長的小村落的村民，也會想知道其他城鎮或村落的人，是如何看待自己的村落。

如果換成是離開故鄉的人，想必會更想知道故鄉的消息吧。

雖然艾莉莎沉默了好一會兒沒有回答，但是赫蘿也沒有催促她。

從艾莉莎垂著視線的模樣，明顯看得出她正陷入沉思之中。

雖說艾莉莎還很年輕，但是她的樣子看起來不像一般女孩那樣，每天採採花、唱唱歌，過著悠哉的生活。

當羅倫斯表示想要懺悔時，艾莉莎的應對，透露出她有著真正聖職者應有的修為。

雖說看見赫蘿非人類的模樣時，艾莉莎當場就昏了過去。但羅倫斯相信，她一定能夠掌握狀況，並做出正確的判斷。

這時，艾莉莎忽然把手按在自己的胸前，輕聲吟唱起祈禱文。不久後她抬起了頭。

「我是神的僕人。」

艾莉莎簡短地說道，並在赫蘿與羅倫斯插嘴之前，繼續說：

「但是，我同時也是法蘭茲祭司的繼承者。」

艾莉莎走下床，撫平祭司服上的皺摺後，輕輕咳了一下說：

「我不覺得妳是惡魔附身者，因為法蘭茲祭司總是將『這世上根本不存在惡魔附身者』這句話掛在嘴邊。」

艾莉莎的發言讓羅倫斯感到相當訝異，然而赫蘿卻是一副「只要能夠看到記錄，什麼都好」的樣子。

赫蘿似乎看出艾莉莎有意思讓步。雖然她臉上裝得一本正經，但她的尾巴前端卻不鎮靜地甩來甩去。

「請跟我來，我帶兩位去看記錄。」

羅倫斯霎時懷疑艾莉莎是為了逃跑才麼說。但看見赫蘿安靜地跟在艾莉莎後頭走去，也就覺得應該沒有這層顧慮。

來到一樓的客廳後，艾莉莎用手輕輕觸摸暖爐旁邊的磚牆。

接下來，她用指尖抓住其中一塊磚塊，慢慢往外拉出。

像抽屜般拉開出的磚塊，一經艾莉莎反轉，便有一根細長的金色鑰匙落在她手上。

進行這些動作的艾莉莎背影，怎麼看也不像個柔弱少女。

艾莉莎點燃蠟燭，把蠟燭放上燭臺，然後看向羅倫斯兩人。

「走吧。」

她輕聲說道，跟著朝延伸到最深處的走廊走去。

教會的構造比想像中更深。

或許是平常勤於祈禱，所以禮拜堂打掃得很乾淨，但走廊就完全不是那麼一回事了。

走廊牆上的燭臺佈滿了蜘蛛絲，從牆上剝落的石壁碎片也掉落一地。每走一步，腳邊就會傳來沙沙聲響。

「在這裡。」

艾莉莎停下腳步，一邊回頭一邊說道。她指的位置應該是禮拜堂的正後方。那兒有一尊安置在底座上、約莫幼童高的大型聖母像。聖母面向教會入口處的方向，雙手合十祈禱著。

對於教會而言，禮拜堂後方是最神聖的場所。禮拜堂後方一般多會用來保管如聖人遺物、遺骨等等的「聖遺物」，也就是一些對教會極為重要的物品。

就這點來說，禮拜堂後方可說是擺放重要物品的固定場所。在這個地方保管異教徒產物——異教眾神傳說的記錄，想必需要很大的勇氣吧。

「願神寬恕我們。」

就算是艾莉莎，也不禁如此喃喃說道。她拿起握在手中的黃銅鑰匙，插進聖母雕像腳邊的一個小孔。

這般微小的洞孔，在微暗的地方不易被發現。艾莉莎使勁把鑰匙一轉，雕像下方隨即傳來某種東西脫落的聲響。

「照法蘭茲祭司的遺言所說，這樣雕像應該就會脫離底座才是……因為他從來沒在我面前打開過這裡。」

「我明白了。」

羅倫斯點點頭說道。一看見他走近雕像，艾莉莎便面帶憂色地退了幾步。

接著羅倫斯抱住聖母雕像，用力往上抬起，雕像出乎意料地很容易就抬起來。

似乎是空心構造。

「嘿……咻。」

羅倫斯一邊留意著不讓雕像傾倒，一邊靠著牆邊放下雕像，接著回過頭再次看向底座。

望著沒了雕像的底座的艾莉莎顯得有些躊躇，但是在赫蘿如針刺般的視線催促下，她還是慢慢走近底座。

然後，艾莉莎把方才插入雕像腳邊的鑰匙反過來拿，這會兒換成插入離底座有些遠，位於地板上的小孔，並順時鐘轉了兩圈。

「這樣應該可以連同底座抬起這塊地板……吧。」

艾莉莎沒有拔出鑰匙，她保持蹲下的姿勢說道。赫蘿聽了，把視線移向羅倫斯。

這時如果反抗，說不定赫蘿真的會發怒，所以羅倫斯嘆了口氣，準備照著赫蘿的意思去做。

就在那一瞬間，他瞥見赫蘿臉上露出不安的表情。

赫蘿曾經露出一副垂頭喪氣的模樣，卻又態度一變地說：「汝喜歡這樣的咱，是唄？」來捉弄過羅倫斯，所以羅倫斯不確定赫蘿現在是不是故技重施。然而，儘管羅倫斯自覺沒出息，但光是看到這樣的表情，就足以讓他提起幹勁。

「可以使力的部位……好像只有底座的樣子，那應該是這麼做吧。」
因為羅倫斯不知道如何打開地板，所以他觀察了一下狀況後，站穩腳步用手抓住底座。從鋪蓋在地板上的石塊接縫看來，這樣應該可以抬起靠近教會入口那一邊的地板。
「呃……嘿咻。」
羅倫斯做好判斷後，抓住底座一用力，隨即傳來像是沙子混在石臼裡似的詭異聲音，同時地板也連同底座被抬高些許。
羅倫斯一邊讓地板保持在被抬起的位置，一邊用手抓緊，然後使出全身力氣用力抬高。
隨著石塊摩擦的喀吱聲和生鏽金屬的摩擦音響起，地板被掀開了，黑暗的洞穴也隨之出現在眼前。
洞穴看起來並不深，在以石塊堆成的階梯前方，有一個看似書櫃的物體。
「可以進去嗎？」
「……我先。」
艾莉莎的腦子裡，似乎沒有先讓羅倫斯兩人進入洞穴，然後蓋上地板的想法。
而且，事情都到了這地步，艾莉莎也沒必要多做掙扎了吧。
「我明白了。裡面的空氣可能有些渾濁，請小心點。」
艾莉莎點點頭後，一手拿著燭臺，一階一階地走下陡斜的石階。

等到艾莉莎整個身子完全沒入地板底下，她又走下兩、三階，把燭臺放在牆上設置的凹槽裡，然後慢慢地往洞穴裡走去。

羅倫斯原本懷疑艾莉莎會放火燒了洞穴裡的東西，不過顯然是可以稍微放心了。

「汝的疑心病比咱還重吶。」

或許是看出羅倫斯這樣的心聲，一旁的赫蘿露出淡淡笑容這麼說。

過了一會兒後，艾莉莎走了回來。

她手上拿著一封經過封緘的信件，以及幾張看似羊皮紙的紙張捆成一束的文件。

艾莉莎以幾乎是趴在石階上的姿勢攀爬上來，羅倫斯在最後伸手拉起她。

「……謝謝，久等了。」

「不會。那是？」

聽到羅倫斯如此問道，艾莉莎簡短地回答了句：「信件。」

「洞穴裡的書本想必就是兩位在尋找的東西。」

「可以帶出去閱讀嗎？」

「麻煩請在教會裡閱讀。」

很合理的回答。

「那咱就不客氣了。」

說著，赫蘿便迅速溜進洞穴裡，她的身影轉眼間就不見了。

羅倫斯沒有跟在赫蘿後頭進入洞穴。不過，這麼做並不是為了監視艾莉莎。他對呆楞地望著已看不見的赫蘿身影，視線落在地下室入口的艾莉莎說：

「現在說這話或許嫌太晚了，但還是謝謝妳答應我們無理的要求，同時也向妳致歉。」

「是啊，確實很無理。」

羅倫斯被艾莉莎瞪得說不出話來。

「可是……可是，法蘭茲祭司應該會很高興吧。」

「咦？」

「因為法蘭茲祭司的口頭禪是『我收集的傳說不是捏造的故事』……」

艾莉莎加重了手中握住信件的力道。

她手中的信件或許是已故法蘭茲祭司的遺物。

「不過，我也是第一次進到這間地下室，我沒想到數量會這麼多。如果兩位打算看完所有書本，我想應該重新安排旅館比較好吧？」

聽到艾莉莎這麼建議，羅倫斯記起兩人為了欺騙艾莉莎，刻意做了一身旅行裝扮。

當然了，羅倫斯早已付清旅館的費用。

「可是，在這期間妳有可能會找人來。」

羅倫斯半開玩笑、半認真地說道。艾莉莎聽了，一副很無趣的表情用鼻子輕輕哼了一聲。

「我是掌理這所教會的人。我自認秉持真實的信仰過日子，我不會做出那種設下陷阱害人的行為。」

艾莉莎像在搔頭似地撫摸束緊的頭髮，接著朝羅倫斯投來比初次見面時更加嚴厲的眼神。

「就算方才在禮拜堂的時候，我也沒有說謊。」

艾莉莎當時保持著沉默，所以她沒有說謊。

不過，儘管艾莉莎表現得倔強且凶悍，她卻會說出如此像小孩子般的主張，羅倫斯不禁覺得這點和某人有些相似。

所以，羅倫斯決定乖乖地點點頭，爽快地認罪說：

「畢竟是我設下陷阱害妳的。可是，我想如果沒那麼做，妳就不會相信我的主張。」

「我會牢牢記住不可對商人掉以輕心。」

就在艾莉莎夾雜著嘆息聲丟出這句話時，赫蘿抱著厚重的書本，歪歪斜斜地爬上石階。

「汝……汝啊……」

看見赫蘿一副無法承受重量，彷彿就快要再次落入黑暗之中的模樣，羅倫斯急忙伸手拿住書本，並抓住赫蘿的手臂。

那是一本使用了動物皮革，並以鐵片補強四邊書角的大型書本。

「呼。這東西根本沒辦法帶著到處亂跑，咱可以在這裡看嗎？」

「無所謂。不過，請記得熄掉蠟燭。因為我們教會沒那麼富裕。」

「這倒也是。」

赫蘿看向羅倫斯說道。

既然這裡不受到村民尊敬，想必沒有舉行禮拜，也不會有捐贈金的收入吧。

這讓人不難想像，艾莉莎的發言不是諷刺亦非道人長短，而是她發自內心的真心話。

羅倫斯解開綁住錢包口的繩子，並拿出給艾莉莎增添麻煩的補償，以及方才艾莉莎算是聆聽他懺悔的謝禮。

「聽說商人如果想上天堂，就得減輕背負的錢包重量。」

「……」

羅倫斯拿出了三枚白花花的銀幣。

這三枚銀幣應該足以買來堆滿整間房間的蠟燭。

「願神庇祐你們。」

艾莉莎收下銀幣後，立刻轉過身子踏步離去。

羅倫斯心想，既然艾莉莎願意收下銀幣，應該就可以解讀成她不認為那些銀幣是骯髒錢吧。

「那，如何？妳可以自己看書嗎？」

「嗯。這點算是幸運唄，多虧咱平時懂得行善助人吶。」

在教會開這種玩笑，真是妙極了。

「這世上有那種只要懂得行善助人，就會授予好運的神嗎？」

「汝想知道是哪個神嗎？那就拿些貢品祭拜咱唄。」

羅倫斯心想，如果這時回頭看向倚在牆上的聖母雕像，聖母的臉上一定會浮現苦笑吧。

回到旅館，在被老闆對於才剛退房卻又再度投宿一事一陣揶揄後，羅倫斯一邊放下行李，一邊想接下來該怎麼行動才好。

已經成功讓艾莉莎說出秘密，並找出法蘭茲祭司留下的書本了。狀況到目前為止還算不錯。

雖說赫蘿露出了耳朵和尾巴，但只要特列歐仍在恩貝爾的監視下，艾莉莎就不能說出赫蘿不是人類的事實。

但有一個可能性，那就是艾莉莎或許會在村民面前公開這事實，並告訴村民赫蘿是會讓村裡帶來災難的惡魔爪牙，好展開攻擊。

可是，說到這麼做能夠讓艾莉莎有什麼好處，答案可想而知。

而且，艾莉莎雖然因為看到赫蘿而一度暈厥了過去，但是她醒來後，就沒再表現出害怕的樣子，也沒有散發出憎恨的感覺。

嚴格說來，艾莉莎比較討厭的說不定是自己。

這麼一來，接下來有可能面臨的問題是艾莉莎週遭的人們，也就是村長塞姆以及艾凡。如果被他們知道赫蘿的真實身分，很難預料事態會怎麼演變下去。

此外，地下室裡似乎有相當數量的書本。如果要看完所有書本，想必得花上很長一段時間。如果情況允許之下，能讓赫蘿查個盡興當然是最好。而在這段期間內，自己當然也得負責確保安全。

雖然被赫蘿批評疑心病重，但總覺得光是這般程度的猜疑仍然不夠。

只是，如果主動採取些什麼行動，也有可能因此打草驚蛇。

還是先想好藉口，以防萬一好了。羅倫斯思索到這裡時，再次回到了教會。

艾莉莎看起來不像已經暗中向村民通報，並做好萬全準備等著羅倫斯上門的樣子。她在與二樓寢室同樣樸素的客廳裡，坐在與她纖細的身軀相比，顯得過大的書桌前看信。

因為敲了教會的大門也沒得到任何回應，所以羅倫斯擅自走進了教會。然而，就算來到了客廳，他也同樣得不到什麼回應。

艾莉莎只是瞥了羅倫斯一眼，什麼話也沒說。

羅倫斯心想，再怎麼無禮，也不能毫無忌憚地穿過客廳往裡面走去。於是他用帶點開玩笑的口吻搭腔說：
「妳不用監視嗎？書本有可能被偷走喔。」
「如果兩位想偷書，沒理由不把我綁起來。」
啪！艾莉莎說出的正確答案讓羅倫斯感覺彷彿挨了一巴掌。
除了赫蘿之外，世上似乎還有其他難應付的女孩。
「而且，如果你是恩貝爾派來的人，現在早就騎著快馬在回到恩貝爾的路上了吧。」
「那可不一定，因為艾莉莎小姐說不定會放火燒了地下室。如果在往返恩貝爾的這段時間裡，書本被燒成灰燼，證據就沒了。」
這樣的互動像是在互開玩笑，也像在互相諷刺。
艾莉莎嘆了口氣後，看向羅倫斯說：
「只要兩位沒有企圖把災難帶到村裡來，我壓根兒就沒想過要大肆揭發兩位的所作所為。你的同伴確實是不得出現在教會裡的存在，可是……」
艾莉莎說到這裡沉默下來，彷彿不想看到沒有解答的問題似地閉上眼睛。
「我們真的只是想要調查北方地區的線索而已，我想妳理所當然會感到懷疑。」
「不。」
出乎意料地，艾莉莎斬釘截鐵地說道。

然而，當她斬釘截鐵地說完後，似乎察覺到自己還沒想好接下來的台詞。

艾莉莎沉默了好一會兒後，像是想說些什麼，卻又放棄了。

等到深深嘆了口氣，一併呼出哽在喉嚨裡的話語後，艾莉莎才好不容易說出話來：

「不對……如果要問我會不會感到懷疑……那答案是肯定的。如果可以，我很想找個人商量看看。可是……我的疑問在更大的層次上……」

「比方說，我的同伴是不是真的神？」

艾莉莎的表情，像是不小心吞下針頭似的僵住了。

「這也是其中一個……」

艾莉莎垂下了視線。現在的她，恐怕只有挺直的背脊能夠散發出一絲倔強女孩的感覺。

艾莉莎似乎難以繼續這個話題。

於是羅倫斯發問：

「其他疑問呢？」

然而，艾莉莎沒有回答。

羅倫斯是以與人交涉為生計的商人。

當對手收手時，羅倫斯當然有辦法立刻判斷出應該展開追擊，亦或等候對手再度出手。

無庸置疑地，現在的狀況當然是前者。

「我雖然不懂怎麼聽人懺悔，但多多少少能夠給些意見。不過……」
艾莉莎的眼神彷彿從石窟深處向外窺探似地，望向羅倫斯。
「唯獨生意之外的事情，才能夠聽到我真摯的回答。」
羅倫斯笑著說道，他感覺到艾莉莎也露出一絲淡淡的笑容。
「不，的確，關於我心中的疑問，或許詢問像你這樣的生意人是最好的辦法吧。你願意聽我說說嗎？」
拜託他人時，能不顯得卑微，並且在保持高貴氣質的同時，還能夠不顯得耀武揚威的樣子，是件很困難的事情。
然而艾莉莎卻做到了。
這是聖職者應有的表現。
「我不敢保證一定能夠給妳一個滿意的答案。」
艾莉莎輕輕點了點頭，然後像在確認內容似的一字一字地慢慢說：
「倘若……倘若那個地下室裡收集的傳說都不是虛構……」
「不是虛構？」
「我們所相信的神就會是虛構的嗎？」
「唔……」

這是一個極其困難，同時又讓人覺得很簡單的問題。

教會的神是全知全能、獨一無二的神。

與其他異教眾神是互不相容的存在。

「家父……不，法蘭茲祭司收集了很多北方異教之神的傳說，聽說不只一次遭人懷疑是異端。儘管如此，他卻是一位每日不忘祈禱、十足稱職的聖職者。可是，如果你的同伴真是異教之神，我們的神就會變成是虛假的了。而且，儘管是這樣，祭司本人仍是直到死去前，都不曾懷疑過我們的神。」

如果真是如此，也就不難理解艾莉莎會這有些悲壯的煩惱。

想必艾莉莎敬愛的養父並沒有對她多說明些什麼吧。

那或許是法蘭茲祭司覺得這些事情與艾莉莎無關，也或許是想要讓艾莉莎自己去思索。

只是，對沒有商量對象的艾莉莎來說，這個疑問無疑是相當沉重的負擔。

不管行李再怎麼沉重，只要穩固地放在背上，就都能將之扛起。然而，只要這沉重的行李有一小部位崩解，所有行李就會一齊從背上滾落。

艾莉莎一開口，就像被自己的話語催促似的變得滔滔不絕：

「是因為我的信仰心不足嗎？我也不知道。我沒有拿著聖水和聖經責備兩位的勇氣，我不知道這樣是好是壞。不，我甚至不知道該如何說明這件事——」

「我的夥伴……」
羅倫斯在艾莉莎被自己的話語趕進死胡同之前，打斷她的話說道：
「雖然她的真實模樣是隻巨大的狼，但是她不喜歡被人尊稱為神、受人崇拜。」
艾莉莎就像正在尋求救助的迷失者一樣，她安靜下來聆聽羅倫斯說話。
「如妳所見，我是一個卑賤的旅行商人，我不懂得神的教誨。所以，我無法判斷出什麼是正確的，什麼又是錯的。」
儘管羅倫斯想到赫蘿絕對會偷聽他們的對話，仍繼續說：
「不過，我覺得法蘭茲祭司沒有錯。」
「這是……這是為什麼呢？」
羅倫斯輕輕點點頭，為自己爭取一點點時間組織好腦海裡的話語。
羅倫斯當然有可能完全猜錯，或許應該說他猜錯的可能性比較高。
但是，羅倫斯莫名地深信自己能夠理解法蘭茲祭司的心境。
然後，就在羅倫斯打算說出他的想法時，敲響教會大門的聲音打斷了他。
「……是塞姆村長，村長應該是來詢問兩位的事情。」
或許是為了能夠立刻分辨出是否是恩貝爾派來的人，艾莉莎靠敲門方式，似乎就能夠判斷來者何人。

艾莉莎一邊擦拭滲出眼角的淚水，一邊說道。她從椅子上站起身子時，先朝教會最裡面的方向看了一眼。

「如果你無法相信我，可以從走廊邊有爐灶的地方走出教會。如果你願意相信我——」

「我相信妳。但是，我不知道能否相信塞姆。」

艾莉莎沒有搖頭，也沒有點頭，她說了句：「那麼，請你待在最裡面。」

「我會說，我正在向兩位請教其他國家或城鎮的教會狀況。這不算是說謊……」

「好的，我明白了。如果只是我的經驗談也行，我願意分享給妳聽。」

羅倫斯以笑臉回應說道。當他打算照指示退到最裡面時，眼前的女孩已經變回那個倔強的艾莉莎。

這時羅倫斯在心中再次自問：「艾莉莎有可能背叛嗎？」結果，他的答案是不會。

雖然信不過神，但相信神的人們是值得信任的。

羅倫斯一邊這麼想，一邊朝著微暗的走廊走去。走著走著，他看見朦朧的燭光從轉角處流瀉出來。

赫蘿不可能沒偷聽羅倫斯與艾莉莎的對話。想著赫蘿不知道會露出什麼表情的羅倫斯，讓自己稍稍做好心理準備後，彎進了轉角。

一踏進轉角，羅倫斯看見盤腿而坐的赫蘿把書本擱在腿上翻閱。她面帶有些不悅的表情，抬起頭說道：

「汝認為咱是那麼壞心眼的人嗎？」

「……妳這是在找碴吧。」

羅倫斯聳聳肩回答道。赫蘿聽了，用鼻子輕輕哼了一聲說：

「汝那充滿戒心的腳步聲早就穿幫了，大笨驢。」

羅倫斯聽了，沒有心頭一驚，反倒因此暗自佩服赫蘿。

「畢竟商人雖然會聽人們的心聲，但不會聽腳步聲。」

「無聊。」

羅倫斯的玩笑話就這麼被赫蘿一刀斬斷了。

「話說，汝表現得還真是誠懇吶？」

羅倫斯像是早預料到，也像是沒預料到赫蘿會這麼切入話題。

他沒有立刻回答，一邊小心翼翼地不讓自己踩到赫蘿的尾巴，一邊在赫蘿左邊坐下來，然後拿起一本放在眼前的厚重書本。

「不管什麼時候，對於交易對象提出的商量，商人都得誠懇地應對啊。這不重要，妳聽得到艾莉莎和村長在說什麼嗎？」

羅倫斯心想，商量是信賴與信任的交易。

然而，赫蘿卻是明顯露出被人硬岔開話題的不悅表情，把視線拉回手中的書本。

在教會城市留賓海根時，到底是誰說過「有話想說時，就明白說出來」的啊！

雖然羅倫斯很想這麼指責赫蘿，但是他心想如果這麼做，不曉得赫蘿又會怎麼亂發脾氣。

儘管擁有這般個性，但赫蘿並非是個徹頭徹尾任性難搞的女孩。

在還沒到下不了台的地步前，赫蘿先讓步了。

「那女娃大致照其所言的在應對。那個叫什麼塞姆的人應該只是來看看狀況而已唄……現在正好要回去。」

「只要村長能夠理解，那問題就簡單多了……」

「汝說服不了嗎？」

羅倫斯霎時以為赫蘿在調侃他。而目光犀利的赫蘿察覺到他的想法，便瞪著他不放。

「妳太高估我了。」

「汝不是希望咱依賴汝嗎？」

看見赫蘿表情認真地說道，羅倫斯只能回以苦笑。

「可是，不管在什麼時候，時間永遠都是個很大的問題。因為再拖拖拉拉下去，有可能會下起雪來。」

「那有什麼好困擾的嗎？」

因為赫蘿表現得像是認真在發問的樣子，於是羅倫斯也認真地回答：

「被大雪困住時，是留在小村落，還是大城鎮比較好？」

「原來如此吶。可是，畢竟這裡真的有堆積如山的書本，咱不知道看不看得完。」

「只要找到與妳有關的傳說就可以了吧？如果只是大致過目一下，兩個人一起來，就應該看得完吧。」

赫蘿「嗯」的一聲點點頭，像是心情終於好轉似地笑了笑。

「怎麼了？」

然而，當羅倫斯這麼詢問的瞬間，赫蘿臉上的笑容隨即消失了。

「這時候不該這麼問唄？」

說著，赫蘿一副難以置信的模樣嘆了口氣。

「真不知道該說汝是少根筋，還是……算了。」

看見赫蘿像在趕人似的邊說邊揮手，不明所以的羅倫斯，趕緊試著回想自己的發言與赫蘿的言行。

該不會是……

赫蘿是不是因為聽到「兩個人一起」而覺得開心呢？

「汝就是現在才說，也只會惹得咱生氣而已。」

聽到赫蘿的叮嚀，羅倫斯在快要脫口而出的前一秒鐘噤住嘴。

赫蘿在那之後翻了幾頁書後，輕聲嘆了口氣。

跟著，她緩緩把身子倚在羅倫斯的身上。

「咱不是說過咱厭倦孤單一人吶。」

赫蘿以責備的口吻說道。

但是，羅倫斯聽了，卻感到心頭一陣刺癢。

「是我不對啦。」

「哼。」

赫蘿用鼻子哼了一聲後，用手搥了搥左肩。

看見赫蘿這樣的舉動，羅倫斯不禁笑了出來。

因為赫蘿對著羅倫斯投來彷彿在說「不會幫忙嗎？」似的視線，於是他順從地伸手幫忙搥打肩膀。

赫蘿感到心滿意足的嘆息聲，以及尾巴拍打地面的聲音響起。

在半年前，羅倫斯根本想像不到自己會像現在這樣為某人搥肩膀，度過如此平靜的時光。

已經厭倦孤單一人過日子了。

羅倫斯打從心底贊同這個意見。

就在羅倫斯這麼想著的下一秒鐘——

傳來了腳踩砂石的沙沙聲響，羅倫斯慌張地想要從赫蘿肩上收回手的瞬間，被赫蘿不知從哪兒來的驚人力氣抓住了手。

「村長暫時先回去了。那個，剛剛的……」

當艾莉莎出現在轉角時，羅倫斯雖然好不容易從赫蘿肩上收回了手，並且在臉上掛起平時做生意時的表情，但赫蘿仍然保持倚在他身上的姿勢。

不僅如此，或許是赫蘿強忍著笑意的緣故，她的身體微微顫抖著。乍看之下，赫蘿的樣子就像是把臉枕在羅倫斯肩上睡覺。

艾莉莎看見這景象後，閉上半開的雙唇。跟著露出「我明白了」的表情輕輕點點頭。

「那麼，稍後見。」

雖然艾莉莎依舊帶著一副冷漠無情的表情，但是從她特意壓低聲量說話這點，可以看出她的貼心。

踩著從牆上剝落的碎石，發出沙沙聲響的輕盈腳步聲消失在轉角的盡頭後，赫蘿坐起身子沒出聲地大笑。

「我說妳啊。」

儘管羅倫斯以責備的口吻說道，卻被赫蘿當成了耳邊風。

赫蘿縱情大笑後，輕輕擦了擦眼角並深呼吸幾次，然後露出極其壞心眼的笑容開口：

「被撞見抱住咱的肩膀，教汝這麼難為情嗎？」

羅倫斯知道不管自己怎麼回答，都會跳入赫蘿設下的陷阱。

在羅倫斯輕率地伸手為赫蘿搥肩的那個當下，他就輸了。

「可是吶。」

赫蘿似乎決定不再趁勝追擊，她的壞心眼笑容化成了一副有所感觸的表情，再次倚在羅倫斯肩上說：

「咱確實是故意想炫耀。」

羅倫斯勉強抑制住想要往後退的念頭，讓赫蘿倚在他的肩上。

「畢竟汝如果被人搶走了，教咱怎受得了吶。」

身為一個男人，聽到這樣的話語不可能不覺得開心。

但是，做出這般發言的可是自稱賢狼的赫蘿。

羅倫斯夾雜著嘆息聲，開口說：

「那是因為妳受不了玩具被人搶走，對吧？」

赫蘿聽了，突然露出滿意的笑容這麼回答：

「如果汝這麼認為，那就陪咱玩，好唄？」

羅倫斯只能以嘆息做出回應。

到了燭臺上的蠟燭已變了形，看過的書本堆到正好可以把身子靠在上面的高度時，教會似乎又有訪客到來。

赫蘿忽然抬起頭，並豎起了耳朵。

「是誰？」

「呵呵呵。」

赫蘿沒好好回答，只是開心地笑著。羅倫斯心想八成是艾凡吧。

至於赫蘿為什麼會笑，不用想也知道是怎麼回事。

「不過，已經這麼晚了啊……不知不覺中天色整個都變暗了。」

羅倫斯一挺直背脊、舉高雙臂，背脊隨即發出舒服的喀喀聲響。

雖說是為了赫蘿才翻閱書本，但是書本裡出乎意料地有很多有趣的故事，使得羅倫斯不禁認真地閱讀起來。

「肚子也餓了。」

「是啊，先休息一下好了。」

羅倫斯一邊放鬆變得僵硬的身體，一邊伸手拿取燭臺。

「暫時還是不要讓艾凡看見妳的真實模樣，知道秘密的人越少越好。」

「嗯。不過，誰知道那女娃會不會說出來。」

「我想……應該沒問題吧。」

羅倫斯不認為艾莉莎是會輕率地說出秘密的女孩。雖然根據艾凡所說，艾莉莎連一天打了幾次噴嚏都會告訴艾凡，但事實上，聽說羅倫斯兩人第一次到訪教會後，艾莉莎也沒把這事情告訴艾凡。

然而，赫蘿卻反駁了句：「是嗎？」

「那女娃不是為了一些奇怪的事在煩惱嗎？依其思考出來的結論不同，誰知道女娃會做出什麼樣的舉動。」

「……關於神的事情啊。的確，妳這麼說也有可能。」

結果在那之後，羅倫斯不禁埋首於閱讀書本，而沒找到機會去告訴艾莉莎他的答案。

不過，現在想起來，羅倫斯覺得沒說出答案或許是好的。

「說到這個，汝原本打算回答什麼？」

「我想的有可能是完全猜錯方向的答案。」

「咱本來就沒期待汝會說出正確答案。」

雖然赫蘿說得狠毒，但是聽到她這麼斬釘截鐵地表示，反倒讓羅倫斯覺得容易開口多了。

「我在猜法蘭茲祭司應該是為了確信神真的存在，所以才收集異教眾神的傳說。」

「喔？」

「倘若天天不忘祈禱，卻仍不見神在眼前現身，任誰都會難免懷疑起神是否真的存在吧？」

赫蘿似乎想起自己是站在遭人懷疑的立場，她顯得有些不悅地點點頭。

「不過，這時不經意地觀察了一下周遭的世界，卻發現有一大把教會之外的神明受人信仰。『那地方信仰的神明真的存在嗎？』、『這地方信仰的神明又如何呢？』法蘭茲祭司會這麼聯想是很自然的事情，不是嗎？然後，他會想，只要能夠證實這些受人崇拜的神明確實存在，就表示自己崇拜的神也一定存在。」

不過，這樣的想法當然違反了教會的教誨。

在與羅倫斯相遇不久時，赫蘿之所以能夠在前往避雨的教會裡與信徒們親密交談，想必是因為她對於教會有某程度的了解吧。這樣的她當然會察覺到這事實。

「教會之神不是極其優秀的存在嗎？人們不是會說世上不存在其他神明，這世界是教會之神所創造，人類只是借地而居罷了。」

「是啊。所以我想，其實這裡應該是修道院吧。」

赫蘿的表情顯得越來越不悅，想必是她無法順利地在腦海裡，把羅倫斯說的一番話串聯起來的緣故吧。

「妳知道修道院和教會的差別在哪嗎？」

赫蘿的度量沒有小到會故意不懂裝懂。

她立刻搖了搖頭。

「修道院是向神明祈禱的地方，而教會是發揚神明教誨的地方。兩者存在的目的截然不同。修道院之所以會蓋在窮鄉僻壤上，是因為修道院壓根兒就沒想過要指引人們正確的教誨。而修道士會在修道院終其一生，也是因為沒必要走到外面的世界去。」

「嗯。」

「既然這樣，修道士在修道院裡忽然對神的存在感到懷疑時，妳覺得他首先會怎麼做呢？」

赫蘿讓視線稍微在空中遊走。

想必這時，她腦海裡的魚兒一定能夠在智慧與知識的大海中，比平時更悠遊自在地游泳吧。

「首先會確認崇拜的對象是否真的存在唄。原來如此，越來越覺得咱們的處境會因為女娃的想法偏向哪一方而改變。」

「幸好我白天沒有把這想法告訴艾莉莎。因為艾莉莎不是修女，她是聖職者。」

赫蘿輕輕點點頭後，瞥了一眼堆得高高的書本。

地下室裡的書本連一半都還沒看完。

雖然沒必要過目所有書本，但是到目前為止，仍未找到赫蘿想尋找的故事。

如果這些書本有整理出某處有某神明傳說的目錄，那事情當然好辦得多。但事實上，必須一頁頁地翻閱，才能夠知道有沒有想尋找的故事。

「反正，最好是能夠儘快看完所有書本，畢竟還要顧慮到恩貝爾的事。」

「嗯。不過……」

赫蘿的視線，移向通往艾莉莎與艾凡所在的客廳走廊。

「先吃飯唄。」

艾凡前來邀請吃晚餐的腳步聲在下一秒傳了過來。

「感謝神今天也賜予我們麵包。」

說完餐前禱詞後，四人開始享用的晚餐看來頗為豐盛。艾莉莎表示，這是用那筆過多的捐贈金準備的。

不過，「教會的豐盛晚餐」指的是有能夠讓大家飽餐一頓的麵包，加上幾樣配菜，以及少許的葡萄酒。

桌上除了有黑麥麵包之外，還有艾凡在河裡捕來的魚以及水煮蛋。根據羅倫斯的經驗，以一間不算富裕、規定也不算寬鬆的教會來說，這樣的晚餐算是很豐盛了。

當然了，在沒看見肉類料理的當下，想必赫蘿心中已是抱怨聲連連了吧。不過，幸好赫蘿還有其他助興的配菜。

「你看你，麵包屑掉了整張桌子都是。還有，麵包要先撕下來再吃。」

那就是不斷發出警告的艾莉莎，以及每每被警告就聳肩的艾凡。方才艾莉莎也因為看著艾凡笨拙地剝著蛋殼的痛苦模樣，而忍不住出手幫忙。

赫蘿看見艾莉莎出手幫忙時，臉上的表情顯得有些遺憾。看著那時已經吃完水煮蛋的赫蘿，羅倫斯不禁暗自說聲「好險」。

「好啦，我知道了啦。這不重要，羅倫斯先生，那後來呢？」

艾凡的反應不像真心覺得艾莉莎囉唆，倒像是不願意在羅倫斯面前丟臉的樣子。

雖然赫蘿藉著吃東西巧妙地做了掩飾，但是她的嘴角確實在笑。

現場唯獨艾莉莎一人認真地為艾凡的邋遢而嘆息。

「我說到哪裡了？」

「船隻出港，然後經過了海浪底下全是岩石的危險海岬。」

「喔，說到這裡啊。總之呢，從那個港口出發，直到出海為止都很驚險。所有搭船的商人都在船艙裡不停地祈禱。」

羅倫斯講述的，是他以前利用船隻運送貨物來行商的故事，不了解海洋的艾凡一副很感興趣的模樣。

「後來，我們聽到船隻已經平安無事地越過海岬，就從船艙走到甲板上一看，結果發現到處都是船隻。」

「明明是在海上？」

「海上有船是很自然的事情吧。」

看見羅倫斯忍不住笑了出來，艾莉莎一副感到疲憊的模樣嘆了口氣。

因為現場只有艾凡一人沒看過海，這讓他的處境有點尷尬。

不過，羅倫斯當然明白艾凡的意思，於是他告訴艾凡說：

「當時的景象真的很壯觀。一堆密密麻麻的船隻浮在海面上，而且每艘船都捕獲了堆積如山的魚。」

「魚……不會被捕光嗎？」

就連赫蘿也朝羅倫斯投來懷疑的眼神。她的眼神彷彿在說「就算不是在扯謊，也說得太誇張了吧」。

「只要是在那個季節裡看過大海的人，都會說『海中有黑色河川在流動』呢。」

據說只要把前端削得尖細的木棒刺進海裡，就一定能夠一次刺到三條魚，由此可見鯡魚在海

中游泳的模樣有多麼地壯觀。
很遺憾，如果想要讓對方理解那景象有多壯觀，以及相信那是個事實，除了讓對方親眼見識之外，沒有其他的辦法。
「嗯～～雖然很難想像，不過外面的世界果然有很多新鮮事。」
「不過，在船上最讓人感到驚訝的是食物。」
「喔？」
對於這個話題，赫蘿顯得最感興趣的樣子。
「畢竟船上有來自各地的商人嘛。比方說，有個叫埃普多的地方有鹽湖，從那裡來的商人吃的麵包啊，都鹹得嚇死人。」
所有人的視線都移向了放在桌子中央的麵包。
「如果是做成甜的，那一般人還能接受。但是那麵包鹹到簡直是在上面灑鹽巴，實在有些不合我的口味。」
「鹽巴啊……在麵包上面灑鹽巴，他們還真有錢耶。」
艾凡一副感觸極深的模樣說道。特列歐村位於內陸地區，這附近一帶如果採掘不到岩鹽的話，想必鹽巴就會是高級品。
「埃普多有鹽湖啊。你只要想像成村子正中央有一條鹽水流動的河川，而一眼望去的田地全都變成了鹽巴就能明白了。聽說那裡就是因為有太多鹽巴，所以才會覺得那樣的麵包好吃。」

「可是，鹹的麵包耶，好怪喔。對不對？」

艾凡做出很難吃的表情詢問艾莉莎的意見，艾莉莎也輕輕點頭。

「另外，還有用平底鍋煎成的扁平麵包之類的。」

麵包的價值就在於其膨脹度。

習慣用麵包窯燒烤麵包的人，多會抱持這樣的觀點。

「哈哈……這怎麼可能。」

能聽到預料中的反應，身為說話者的羅倫斯也感到愉快無比。

「如果拿燕麥來做麵包，不就會做成又扁又平的麵包嗎？」

「嗯，是沒錯……」

「你們也不吃無酵麵包嗎？」

無酵麵包指的是不接受麵包精靈的恩惠，只把麵粉揉和後，就直接拿去燒烤的麵包。

艾凡他們應該不可能沒吃過無酵麵包，只是應該沒留下過好吃的印象吧。

「雖然就是說客套話，也實在很難稱讚燕麥麵包好吃，但是用平底鍋煎成的麵包就真的很好吃。在那上面還放了熬煮過的豆子。」

「喔～～」

艾凡發出表示贊同的聲音，同時露出想像著遙遠世界的神情。
在他身旁的艾莉莎，則是拿著撕下一塊的黑麥麵包，和她想像中的扁平麵包做比較。
這兩人的模樣讓羅倫斯覺得有趣極了。
「總而言之，這個世界非常廣大，而世上有各式各樣的事情。」
羅倫斯會在此時做出結論，是因為他看見身邊的赫蘿已用完餐，一副靜不下心來的模樣。
「感謝你們費心準備，讓我們享受了一頓豐盛的晚餐。」
「不會，因為你捐贈了很多錢，準備這點晚餐是應該的。」
艾莉莎說這番話時的冷淡態度讓羅倫斯不禁心想，要是她能夠一邊加上親切笑容，一邊說話就好了。
不過，照艾莉莎這態度看來，想必她是真的在不勉強的狀況下準備了晚餐吧。這麼一想，羅倫斯不禁感到一股安心。
「那麼，關於接下來的安排。」
「如果兩位晚上也想看書，請自便無妨。既然兩位說是要前往北方，若是下起雪來會很傷腦筋吧？」
羅倫斯慶幸著艾莉莎如此好溝通。
「羅倫斯先生，拜託你等下再跟我說點外面世界的故事，好不好？」

「我不是說過，他們兩位在趕時間嗎？而且，今天是你練習寫字的日子。」

艾凡縮起脖子，露出苦澀的表情向羅倫斯求救。

那模樣讓人看了，立刻就能明白兩人是什麼樣的關係。

「再看看有沒有機會，好嗎？那麼，我們就在教會多叨擾一會兒時間。」

「好的，請慢來。」

羅倫斯與赫蘿兩人從椅子上站起來，再次為晚餐道謝後，便離開了客廳。

羅倫斯察覺到艾莉莎若無其事地看了赫蘿一眼，但是赫蘿卻假裝沒看見的樣子。

不過，羅倫斯並沒有無視於艾莉莎朝他投來的視線。

「啊，對了。」

離開客廳之際，羅倫斯無意地回頭看向艾莉莎說道：

「有關白天的那個問題——」

「我還是自己思考看看。因為法蘭茲祭司總會說『發問前，先動腦思考。』啊。」

艾莉莎的臉上，已不是白天被自己的話語逼進死胡同裡的脆弱表情，而是打算未來一手撐起教會的剛強表情。

「我明白了。如果妳思考不出結論時，請再詢問我。我的意見或許能夠讓妳當成一個參考。」

「到時再拜託你了。」

跟不上話題的艾凡原本反覆看著羅倫斯與艾莉莎，但他一聽到艾莉莎的呼喚，也就立刻把這件事拋諸腦後了。

雖然艾凡嘴裡嘮叨地埋怨個不停，但是他一邊看似享受著與艾莉莎互動的樂趣，一邊幫忙收拾起餐桌。

儘管被艾莉莎指東指西地命令或被警告時，艾凡會聳聳肩或露出嫌囉唆的表情，但他仍然會伸手幫忙或與艾莉莎搭腔，兩人時而也會一起輕聲發笑。

這類的互動，是羅倫斯獨自行商時，總會刻意不去注意的互動。

不，或許該說在他內心深處，甚至會瞧不起這樣的互動。

在搖來晃去的燭光籠罩下，羅倫斯看著赫蘿手持燭臺，走在走廊深處的背影。

不久後，赫蘿彎進了轉角，她的身影也隨之消失。

羅倫斯想起從前的日子。那時的他就算走在昏暗的路上，仍會告誡自己不可奢侈地使用蠟燭，每天摸黑撿著掉在路上的金幣。

儘管那時羅倫斯甚至會盼望起馬兒能化身成談話對象，他卻依舊不願意從掉落在路上的金幣移開視線；現在回想起來，羅倫斯不禁覺得當時的自己還真是匪夷所思。

羅倫斯仰賴著走廊深處發出的光芒，緩緩走在微暗的走廊上。

一彎進轉角，便看見翻閱著書本的赫蘿。

羅倫斯也坐了下來，跟著翻開方才沒過目完的書本。

這時，赫蘿忽然搭腔說：

「怎麼了嗎？」

「嗯？」

「汝的錢包破了一個大洞嗎？看汝那什麼表情。」

聽到赫蘿笑著說道，羅倫斯無意地撫摸了臉頰；如果不是在商談中，羅倫斯根本不知道自己的臉上會是什麼樣的表情。

「我有露出那樣的表情嗎？」

「嗯。」

「是嗎？不……是這樣子啊。」

赫蘿笑得肩膀不停顫抖，她放下書本說：

「不會是葡萄酒的後勁太強了唄？」

羅倫斯覺得自己的思緒似乎變得有些不清晰，他心想或許赫蘿說得沒錯。

不，其實羅倫斯心裡很明白自己為何會因為一些小事，而覺得心情低落到谷底。

只是，他不明白低落的心情代表著什麼。

所以，他無意地開口說：

「那兩人的感情還真好啊。」

羅倫斯真的只是在無意間這麼說出口。

然而，在他說完話的瞬間，赫蘿臉上浮現的表情恐怕會讓羅倫斯好一陣子都無法忘卻。

因為赫蘿瞪大的眼睛就像顆圓滾滾的豆子。

這會兒換成是羅倫斯訝異得不禁這麼詢問。

「怎、怎麼了？」

然而，赫蘿只是瞪大眼睛，發出幾乎不成聲音的呻吟。羅倫斯好不容易等到赫蘿回過神來，卻看見赫蘿露出他不曾見過的困擾表情看向別處。

「……我有說了那麼奇怪的話嗎？」

赫蘿沒有回答，她一副靜不下心來的模樣用手指撥弄書角，書頁隨之發出沙沙沙的聲音。

看著赫蘿的側臉，羅倫斯無法明確地說出她是感到難以置信或是在生氣。那是會讓面對她的人也隨之感到困擾的表情。

「那、那個，汝啊。」

過了好一會兒後，赫蘿像是放棄了什麼似的瞥了羅倫斯一眼。

看見赫蘿那感到極度困擾的模樣，羅倫斯不敢再次詢問說：「到底怎麼了？」因為他擔心自己一問，赫蘿有可能就這麼昏厥過去。

不僅如此，赫蘿接著說出的話語也讓羅倫斯不明白她的意思。

「咱吶……唔……至少都掌握到了自己的優點和缺點。」

「啊，喔。」

「可是吶……唔……咱自己這麼說或許有些奇怪……有了些歲數後，咱面對大部分的事情時，都能夠一笑置之。當然也有無法一笑置之的時候，這點汝應該也知道唄？」

看見赫蘿一副像是被迫必須做出痛苦抉擇的模樣，羅倫斯一邊稍微縮起身子，一邊點點頭。

赫蘿放下書本後，盤起腿並用手抓住纖細的腳踝。她縮起脖子，彷彿因為太刺眼而無法看向羅倫斯的模樣，似乎真的是打從心底感到困擾的樣子。

看著赫蘿一副彷彿快要哭出來的模樣，使得羅倫斯反而成了感到困擾的一方，這時赫蘿終於開口說道：

「那個，汝啊。」

羅倫斯點點頭。

「咱希望汝不要說得那麼羨慕的樣子。」

羅倫斯聽了，不禁一臉呆然，他有種彷彿在人群之中打了一聲噴嚏後，走在路上的行人全都消失了的感覺。

「咱也一樣……不，咱懂汝的心情。就是因為咱懂……所以咱更不想說出口……咱想，在旁人的眼中看起來，咱們倆也是一副蠢樣子。」
「蠢樣子」這個字眼的含意在羅倫斯的耳裡重重地迴盪著。
那感覺就像完成大筆交易的商談後，發現自己有可能用錯了計算貨幣，而嚇到自己一樣。
不能不去思考，可是又無法鼓起勇氣思考。
赫蘿硬是咳了一聲，然後用指甲刮起石地板發出聲響。
「咱也不知道為何會這麼難、難為情。不，照理說咱應該要生氣才……對，感情還真好……汝竟然那麼羨慕的樣子這麼說……那這樣，汝和咱到底是──」
「不。」
強勢地打斷赫蘿說話的羅倫斯，看見赫蘿像是為了大人不講理而鬧脾氣的小孩似的直瞪著羅倫斯。
「不，我是知道的……應該吧。」
隨著羅倫斯的語尾聲音變得沙啞，赫蘿的不悅程度也就越來越深。
「不，我知道，我知道的，我一直都知道的，只是我一直不願意說出口而已。」
赫蘿露出與其說懷疑，不如說彷彿宣告了「絕不允許背叛」似的眼神瞪著羅倫斯，緩緩弓起一邊的腳。
如果羅倫斯回答得太隨便，赫蘿有可能會朝他撲來。

想要說出平時不想說出口的事情時，赫蘿這樣的態度可算是一種助力。

「我一定是覺得羨慕。只是，我羨慕的不是兩人感情好的地方。」

赫蘿緊緊抱住弓起的腳。

「早知道就應該要妳放棄尋找這裡的。」

然後，露出一臉愕然的表情。

「想必那兩個人未來一定也會在這所教會裡生活吧。艾莉莎應該能夠靠著她的剛強個性與聰明智慧度過危機；至於艾凡，雖然很同情他，但是他肯定當不成商人。可是，我們呢？」

羅倫斯感覺有微弱的聲音傳來，那或許是赫蘿倒抽一口氣的聲音。

「我在卡梅爾森賺了一筆錢，妳得到了尋找故鄉的線索。然後，妳有可能在這裡得到更多的線索，而我也在幫忙妳尋找線索。當然……」

因為看見赫蘿想要從旁插嘴，於是羅倫斯稍微加強語氣做了一下停頓。

「當然我是自願幫忙的，可是……」

一直以來都不去思考的事情終於浮現在眼前。

如果事到如今，羅倫斯還說無法以言語形容，那擺明就是在扯謊。

想必這麼做比撥開赫蘿的手，或是不相信赫蘿，都更容易拉開羅倫斯與赫蘿之間的距離。

再怎麼巧妙地躲過討債，總有一天還是得償還債務。

「可是，妳回到故鄉後，接下來怎麼打算？」

赫蘿映在牆上的影子之所以變大，或許是因為長袍底下的尾巴膨脹了起來。

然而，在羅倫斯眼前抱著腿的赫蘿身影，卻像是小了一圈的感覺。

「不知道。」

赫蘿連回答的聲音也很小聲。

羅倫斯提了不願意提的問題。

因為一旦提了問題，就會想要知道答案。

「妳不可能說只要看了故鄉一眼，就心滿意足吧？」

因為這相隔漫長歲月的歸鄉之情，是無法以一句「好久不見」就足以道盡的。

關於返鄉後怎麼打算這個問題，不用多問也知道答案。

羅倫斯感到後悔不已。

如果他不提出這個問題，或許就會與赫蘿漸行漸遠。

即便如此，羅倫斯依然覺得早知道就不該開口。

如果赫蘿以一副理所當然的表情說：「回到故鄉後就各走各的路唄。」那或許羅倫斯會覺得好受一些。

看見赫蘿如此困擾的模樣，羅倫斯也只能感到無能為力。

「不，別說了，是我不好，有些事情就是做了假設也沒意義。」

羅倫斯提的問題正符合這句話的狀況。

再說，羅倫斯的心情也是各占一半。

儘管與赫蘿分開後，羅倫斯可能會陷在痛苦的喪失感之中好一陣子，但是他覺得自己應該能夠立刻死了心。

因為羅倫斯做生意虧損時也是一樣，幾天前才覺得世界末日已到來，幾天後還是學不乖地專注於賺錢生意之中。

但是，看見自己能夠如此冷靜地思考，就會覺得悲傷時，又該如何是好？

羅倫斯也不知道答案。

然後，赫蘿簡短地開了口：

「咱可是賢狼赫蘿。」

她一邊茫然地注視著搖來晃去的燭光，一邊低聲說道：

「咱可是約伊茲的賢狼赫蘿。」

赫蘿先是把下巴倚在弓起的膝蓋上，然後緩緩站起身子。

無力的尾巴彷彿純粹是個裝飾品似的垂著。

赫蘿把視線移向擺放在地板上的蠟燭，然後再移向了羅倫斯。

「咱是約伊茲的賢狼赫蘿。」

赫蘿像在詠唱咒語似的喃喃說道，她迅速地跨出步伐站到羅倫斯身邊，跟著「咚」的一聲坐了下來。

羅倫斯還來不及說些什麼，赫蘿已經躺在他的腿上。

「汝有意見嗎？」

無庸置疑地，赫蘿平時那目中無人的態度就像神明會有的表現。

但是，她現在的態度雖然同樣目中無人，卻根本不是神明的表現。

「不，沒有。」

兩人之間明明充滿著一觸即發的緊繃氣氛，但現在不管是哭泣、是生氣、或是發笑，都顯得不適當。

蠟燭的火燄靜靜地燃燒著。

看著赫蘿躺在自己的腿上，羅倫斯很自然地把手搭在她的肩上。

「咱睡一會兒。幫咱看書，好嗎？」

羅倫斯看不見赫蘿被頭髮遮住的側臉。

不過，他知道搭在赫蘿肩上的食指被咬了。

「遵命。」

被赫蘿咬住手指的感覺，很像比賽能夠把刀鋒刺向貓兒眼珠子多麼近的試膽遊戲。
被咬的手指流出了一些鮮血。
因為擔心如果沒看書，赫蘿會真的發脾氣，於是羅倫斯伸手拿起身邊的厚重書本。
四周只有翻書的聲音響起。
雖然赫蘿極其強勢地硬是岔開了話題，但不僅是赫蘿，就連羅倫斯也因此獲救。
赫蘿真的是賢狼。
羅倫斯沒半點懷疑地這麼想著。

如果是在修道院，想必現在是為了感謝神賜予新的一天，而向神禱告的時刻。
當然，距離教會舉行晨間禮拜的時間還太早了。
說到四周的聲音，就只有翻書聲和赫蘿沉睡中的呼吸聲而已。
赫蘿在那樣的狀況下還能夠睡得著，讓羅倫斯不禁感到佩服。不過，看到她睡著，也讓羅倫斯鬆了口氣。
赫蘿強勢地、極其強勢地岔開了話題，要求羅倫斯別再問她，也別再說下去。
不過，雖然赫蘿沒有回答羅倫斯的問題，但羅倫斯覺得光是這樣就足夠了。

因為光是這樣，就足以讓羅倫斯明白不願意面對這個問題的不只是他。

如果說赫蘿明明心中早有答案卻岔開話題，或許羅倫斯會感到生氣。然而，若兩人都還沒有找到答案，那麼對於強勢地岔開話題的赫蘿，羅倫斯甚至還想誇獎她一番。

至少赫蘿這麼做，就不需要當場勉強找出答案。

旅行仍未結束，也仍未抵達約伊茲。

即使是借款，也很少有人會在償還期限前還清。

羅倫斯一邊想著這些事情，一邊放下過目完的書本，並拿起新的一本。

法蘭茲祭司似乎是個精明幹練的人物。書本內容對於各式各樣的神明都做了系統性的整理，只要閱讀各章節最前面的標題，就大致掌握得到書裡有什麼樣的內容。如果只是把聽來的故事毫無秩序地寫上，光是用想像的，就教羅倫斯害怕得直打寒顫。

不過，一本接一本地翻閱書本後，羅倫斯察覺到一件事情。

書本裡記載了如蛇神、青蛙神或是魚神等經常耳聞的神明傳說，以及很多關於岩石、湖泊或是樹木等神明的傳說。也有雷神、雨神、太陽神、月神或星星之神的傳說。

但在這些故事當中，很少有關於鳥或野獸的神明傳說。

在異教徒城鎮卡梅爾森時，狄安娜曾提及有好幾則關於毀滅約伊茲的熊怪傳說。而且，在教會城市留賓海根附近，羅倫斯也親身感受到與赫蘿相似的狼怪存在。

況且，狄安娜本身就是一隻體型大過人類的巨鳥。

既然這樣，書本裡應該會出現各種野獸的傳說才是。然而，羅倫斯卻是沒看到半則。

難道從地下室取出來的書本，恰巧都沒記載到這些野獸的傳說嗎？

就在這時，夾在手中新翻開書本頁首的一張羊皮紙上，記載了吸引羅倫斯目光的文字。

「我不想以特別的眼光，看待收錄在這本書裡的熊神傳說。」

到目前為止，無論哪一本書都只是把聽來的故事整理在一起，有著比合約書更加平淡無奇的內容。所以當羅倫斯突然看到彷彿聽得見法蘭茲祭司在說話的文章時，不禁傻了一下。

「關於其他書本記載的神明，雖然時空與場所不同，但也出現了好幾則相信是描述同一神明的故事。然而，我如此清楚地做了系統性整理的，或許只有這位熊神而已。」

羅倫斯猶豫著該不該叫醒赫蘿。

即便如此，羅倫斯的目光卻無法挪開。在那老舊羊皮紙上，可以看出法蘭茲祭司寫得整齊，卻在字裡行間洩漏著興奮之情的筆跡。

「教皇對這件事是否知情呢？如果我的猜測正確，那麼我們的神，其實是不戰而勝的。倘若這正是我們之神是萬能之神的佐證，那教我怎能平靜地面對這件事。」

法蘭茲祭司強而有力的運筆聲彷彿就在耳邊響起。

他在最後這麼下了結論：

「我並不想以特別的眼光看待所有的傳說，因為那會模糊我的目光。然而，我忍不住會想：收集在這本書裡的獵月熊傳說，或許是連北方地區的異教徒們，都未察覺到的重要存在。不，我現在會寫出這樣的文章，或許已經代表著我以特別的眼光看待這本書。我在整理這本書時，極度強烈地感受到神的存在。如果可能，我希望不是由用狹隘之心崇拜我們之神的人，而是由如同喜愛在遼闊草原上迎著舒爽清風般喜愛神明的人來進行判斷。因此，我刻意把這本書放在所有書本的正中央。」

然後，羅倫斯一翻開這張羊皮紙，這本書就像其他已閱畢的書本般，開始敘述起故事。

應該讓赫蘿先看，還是應該假裝沒看過這本書？

羅倫斯的腦海，瞬間浮現這個事已至此卻仍然保有的猶豫念頭。但是他心想，隱瞞這本書，就等於是背叛赫蘿。

叫醒赫蘿吧。

就在羅倫斯這麼想著，並闔上書本的那一刻，傳來了異樣的聲響。

啪、啪、啪町啪町的清脆聲響隱約傳來。

「……下雨了嗎？」

羅倫斯才這麼猜測，就又覺得如果是雨聲，那雨滴也未免太大顆，最後他終於察覺到那是馬蹄聲。

人們會說深夜裡傳來的馬蹄聲，會引來一大群惡魔。

在夜裡帶著馬兒行動時，絕對不能奔跑。

人們不分正、異教徒，都會這麼說。

不過，其真正含意是不分正、異教徒都有一個共通認知，那就是深夜裡傳來的馬蹄聲絕不可能帶來好消息。

「喂，起床。」

羅倫斯放下書本，一邊側耳聆聽，一邊拍打赫蘿的肩膀。

從馬蹄聲聽來，可判斷是一匹馬。進到廣場後，馬蹄聲忽然停了下來。

「唔……怎麼了、嗎？」

「有兩個消息。」

「聽起來好像都不是好消息吶。」

「一個是我找到收集獵月熊傳說的書了。」

赫蘿霎時瞪大了眼睛，跟著把視線移向放在羅倫斯身邊的書本。

不過，赫蘿不是那種只會把注意力放在一件事情上面的人。

她機靈地動了動狼耳朵後，便轉過身子面向後方的牆壁。

「發生什麼事了嗎？」

「很可能是出了什麼事，沒有什麼聲音比深夜裡的馬蹄聲更教人不想聽見了。」

羅倫斯伸手拿起書本遞給赫蘿。

然而，赫蘿就算接下了書本，也沒有翻開書本的舉動。

「我不知道妳看完這本書之後會想怎麼辦。但是，妳看完後如果有什麼想法，希望妳老實告訴我。」

赫蘿沒有看向羅倫斯，她一邊看著抓住書本的手，一邊回答說：

「嗯，因為汝也不是不能藏起這本書。了解，咱答應汝。」

羅倫斯點點頭後，站起身子丟下一句：「我去看看狀況。」隨即踏步離去。

教會裡當然是一片黑暗與寧靜。不過身陷在黑漆漆一片之中，反而能夠隱約看見四周。

而且，當羅倫斯來到客廳時，因為月光從木窗縫隙流瀉進來，使得他更能夠看清周遭。

羅倫斯也因此立刻得知一邊發出小小聲的嘎吱聲響，一邊走下階梯的人是艾莉莎。

「我聽見了馬蹄聲。」

「妳想得到有可能是什麼事嗎？」

羅倫斯心想就是因為想得到，所以艾莉莎才會立刻起床下樓吧。

「我就是不願意想，也想得到。」

在特列歐般的小村落，深夜裡會傳來馬蹄聲，當然不可能是哨兵前來通知遭到傭兵團襲擊。

想必是與恩貝爾有關的事情吧。

但是，危機不是已經解除了嗎？

艾莉莎小跑步地接近木窗，以熟練的動作從木窗縫隙觀察廣場的狀況。

馬兒似乎是停在村長住處的前面。

「關於特列歐與恩貝爾之間的關係，雖然我只掌握到猜測出來的內容，但是就妳書桌上的文件看來，照理說恩貝爾不能對特列歐採取任何行動，對吧？」

「商人目光之犀利，實在令人佩服。可是……沒錯，我也是這麼以為。即便如此……」

「如果妳是想說，要是我背叛了妳，事態就會不同，那我應該立刻把妳綑綁起來才對。」

艾莉莎以充滿戒心的目光瞪著羅倫斯。

不過，她立刻別開了視線。

「不管怎麼說，我都是個旅人。萬一發生了什麼重大問題，我的立場會變得非常危險。商人因為不慎陷入紛爭之中，而被剝光財產的故事不勝枚舉。」

「只要我還活著，我絕對不允許這種目無法紀的事情發生。可是，總之請你先把地下室關起來。如果是有關恩貝爾的事情，村長一定會到這裡來的。」

「我們深夜留在教會的理由呢？」

艾莉莎有別於赫蘿的靈敏反應讓羅倫斯有一種親近感。

「……帶著棉被到禮拜堂。」
「我贊同。我的夥伴是修女，這樣沒錯吧？」
雖然羅倫斯是在為套話的內容做確認，但是艾莉莎並沒有回答。
艾莉莎如果回答了，就等於是在說謊。
真是好一個固執的聖職者。
「塞姆村長出來了。」
「我知道了。」
羅倫斯立刻轉過身子，回到赫蘿的身邊。
在這種時候，赫蘿的好耳力是珍貴的寶物。
赫蘿已經把取出的書本幾乎都放回地下室裡，也重新穿好了長袍。
「妳就帶著那本書吧。我看先把它藏在祭壇後面好了。」
赫蘿點點頭。那些尚未放回地下室的書本，被她一本接一本地遞給走下一半石階的羅倫斯。
「這是最後一本。」
「那這樣，妳從和通往客廳相反方向的走廊去吧。彎進轉角後，應該會馬上看到通往祭壇後面的入口。妳帶著書先進去。」
赫蘿沒聽完羅倫斯說的話，便跑了出去。

羅倫斯也隨即走出地下室，他把底座放回原位，並放上聖母雕像。

雖然羅倫斯因為找了老半天，也找不到鑰匙孔而感到焦急，但是他最後總算找到鑰匙孔，並用艾莉莎交給他的黃銅鑰匙上鎖後，抱著棉被追上赫蘿。

無論到了哪裡，教會都有著相似的構造。

如羅倫斯所料地，彎進轉角後就看見了入口，而入口的門敞開著。

羅倫斯一邊掩護蠟燭的火焰，一邊小跑步地在應是直接通往祭壇的狹窄通道上前進。跑著跑著，眼前的視野立刻開闊了起來。

有幾道月光從二樓位置的木窗投射進來，感覺就是沒了蠟燭的光線，也足以看清四周。

祭壇正前方的門外傳來了小小的說話聲。

赫蘿以眼神示意要羅倫斯動作快一點。

因為被檢查所持物品時，萬一鑰匙掉了出來會惹來麻煩，於是羅倫斯把鑰匙也藏在祭壇背面後，便與赫蘿走下祭壇，來到石塊鋪成的地板上。

兩人選擇坐下的位置是整片地板唯一呈現凹陷的地方，想必也是法蘭茲祭司每天向神禱告的位置。

羅倫斯先吹熄蠟燭，然後與赫蘿共用一床棉被包住身體。

羅倫斯許久不曾隔著一扇門，像小偷一樣鬼鬼祟祟地行動了。

從前，羅倫斯曾經為了偷看訂單，與商人同伴一起潛入港口城鎮的商行。

那時的他還不懂得判斷什麼樣的商品會有需求。現在回想起來，羅倫斯不禁為當時的胡亂行為膽顫心驚。但是他心想，和現在的行為比起來，或許那還算小事吧。

因為不管怎麼說，現在這樣冒險行事，錢包裡的錢也絕不可能增加。

「可是，我身為村長……」

門被打開後，傳來了塞姆的聲音。

羅倫斯先深呼吸一次，跟著一副剛剛醒過來似的表情回過頭看。

「很抱歉打擾您在教會的神聖時刻。」

塞姆身後跟隨著艾莉莎，以及一名手持棍棒的村民。

「發生……什麼事了嗎？」

「如果您是經歷漫長旅行生活的人，我相信一定能夠得到您的諒解。這段時間可能會造成不便，請忍耐一下。」

手持棍棒的村民往前邁出了一步，羅倫斯見狀，站起身子。

「我是所屬於羅恩商業公會的商人。此外，羅恩商業公會在卡梅爾森的洋行也有很多人知道我前來這個村子。」

村民驚訝地回頭看向塞姆。

如特列歐般的小村落若與商業公會引起糾紛，不可能簡單了事。

以擁有的現金數量來說，商人組成的集團已稱得上是一個國家。

「當然了，如果塞姆村長能夠以特列歐村的代表人身分採取適當的行動，身為一個旅人的我，當然願意服從塞姆村長說的話。」

「……這我明白。不過，我會在您與您的同伴面前出現，絕非出自惡意。」

「發生什麼事了嗎？」

這時傳來了一陣「噠噠噠」的腳步聲，或許是艾凡醒來後跑了過來。

塞姆往腳步聲傳來的方向看了一眼後，緩緩開口說：

「恩貝爾有人吃了我們村子的麥子，結果死了。」

第四幕

說到食用麥子而身亡，最先浮現在腦海裡的是被稱為利德里斯地獄之火的毒麥。

人們一旦吃了這種毒麥，四肢會從骨頭內側像熔化了似的開始腐爛，或者是一邊痛苦慘叫直到死去為止。只要吃了少量的毒麥，惡魔就會讓人們產生不存在於這世界的幻覺；如果是孕婦則會流產。

據說這種毒麥，是因為惡魔不停在麥穗裡加入充滿毒素的黑色假麥而產生。如果在收割時沒發現，或者是一旦在不知情下磨成了粉，就沒有人能夠找出毒麥藏在哪裡。

當人們知道有毒麥存在時，就是有某人吃了毒麥而出現異常症狀的時候。

對於培育麥子的農村而言，毒麥是與旱災、水災同樣讓村民害怕的恐怖事態。

這毒麥的可怕之處不在於吃了毒麥的人會死去，或是生不如死。

最可怕的地方在於，一旦有利德里斯地獄之火混入該年收成的麥子之中，所有的麥子就不能再食用。

「你確定我們村裡沒有人中毒嗎？」

「村長，應該沒有。臥病在床的珍婆婆也只是感冒而已。」

「大家應該只有在收割祭的時候用了新麥子烤麵包吧？既然這樣，至少表示在那之前磨成麵粉的麥子是沒有毒的吧。」
放在村落的廣場中央、表面平整的巨大石塊似乎也是村落在商量要事時的會議場地。
在燃燒得火紅的篝火，以及一臉睡意揉著眼睛的村民們守護下，於廣場周圍擁有住處，同時在村裡占有一席之地的人們各自發表著意見。
「根據哈吉的描述，好像有一名鞋匠，在昨天傍晚吃了從里恩都麵粉店買來的麵粉所做成的麵包後就死了。聽說那鞋匠的四肢發紫，一陣痛苦翻滾後，就死去了。恩貝爾的參事會立刻查出那是我們村子送去的麥子。因為哈吉是在這個時間點就騎馬回來，所以他說不知道後來演變成什麼樣的狀況；不過，想也知道會是怎樣。領主巴頓伯爵一定會在緊急派出使者的同時，開始安排怎麼把麥子送還村子吧。等到天一亮，恩貝爾正式派出的使者一定也會抵達這裡。」
「把、把麥子送回來這……」
聽到旅館主人喃喃說道，在場圍成圓圈而坐的人全都沉默了下來。
好不容易有人再次開了口。說話的是站在圓圈外面，在巨石上算是少數女性的依瑪。
「我們必須歸還收下的錢，對吧？塞姆村長。」
「……沒錯。」
村民聽了，全都臉色鐵青，抱頭痛思。
「錢」這東西用了就沒了。

再說，村民們怎麼看也不像對銀幣愛不釋手，而有儲蓄習慣的樣子。

不過，巨石上的所有人當中，也有一些沒有抱頭痛思的人。

包括村長塞姆、酒吧老闆娘依瑪、管理教會的艾莉莎，還有羅倫斯在塞姆住處時帶著信件回來的男子，以及羅倫斯與赫蘿。

想必這幾個人並非單純因為他們有儲蓄，也不是因為他們的膽子比較大，而是他們能夠冷靜地面對這場騷動。

只要站在旁觀角度來觀察，造成騷動的原因再明顯不過了。

這場毒麥騷動是恩貝爾自導自演。

「村長，我們該怎麼辦才好？錢都拿去買了豬和雞，也用去修理鐮刀和鋤頭了。」

「你們不只花了這些錢吧。畢竟今年村裡大豐收，所以我們店裡也進了比平時更高檔的酒和食物。既然我們家的錢全花在支付這些貨款上面，那就表示你們也花了很多錢。」

倘若喝了太多酒，不管是誰都會落得抱頭痛思的下場。

依瑪的發言讓男子們的頭垂得更低了，她看向塞姆說：

「不過村長，問題應該不只有這個而已吧？」

不愧是擁有扛著釀造鍋獨自一邊旅行，一邊兜售啤酒的經驗，依瑪的威嚴果然高人一籌。

如果她去了大型城鎮，就算成了掌管商行的人物也不足為奇。

「沒錯。一旦發現有毒麥混在村裡的麥子當中，就不能再吃麥子。今年是個大豐收之年，但是去年可沒有大豐收。」

麥子播種後，就是等待結實、收成。而收成時如果達到播種時的三倍數量，即可算是不錯的成績。如果達到四倍，就算是豐收。

收成的麥子裡，會先保留隔年用來播種的麥子。但為了預防歉收而保留的備用麥子數量並不會太多。

最糟的狀況是，村民有可能因為今年豐收，而早就吃光了去年剩下的麥子。

不管怎麼說，特列歐村的食糧狀況正面臨重大危機。

而且，村民根本沒有錢採買新的麥子。

「怎麼辦？就算我們能夠忍受貧窮，也不能忍受餓肚子啊。」

「沒錯。不過我——」

塞姆打算繼續說下去，卻被站在旅館老闆身邊的男子打斷了，男子突然站起身子，指著羅倫斯說：

「把毒麥偷放進去的，就是這兩個傢伙吧！我問過他了！這個商人竟然帶了麥子到村裡來！他的陰謀一定是先把毒麥偷放進去，等到麥子不能吃了，再用高價把帶來的麥子賣給我們！」

羅倫斯早料到村民會有像男子這樣的想法。

羅倫斯當然也明白塞姆帶著他與赫蘿來到廣場，並非出自於惡意。

塞姆是因為考量到如果沒見到羅倫斯兩人的身影，變得疑神疑鬼的村民們有可能會手持武器，四處尋找兩人。

「一、一、一定是這樣沒錯！聽說他還一個人去艾凡那裡磨粉！不，他一定是和艾凡狼狽為奸，來摧毀我們村子的！」

「沒錯，一定是艾凡！那個騙子磨粉匠跑哪裡去了！把艾凡和他一起綁起來，然後逼問他們把毒麥偷放到哪些麥子裡去啦！」

村民們紛紛站起身子，一副準備一起抓住羅倫斯的樣子。

這時，艾莉莎突然往前站了一步說：

「請等一下。」

「現在不是妳們女人插嘴的時候，滾一邊去！」

「你說什麼？」

體格比艾莉莎壯了三倍左右的依瑪，迅速地站到艾莉莎旁邊。氣勢被削弱的男子們，不禁畏縮了起來。

就在此時，塞姆村長像是仲裁雙方似的咳了一聲，總算暫時讓現場的氣氛平靜下來。

「艾凡在教會裡面。」

「要不要懷疑的回頭再說。現在最重要的是，如何處理想必會被退回的麥子，以及如何退還我們收下的現金。」
「花、花光了的錢要我們生也生不出來，只能叫對方等到明年……」
「如果這樣能夠解決事情就好了。」
聽到村長的話語，男子們露出驚訝的表情。
「村長……什麼意思？」
「恩貝爾有可能趁這次機會，恢復從前村落與城鎮的關係……」
「不會吧……」
年長的男子們紛紛露出苦澀的表情。
「你在說什麼啊，村長。恩貝爾那些傢伙不是不能對我們村子下手嗎？法蘭茲祭司不是幫我們談好條件了嗎？」
羅倫斯猜不出是塞姆刻意隱瞞村落與恩貝爾的實際關係，或是男子們不願意去理解。
不過，他立刻就知道了答案。
「話說回來，本來就不應該答應讓艾莉莎繼承法蘭茲祭司，這樣恩貝爾當然不會把我們看在眼裡。」
「就是說啊。一整天躲在教會裡，也不出來耕田，就只知道跟大家拿一樣多的麵包。今年的麥子能夠豐收，也是因為受到陶耶爾大人的保佑。這樣為什麼還要教會女孩來——」

「夠了！」

不安的情緒，很容易就會點燃不滿之火。

而這道不滿之火會從容易進攻、容易著火的地方下手，然後逐漸蔓延燃燒。

給人一本正經印象的艾莉莎，很容易想像得到她為了村落，有多麼竭盡心思地想守護法蘭茲祭司留下的遺產。

想必與艾莉莎共同處理事情的塞姆，當然也非常了解她的苦心。

即便如此，從村民方才的發言聽來，就算不想，也能夠清楚知道村民是用什麼樣的眼光看待艾莉莎。

羅倫斯早已察覺，艾莉莎正面無表情地握緊拳頭。

「那麼，村長，我們要怎麼做才好？」

「總之，大家各自確認一下收割祭之後分發的現金還剩下多少，以及還剩下多少儲糧能夠過冬。在恩貝爾派出來的使者抵達之前，我們無從得知他們會怎麼提出交涉。我想，使者最快也得要等到天亮才會抵達吧。在天亮以前，我們也先暫時解散。你們每個人都去確認一下我剛剛說的事情。」

雖然男子們有所不滿地發出嘆息聲，但一聽到塞姆再次吩咐，便心不甘情不願地站起身子。

男子們走下被當成會議場地的巨石時，朝羅倫斯與艾莉莎投來充滿憎恨的目光。
雖然男子們的態度反應他們的不講理，但羅倫斯心想，幸好村長塞姆是站在這一邊的。
如果連塞姆都成了敵人，那羅倫斯就只能依賴赫蘿採取最後手段。
「艾莉莎。」
在村民紛紛離去之中，塞姆一邊倚著枴杖，一邊走近艾莉莎說道：
「我知道妳很苦，不過妳先忍耐一下吧。」
看見艾莉莎默默地點頭後，塞姆接著看向依瑪說：
「依瑪，請妳跟著艾莉莎到教會去。不能保證那些失去冷靜的人不會闖進教會。」
「包在我身上。」
羅倫斯一下子就看出村民們的強弱關係。
那麼，羅倫斯兩人會在這張關係圖的什麼位置上呢？
「羅倫斯先生。」
塞姆在最後看向羅倫斯兩人說：
「我也和村民一樣對您心存懷疑，因為這實在是太巧了。但是，我希望您別認為我是那種會立刻下定論的愚夫。」
「如果我與塞姆村長站在相同立場上，我也會說出同樣的話吧。」

塞姆因為年邁而在眉間留下的皺紋依然深深揪著，他稍顯安心地點點頭說：

「在保護兩位人身安全的同時，也為了不要再加深我們的疑心，有勞兩位移駕到我家中。」

羅倫斯心想，幸好塞姆沒有不容分說地就把人綁起來。而且，羅倫斯也覺得這時如果魯莽反抗，有可能會演變成流血場面。

於是，羅倫斯順從地點點頭，跟在塞姆和村民後頭，走向塞姆的住處。

「跟你們說喔，那個村子裡有個禁閉室——」在酒席上時而會聽到像這樣的謠傳。

那是大家開始有三分醉意，發財話題在酒席上不斷脫口而出的時候。

商人聽到有賺錢好事，便乖乖地跟到村長家裡，結果就被關進禁閉室，再也沒出來過。

只要全村的人都緘口不說，就沒有人能夠知道那名商人的下落。

等到商人的持有物品全數變賣後，商人就會在祈禱豐收時被當成祭品獻祭。

在一些生活特別富裕的村落，一定會傳出這一類的謠言。

不過，至少在特列歐村，似乎不會有這樣的事情發生。

羅倫斯與赫蘿被關進一間甚至設有窗戶的普通房間。房間位置就在羅倫斯第一次拜訪村長家時，與塞姆談話的房間隔壁。

房門上沒有門鎖，如果想要硬闖出去，應該也不是辦不到。但以目前的狀況看來，兩人在這裡應該比在教會裡來得安全吧。

如果想要擬定策略，這裡的環境還算不差。

「妳覺得怎樣？」

房間的正中央有一張矮桌子，兩人在桌子兩旁擺設的雙人長椅上並肩而坐。村民們想必在房門外監聽，因此羅倫斯壓低聲量說道。

「早知道應該乖乖放棄尋找書本，離開這裡。」

赫蘿的發言意外的消極。

但是，她的表情既沒有因為罪惡感而顯得苦惱，也不像真的感到後悔的樣子。

赫蘿的視線停留在一個定點，看起來像是正以令人頭昏眼花的速度在動腦思考。

「很難判定妳這說法是否正確。假設我們來到這裡詢問修道院的地點，之後在當天，也就是前天時乖乖離開這裡。接著，恩貝爾發現毒麥的消息在今天，也就是現在傳到這裡來。而這件事情，一定會懷疑是有人惡意在麥子裡下毒，這時誰會最先遭到懷疑呢？一定是我們。」

「畢竟沒有其他旅人是笨商人與美麗少女的雙人組合吶，咱們一下子就會遭到快馬追捕。」

羅倫斯不禁因為赫蘿的毒舌而露出苦笑，但是他心想，赫蘿沒有哭哭啼啼地說「都是咱害的，事情才會變成這樣」這點果然很符合她的作風。

「當我們來到這個村子時，大概就已經被村民懷疑我們在麥子裡下毒。因為把災難帶到村子的惡魔總是從村外出現。」

「而且，咱們也無法用言語解釋自己的清白，是唄。」

羅倫斯點了點頭。

當發生災難時，不管毒麥是惡魔帶來的，或是有人惡意下的毒，人們都會想得知造成災難的原因。

並非做了壞事的存在是惡魔，而是有壞事發生時，人們才會說是惡魔出現。

「這狀況實在太剛好了，怎麼想都覺得這是恩貝爾為了控制特列歐村採取的手段。況且，只要是這一帶地區的諸侯，想必都知道恩貝爾和特列歐正為了稅金等問題而鬥爭著。如果這時意外發現特列歐的麥子裡有毒，無論是誰都會懷疑是恩貝爾自導自演。這麼一來，因為特列歐村有後盾存在，所以後盾們不可能不吭聲。在這樣的狀況下，恩貝爾需要一個替死鬼。而我們就是在毫不知情的狀況下，剛好在這個時候來到這裡的商人，所以恩貝爾剛好可以如願地執行計畫。」

這麼一來，大致猜得出來恩貝爾會在最後設下什麼樣的陷阱。

「然後，恩貝爾在與特列歐交涉時，想必會提出『只要你們找出在麥子裡下毒的兇手，就答應讓你們晚點還錢』的條件。」

恩貝爾不僅能夠向周遭主張這不是他們自導自演的騷動，還能夠將特列歐納為己有，而羅倫斯等人則因為城鎮的貪婪欲望，而化為斷頭台上的露水蒸發。

「恩貝爾應該也不願意和我們公會起衝突，所以當然不會為我們的清白與否開庭審判。恩貝爾一定會早早將我們定罪，好送上斷頭台，然後他們大概會和特列歐的村民說『只要村民不洩露我們的身分，就願意少收一些借款』吧，這樣事情就可以完美地落幕。」

赫蘿嘆了口氣，咬了咬大拇指的指甲。

「汝甘願這樣遭人陷害嗎？」

「怎麼可能。」

雖然羅倫斯聳聳肩，不由得用鼻子輕笑。但如果問他該怎麼化解窘境，他也不知該怎麼做。

「若是逃跑會變成咱們是畏罪潛逃。汝的人頭畫像如果被四處張貼，就不能繼續做生意。」

「我的商人生涯也就徹徹底底地結束。」

該怎麼辦才好？

就在羅倫斯這麼想著時，赫蘿像是察覺到什麼事情似的插嘴說：

「唔。對了，不能向汝所屬的那個什麼公會求救嗎？」

「求救……啊？如果可以……啊，對喔……」

羅倫斯叩叩叩地敲著自己的腦袋，赫蘿露出懷疑的眼光直盯著他看。

「有妳在啊。」

「什麼意思?」

「好的意思。如果騎在妳的背上,能夠比騎馬更快逃到其他城鎮嗎?」

「當然。」

「這不是超長距離貿易,況且世上只有船的速度能夠比馬兒更快。恩貝爾的傢伙就是想要設下天羅地網抓我們,也只能靠騎馬的速度來擴大天羅地網的範圍。這麼一來的話呢?」

赫蘿用鼻子輕輕發出「哼」的一聲,那聲音讓人分辨不出她是在嘆息,還是在回應羅倫斯。

「我一直認為如果是和妳一起行動,可能還來不及與某處的洋行取得聯繫,就會被追兵逮到。如果能夠逃到公會裡,公會應該會保護我們才對。公會裡有人為了做成生意而使用毒麥,像這樣的消息一旦傳出,事情可會一發不可收拾;所以公會一定會盡全力予以阻止吧。」

「如果想要陷害咱們的那些傢伙也考慮到這一點,或許在咱們先逃跑的時候,就會放棄陷害咱們的念頭。」

「但是……」

羅倫斯覺得事態似乎有些好轉,而感到心情放鬆了些,但是到了下一刻,他的腦海裡立刻浮現了最後的結局。

「在那之後,妳知道誰會被眾人指責是兇手嗎?」

不用說也知道。那個人想必就是被村民們視為騙子、總是受到懷疑目光,而且職業又是最適合在麥子裡下毒的磨粉匠艾凡吧。

赫蘿似乎也立刻察覺到羅倫斯想表達的意思。

不過，她這次是明顯擺出一副嫌麻煩的表情，像是打從一開始就放棄爭辯似的說：

「不然讓那小子也騎在咱背上就行了唄。那小子本來就想離開這裡唄？咱不會拒絕的。如果那女娃也有危險，也可以一起帶走那女娃。誰叫汝是個爛好人，真是麻煩吶……」

要是羅倫斯與艾凡都從村裡消失，想必恩貝爾也無法再指責其他人是兇手了吧。

而且，如果兩人都消失，恩貝爾至少能夠向周遭主張說兇手是磨粉匠艾凡，說他是畏罪潛逃。恩貝爾就沒必要明知會與羅倫斯所屬的公會起衝突，仍硬要牽扯上羅倫斯。

「不過，問題是這樣妳得變回原本的模樣。」

赫蘿聽了，一副難以置信的表情笑笑說：

「咱的心胸沒有那麼狹窄。不過……看到人們畏懼咱的時候，咱的脆弱心靈的確會受傷吶。」

赫蘿之所以會露出帶點責備的眼神，想必是羅倫斯從前在帕茲歐的地下水道第一次見到赫蘿的真實模樣時，沒出息地往後退了好幾步的緣故吧。

不過，赫蘿立刻用尖牙勾住嘴唇，露出惡作劇的笑容說：

「還是說，汝希望只有汝一人知道咱的秘密？」

回答不出話來的羅倫斯咳了一聲。

赫蘿看似開心地用喉嚨發出輕輕笑聲說：

「如果汝認為這樣的計畫可行，咱無所謂。」

雖然感到無奈，但羅倫斯想不出比這個計畫更好的解決方法。

「這當然是最壞的打算，不過必須這麼做的可能性很高。雖然捨棄馬車和貨物很可惜，但也只好想成是掉到谷底去了。」

「要不要咱當汝的新馬車吶？」

高明至極的玩笑話。

「世上哪有馬車是馬兒在操縱韁繩的？」

赫蘿聽了，露出大膽狂放的笑容，而敲門聲也幾乎在同時響起。

房門打開後，塞姆就站在門外。

以塞姆年邁的身軀，要負荷村落的危機或許太過沉重。

可能是掛在走廊上的燭光形成了陰影，塞姆的模樣像是忽然間消瘦了許多。

「可以和兩位談談嗎？」

羅倫斯認為他與赫蘿的密談不太可能被聽見。

因為他不覺得赫蘿在這方面會掉以輕心。

「沒問題，我們也正有這樣的打算。」

「那麼，打擾了。」

塞姆一邊拄著枴杖，一邊緩緩走進房間，一位村民擋住敞開的房門。

或許是沒什麼機會執行這種工作，明顯看得出村民十分緊張。

「把門關起來。」

聽到塞姆這麼說道，村民霎時驚訝地睜大了眼睛。但聽到塞姆重複說了一遍後，村民只好心不甘情不願地關上房門。

村民的態度表示他一定打從心底認定羅倫斯等人是兇手。

「好了。」

塞姆把燭臺放在桌上，開始切入話題。

「話說，兩位究竟是什麼人呢？」

塞姆話題切入得相當漂亮。

羅倫斯露出商談時會有的笑容做出應對：

「我們不是什麼名聲響亮、值得一提的人物。至於我是什麼人，我早已經告訴過您了。」

「的確，羅倫斯先生您已經表明過身分了。這點我當然還沒取得確認，但我想您一定是道地的商人吧。」

塞姆的視線從羅倫斯身上移向了旁邊的赫蘿。

赫蘿把兜帽壓得很低，垂著頭安靜不動。

從旁邊看過去，赫蘿就像是睡著了的樣子。

「兩位詢問了帝恩多蘭修道院的地點。請問兩位究竟是為了什麼目的要尋找那所修道院呢？」

塞姆讓了一步。

當羅倫斯前來詢問修道院的地點時，塞姆表面上是佯裝成不知道修道院存在。

塞姆應該很想弄清楚羅倫斯兩人是否是恩貝爾派來的人。

那麼，塞姆弄清楚後，會怎麼做呢？

「有位卡梅爾森的居民，向我介紹帝恩多蘭修道院的院長。正確來說，不是介紹給我，而是介紹給我這位夥伴。」

塞姆最害怕的事情，是羅倫斯兩人是恩貝爾派來的。

然而，現在的塞姆，並沒有餘力以巧妙的話術來套出兩人的真實身分。

他像在喘氣似的深呼吸一次，然後向羅倫斯投來了哀求的眼神說：

「兩位真的不是受託於恩貝爾才來到這裡的嗎？如果是，那麼是多少錢？他們花了多少錢請兩位來呢？」

「我們確實路過了恩貝爾，但那不過是旅途中的一個通行站而已。我們只是為了自己的目的在尋找帝恩多蘭修道院。」

「少、少騙人！」

塞姆以沙啞的聲音吆喝道。在燭光籠罩下，塞姆露出如惡魔般的猙獰面孔向前探出身子。

「我們和恩貝爾與這村子的爭執一點兒關係都沒有。我之所以能夠掌握到村子與恩貝爾的關係，是根據我在酒吧聽到的事情、艾凡告訴我的事情、艾莉莎告訴我的事情，再加上我個人的經驗才知道的。」

塞姆擔心著羅倫斯兩人是恩貝爾派來暗中偵察敵情的人。

毒麥事件並非為了追究異端問題，而是靠金錢就能夠解決的事情。

視交涉結果不同，特列歐村仍有東山再起的機會。

然而，一旦牽涉上教會，事情就沒那麼單純了。

「兩位真、真的，真的和他們沒關係嗎？」

對於這個問題，塞姆自身應該也知道沒有一個答案能夠讓他百分之百信服。

但是，想必他還是忍不住地這麼發問吧。而羅倫斯也只能這麼回答：

「真的。」

塞姆垂下了頭，那表情像是吞下燒得火紅的鐵球般苦悶。就是坐在椅子上，他仍然需要倚靠著拐杖，才能勉強撐住上半身。

這般虛弱模樣的塞姆緩緩抬起頭說：

「如果真是這樣……」

村民們的財務狀況應該都傳進了塞姆的耳中。

就算羅倫斯只是大概計算一下，也能夠立刻明白賣給恩貝爾的麥子一旦全數送還，村子的財務狀況就會陷入絕望深淵。

因為村子每半年，或甚至一年才有一次的大筆收入將化為烏有。

「如果真是這樣，能否請您借給我們智慧和……金錢？」

赫蘿的身子稍微動了一下。

或許是塞姆提到借錢，讓赫蘿想起了在留賓海根發生的事。

那時羅倫斯也因為遭到陷害而面臨即將破產的窘境，在城裡四處奔走借錢。

羅倫斯當時的心情就像掉進池子裡，就算會喝到水，仍拚命想要呼吸的感覺。

然而，羅倫斯是個商人。

「我可以借您智慧，但是……」

「我不會要您免費提供。」

羅倫斯的視線對上了塞姆犀利的目光。

羅倫斯不認為特列歐村能夠拿出什麼東西作為報酬。

這麼一來，剩下的選擇就相當有限了。

「就拿兩位的人身安全交換好了。」

特列歐雖說是個小村落，但也算是個團體，而塞姆就是這個團體的領導者。

在貧窮的村落，商人擁有的貨幣確實是強力的武器。

然而，當村民拿出鐮刀及鋤頭時，沒有什麼人比商人顯得更弱勢。

「您這是在威脅嗎？」

「我之所以沒有不容分說地綁起兩位，是因為羅倫斯先生您曾經帶著小麥前來跟我打招呼。」

塞姆說話相當有技巧。

雖然很想反駁，但羅倫斯認為這時表現得太固執，狀況也不會好轉。

而且，羅倫斯與赫蘿兩人已經想好了方針。為了這點，羅倫斯告訴自己要順從塞姆的意思，以利於行動。

「顯然我也只能答應了。」

「……」

「不過……」

羅倫斯挺直背脊，直視塞姆的眼睛說：

「倘若我成功挽救了目前的事態，我會收取一定程度的報酬。」

羅倫斯既沒有哀求饒命，也沒有懇求對方留下些許現金，而是堅決地要求報酬的態度，讓塞姆瞬間愣住了。但是塞姆立刻回過神來點點頭。

或許塞姆是認為羅倫斯配當個有如此自信的人物。

也或許，塞姆是想要相信羅倫斯能夠挽救事態。

而事實上，羅倫斯的發言是為了討好塞姆的謊言。

如果可能，羅倫斯希望以溫和的方式離開特列歐村。既然這樣，那當然是等到恩貝爾的使者抵達，看出特列歐村的下場之後，再離開比較好。

如果恩貝爾只是想要創造出一個支配特列歐村的契機，而沒打算肆意妄為，想必就不會調查毒麥是自然發生，或是有人惡意加進麥子裡。

恩貝爾極有可能會讓毒麥事件就這麼不了了之。

「那麼，請您告訴我詳情吧。」

羅倫斯向塞姆搭腔，並在內心某處盤算。

或許能夠想出化解窘境的奇蹟策略。

塞姆的說明讓人越聽，越是覺得離譜。

法蘭茲祭司與恩貝爾所簽訂的合約本身，根本就是前所未聞的驚人合約。光是特列歐能夠隨意以想要的金額和數量，把麥子賣給恩貝爾這點，就讓人猜想不透。

然而，光是看法蘭茲祭司收藏在地下室裡的書本，就能夠輕易想像出法蘭茲祭司背後有強力後盾的事實。

光看那些用鐵片補強四邊書角的皮革裝訂書，就可以找出些許端倪。畢竟每裝訂一本，就得花費好一大筆金錢。

而出現在艾莉莎桌上信件裡面的邊境伯爵，以及大主教區的主教等人物，似乎也都與法蘭茲祭司有私交。

儘管有好幾次被懷疑是異端，但是法蘭茲祭司在死去前仍舊能夠安然度日，這不難想像是因為拜他的人脈所賜。就像使用多條繩索編成的網子相當有力一樣，人與人之間的聯繫，也會直接化為力量。

塞姆也說他不知道法蘭茲祭司是如何與恩貝爾簽下了合約，想必他沒有說謊吧。

塞姆還推測，法蘭茲祭司手中可能握有恩貝爾的支配者——巴頓伯爵的把柄，事實應該與他說的相差不遠。

無庸置疑地，法蘭茲祭司是一位傑出的人物。

但是，現在不是感嘆故人有多麼厲害的時候。

如果能夠化解特列歐村的窘境，顯然對自己的生意也會有所助益，所以應該認真思考一下眼前的問題。

話說回來，村民完全依賴著法蘭茲祭司留下的合約，而奢侈過活的浪費模樣，只能夠用慘不忍睹來形容。

想必把手頭上的金幣和銀幣加起來，都不足以支付計算誤差的金額。

顯然地，恩貝爾一旦送還全數的麥子，特列歐村就得立刻宣布破產。

不過，老是想這些，就永遠無法向前跨出一步。於是，羅倫斯先說出他想得到的可能性：

「正常來說，對於償還不了的部分，恩貝爾應該會要求讓他們採買明年的麥子以補足金額。」

「……意思是說？」

「意思是說，事先說好用多少金額，採買明年村裡的所有麥田可能收割的麥子。」

塞姆連青苗採買（註：評估處於青苗階段的田地有多少收割量後，預先採買收成物的交易）的意思都不懂，可見這村子無憂無慮地過了多麼長的一段歲月。

「如、如果這樣可行，村子就能夠暫時擺脫困境。」

「但是，這個交易當然是對方比較有利。因為對方是為了不存在的物品付款，所以對方如果不要求一些折扣，當然不划算。而我方一旦決定以這個金額賣出麥子，就算再怎麼大豐收，也不能追加酌收金額。」

「這、這太不合理了……」

「這麼一來，就算明年和今年同樣豐收，收入也會減少，所以必須再拿後年的麥子來補足金額，而三年後的收入會變得更少。不僅如此，對方有可能會抓住我方的弱點，在收成不好的時候提出取消這筆交易的要求。接下來會怎麼樣，您應該明白吧。」

就是這樣的原因，所以其他村落在沒有農耕工作的冬季，才會拚命從事副業。

哪怕只是賺點小錢，村民們也願意勤於從事副業，為的就是不讓村落的土地被人搶走。

「我一直想著只要村子能夠不被徵收稅金就好……所以我才拚命想要守護法蘭茲祭司留下來的遺物……」

「您的想法本身並沒有錯。但是，村民們完全不明白法蘭茲祭司帶來的恩惠有多麼大。」

「是啊……現在說這些也無濟於事，不過當年突然來到村裡的法蘭茲祭司，本來就是以負責改善村子與恩貝爾之間的關係為條件，要求我們讓他住在教會。雖然我們村裡蓋有教會，但是我們無法捨棄對古老土地守護神——陶耶爾大人的信仰。法蘭茲祭司說他不在意這點，他沒做過什麼正式的傳教活動，一直住在教會裡直到過世。」

或許村民們是把法蘭茲祭司當成陶耶爾大人派來的幸福使者吧。

「沒想到會演變成現在這樣的局面……」

「塞姆村長，您應該有預料到會變成這樣的局面吧？」

聽到羅倫斯斬釘截鐵地如此說道，虛弱不堪的塞姆瞬間收起臉上的表情。他閉上眼睛，長嘆了口氣說：

「是稍微有感覺到……不過，我怎麼也沒料到會出現卡帕斯酒……」

「卡帕斯酒？」

「嗯，像這次發生的毒麥，我們稱之為卡帕斯酒。卡帕斯酒是用黑麥做成的，我們都知道這種酒的存在。所以我不認為村民會因為不小心，而把純度高到致死的酒加進麥子裡。」

羅倫斯也贊同塞姆這個說法。

「所以當然會懷疑是有人蓄意下毒。」

「村民們會懷疑是旅人下的手，因為大家認為應該最先懷疑的是外來者人士。」

「再來是磨粉匠艾凡。」

塞姆點頭後，再點了一次頭說：

「我剛才與艾莉莎稍微談了一下，她好像馬上就懷疑是恩貝爾下的毒。我實在很慚愧，我的腦袋只會想到有地方願意買我們村子種的麥子就天下太平了……我根本想不到其他事情。」

「只要等恩貝爾的使者來到這裡，相信就能夠知道這是不是恩貝爾自導自演的一場戲。如果您不介意，我希望在那之前可以和艾莉莎小姐稍微談一下。」

羅倫斯之所以會答應幫塞姆出意見，也是為了讓自己能夠順利說出這句話。

「我明白了……」

塞姆站起身子打開房門，向看守的男子吩咐幾句後，回頭看向羅倫斯說：

「請跟著這位村民走，他會帶兩位前往教會。」

塞姆像是把全身力量都放在拐杖上似的，一邊拄著拐杖走路，一邊為羅倫斯與赫蘿開路。

「我這把老骨頭……有些撐不住了，請晚點再告訴我討論的結果。真是太丟臉了……」

看守的村民急忙遞出自己原本坐著的椅子，塞姆表情痛苦地坐了下來。

雖然塞姆不跟著去教會，羅倫斯會比較容易行動，但是能夠保護羅倫斯兩人不被怒火中燒的村民們攻擊的人物，也是塞姆。

羅倫斯當然希望能夠和平地解決一切。

塞姆如果倒下會讓羅倫斯感到困擾，所以羅倫斯發自真心地向塞姆說出關切的話後，才離開塞姆的住處。

廣場上的篝火依舊燒得火紅。三三兩兩聚在一起的村民，交頭接耳地不知談論著什麼。

這時，羅倫斯兩人一踏出塞姆的住處，村民們的視線全都集中了過來。

「這感覺令人毛骨悚然吶。」

赫蘿喃喃說道。

如果在前方帶路的村民背叛了村長的決定，想必羅倫斯與赫蘿會立刻遭到圍毆，然後被村民吊起來吧。

廣場上瀰漫著一觸即發的緊張氣氛。

雖然走到教會只有短短幾步路，卻讓人覺得相當遙遠。

「依瑪女士，村長要我們來的。」

總算來到教會前面時，在前方帶路的村民一邊敲門，一邊異常大聲地說道。

想必他是為了讓廣場上的村民們知道他是奉了村長的命令，才為羅倫斯兩人帶路。

村民們最害怕的，是受到同村人的敵視。

沒多久後，教會的大門打開，等到依瑪請羅倫斯兩人進入教會後，男子一副明顯鬆了口氣的模樣，無力地垂下肩膀。

被篝火染成紅黑色，並朝這邊投來的憎恨目光，立刻被關上的大門抵擋在外。

雖然教會的大門是相當厚實的木門，但是當村民們投來目光以外的東西時，就不知道大門能抵擋多久了。

「你說村長要你們來，是怎麼了嗎？」

依瑪雖然願意讓羅倫斯兩人進入教會，但沒有讓兩人往更深處走去；她擋住羅倫斯說道。

「我想和艾莉莎小姐談一談。」

「和艾莉莎？」

依瑪瞇起眼睛，有些懷疑地問道。

「塞姆村長答應只要我借給他智慧和財產，他就願意保護我們的人身安全。但是，為了讓我借出的智慧和財產發揮最大效用，必須得到正確的情報。而我認為艾莉莎小姐應該比賽姆村長更了解現狀。」

曾經有過獨自旅行經驗的依瑪，應該會同情掉進不合理狀況的羅倫斯才對。

不知道是不是羅倫斯的這般期望傳達進了依瑪心中，依瑪用下巴指指客廳的相反方向，說了句：「跟我來，艾莉莎在那邊。」便邁步走去。

赫蘿的視線仍然看向禮拜堂的方向。

倘若不是羅倫斯也在場，想必赫蘿早就闖進教會，叼著書本跑到地平線的另一端了。

教會的禮拜堂左側有筆耕室和聖務室。

燭光從走廊的轉角處流瀉出來，一彎進轉角，艾凡的身影隨即出現在眼前。

看見艾凡站在走廊左側的房門前，手持斧頭的模樣，不用猜也知道他站在這裡的理由。

而艾凡發現羅倫斯兩人出現後，先是顯得驚訝，跟著臉上浮現複雜的表情。

目前在村子的麥子裡下毒的嫌犯有兩人。艾凡當然知道自己沒有下毒，所以他會懷疑的只有一人。但是，艾凡是少數能夠看見村裡所有麥子流向的人物。

或許艾凡認為羅倫斯不可能有機會在麥子裡下毒。

「艾莉莎在吧？」

「啊，在。可是……」

「是村長答應的。艾莉莎！艾莉莎！」

艾凡幾乎是在被依瑪推開的狀況下，從房門前讓開了身子。

艾凡手上斧頭的刀刃部位已經生了鏽，握柄上也有螞蟻或其他蟲子蛀蝕過的痕跡。

羅倫斯能夠理解艾凡就算拿著如此破舊不堪的武器，也想要擋在門前守護的心情。

因為在帕茲歐的地下水道時，羅倫斯也是以狼狽不堪的模樣擋在赫蘿前面。

「怎麼了？」

「有訪客。」

「咦？啊……」

「我有事找妳商量。」

艾莉莎現在的表情，比羅倫斯之前幾次來到教會拜訪時都更為鎮靜。

「那麼請進——」

「艾莉莎。」

搭腔的是依瑪。

艾莉莎正打算退到房間裡時，回過頭看向依瑪。

「不要緊嗎？」

想必依瑪指的是羅倫斯兩人吧。

如果與依瑪對打，羅倫斯也不敢保證能贏得過她。如此強悍的依瑪朝著羅倫斯投來毫不客氣的目光。

艾凡在依瑪背後嚥下口水觀察事情的發展。

「雖然不能夠信賴，但能夠信任，因為這兩位至少懂得怎麼向神禱告。」

羅倫斯才心想「赫蘿最喜歡這種揶揄人的說法了」，便發現說話的艾莉莎本人也露出了淺淺笑容。

雖然赫蘿在兜帽底下的表情彷彿在說「咱懶得理會這些小人物」，但是她的模樣之所以顯得不開心，想必是因為她恨不得自己能夠反駁吧。

「我知道了。艾凡，你好好保護艾莉莎。」

依瑪「啪」的一聲拍了一下艾凡的肩膀，跟著從走廊走了回去。

依瑪沒有要求自己也加入談話，可見她的胸襟有多麼寬大。

有依瑪陪在身邊，想必艾莉莎與艾凡也會感到安心吧。

「打擾了。」

在羅倫斯走進後，赫蘿便跟在後頭進了房間。

手持斧頭的艾凡也打算從後跟進時，被艾莉莎制止了。

「你在外面等著。」

「為、為什麼？」

「拜託你。」

羅倫斯能夠理解艾凡不肯罷休的心情。雖然艾莉莎重複說了一遍後，艾凡還是心不甘情不願地點了點頭，但是他依舊一副不肯接受的表情。

羅倫斯緩緩取下纏在腰上的錢包，遞給了艾凡說：

「這是萬一搞丟了，任何商人都會號啕大哭的錢包。我把這個交給你保管，你就把這個當成是我值得信任的證物。」

雖然錢包裡只裝了帶在身上的現金，金額並不大，艾凡卻像是收下了什麼燙手的東西似的先看了看錢包，再看向羅倫斯，跟著露出一副快要哭出來的表情。

「交給你看守了。」

聽到羅倫斯這麼說，艾凡點了點頭，並往後退了一步。

艾莉莎關上房門後，便直接轉過身子面向房間裡面。

「兩位的表現實在令人佩服。如果兩位站在恩貝爾那一方，我們似乎只能夠放棄反抗。」

然後，艾莉莎夾雜著嘆息聲這麼說。
「妳懷疑我們是恩貝爾的人嗎？」
「如果兩位是，那麼會前來村裡的是教會的長老們。絕不可能是載滿麥子的馬車隊伍。」
艾莉莎從房門走遠，一邊坐上椅子，一邊示意要羅倫斯兩人也找張椅子坐下。艾莉莎像是忍耐著劇烈頭疼的模樣，按住太陽穴說：
「而且，要懷疑是兩位在麥子裡下毒，比要相信兩位是前來這裡尋找異端證據更困難。」
「為什麼妳會這麼說？」
「呼……雖然連塞姆村長都對兩位心存懷疑，但是這種事……怎麼看也知道是恩貝爾下的手。只是，我沒想到他們竟然真的會採取這種手段……」
「我記得法蘭茲祭司是在夏天離開人世的吧，要在半年內準備好麥毒是一件很困難的事。因為不管在什麼地方，只要一發現麥子裡有利德里斯地獄之火……不對，有卡帕斯酒，都會立刻被處理掉。」
恩貝爾之所以會早已準備好毒麥，卻一直沒有付諸行動，或許是因為沒有出現如羅倫斯兩人般在冬季前來的旅人，好讓他們順利找到藉口推託罪行。
不過正常來說，恩貝爾應該是害怕法蘭茲祭司的存在，才會設想這麼多。
反過來說，對手一換成是艾莉莎時，恩貝爾便判斷計畫可行了。

「村子的財政狀況正陷在絕望深淵裡。我雖然很想求助於後盾們，但他們都是因為與家父的交情，才願意提供協助。我光是要說服他們繼續提供協助，就已經很辛苦了……如果再對他們提出更多的要求，恐怕連後盾都將失去。」

「……我想也是。」

羅倫斯說完後，先咳了一聲才繼續說：

「那麼，照艾莉莎小姐的看法，妳覺得我們今後會被如何處置呢？」

如果是個聖職者，這時就會面帶笑容地說：「只要相信神的庇祐，就什麼都不用擔心，因為神知道一切真相。」

所以，艾莉莎難以掩飾笑意地揚起了嘴角，她輕聲說了句：「你是在問我嗎？」

「能夠看出恩貝爾會怎麼導演這場戲的人，頂多只有艾莉莎小姐和依瑪女士而已。」

「還有兩位吧？」

艾莉莎似乎不願意親口說出來的樣子。

在這之後，關於恩貝爾派來的使者會傳達什麼樣的要求，以及誰會與運送回來的麥子交換被帶回恩貝爾，想必羅倫斯與艾莉莎有著一致的見解。

羅倫斯點點頭，然後看向身邊的赫蘿。

赫蘿在兜帽底下露出一臉睡意。

因為赫蘿知道自己什麼時候該出場，所以她一副彷彿在說「在那之前，讓咱好好休息一下」似的模樣。

羅倫斯忽然把視線移向艾莉莎，然後像在打招呼似地輕鬆說：

「我們打算逃跑。」

艾莉莎沒有顯得訝異。取而代之地，她露出不悅的眼神，就彷彿看見老是記不住東西的笨小孩似的。

「逃跑的時機應該早就過了。」

「妳的意思是恩貝爾早已經派人在沿路監視嗎？」

「這也是……吧。因為如果真是恩貝爾策劃了這場騷動，那麼就需要兩位。」

艾莉莎的想法果然與羅倫斯相同。如果是這樣，那麼讓艾莉莎感到棘手的問題，應該也與羅倫斯相同吧。

「村民們懷疑的箭頭正指向你和艾凡，想必很難辯解清白吧。但如果逃跑，就跟承認罪行沒兩樣。」

羅倫斯心想，如果艾莉莎再年長一些，而且還是個男兒身，或許早就能以法蘭茲祭司繼承者的身分獨當一面。

「而且，我認為就算兩位是騎馬逃跑，恐怕連村民們的包圍都無法突破。」

「假設我的夥伴如其外表是個普通少女，確實是如此。」

艾莉莎驚訝地看向赫蘿。

羅倫斯察覺到赫蘿在兜帽底下的耳朵動了一下，他心想赫蘿或許是嫌艾莉莎的視線煩人吧。

「就結論而言，是有可能逃跑的。而且，不管在任何時候、任何時機下都有可能逃跑。」

「那麼，兩位為何……不逃跑呢？」

羅倫斯點點頭說：

「第一個原因，是我們還沒看完收藏在教會裡的書本。另一個原因，是我們倆逃跑後，接下來誰會遭到眾人指責呢？」

艾莉莎鎮靜得連嚥下口水的動作都沒有。

或許艾莉莎早已冷靜地思考到這樣的事態，而讓她心中早已有所覺悟。

「雖然我不知道兩位打算用什麼方法逃跑，但是你有信心也帶著艾凡成功逃跑嗎？」

「不僅帶著艾凡，也帶著妳。」

艾莉莎這時第一次露出了自然的笑容，那是彷彿在說「愚蠢至極」似的笑容。

「我不會勸說，也不會阻止兩位逃跑。身為村民，我不能讓嫌疑最大的你逃跑；但身為教會的一員，我希望遭遇不合理懷疑，而可能受到眾人譴責的人能夠成功逃走。」

艾莉莎的態度之所以顯得不負責任，想必是她認為已經走投無路的羅倫斯在痴人說夢吧。

「不過，關於你提出的第一個願望，事到如今我也沒有理由拒絕。我是希望能夠想辦法讓兩位看完那些書，只是……」

「目前我們希望至少可以看完其中一本書。」

赫蘿慢吞吞動了一下身子說：

「就藏在祭壇後方。咱只求能夠看完那本書……現在這狀況，咱不會奢望太多。」

閉上眼睛好一會兒後，艾莉莎似乎做出了決定。或許她是認為，至少施捨一些恩惠給即將赴黃泉的人當盤纏比較好。

艾莉莎從椅子上站起身子，跟著打開了房門。

「啊，哇啊！」

「偷聽會遭天譴的。」

「沒、沒有啊，我沒有想偷聽的意思……」

「真是的……是不是偷聽都無所謂了。祭壇後面好像有一本書，你去拿一下。」

因為方才交談的聲量並不算大，所以羅倫斯不確定艾凡是否聽見了所有的交談內容。

不過，艾凡聽了艾莉莎這麼說後，雖然稍微猶豫了一下，但最後還是往走廊跑去。

艾莉莎看著艾凡的背影，似乎喃喃說了什麼，只是憑羅倫斯的耳力，聽不見她說了什麼。

羅倫斯覺得艾莉莎好像說了「能成功逃跑就好了」，但是他還來不及向赫蘿確認，艾莉莎就已經回過頭說：

「我不會阻止，也不會勸兩位逃跑。但是……」

浮現在艾莉莎臉上的，是高貴聖職者的表情。

「在那之前，可以借助你的智慧嗎？因為這村子沒有一個人懂得怎麼交易金錢。」

羅倫斯當然是點頭答應。

「只是，我不敢保證我的答案一定能夠讓妳滿意。」

艾莉莎有些驚訝地眨了眨眼睛後，稍微露出在艾凡面前會有的笑容說：

「商人似乎很喜歡說這樣的話。」

「因為我們都很小心謹慎。」

羅倫斯說完後，被赫蘿踩了一腳。

「書我拿來了。」

或許是一下子就找到了書本，艾凡比想像中更快地回到房間來。赫蘿一見到他，便立刻從椅子上站起來。

「可是，這不是法蘭茲祭司留下的……那些異教傳說的書吧？為什麼羅倫斯先生他們會想要看這個？」

赫蘿沉默不語地走近艾凡後，半搶奪地收下了書本。

那本書上記載的，是法蘭茲祭司本身甚至表示不願意以特別眼光看待的內容。

想必赫蘿根本沒辦法從容地回答艾凡的問題吧。

所以，羅倫斯代替赫蘿回答說：

「人年紀一大啊，就會覺得古老傳說特別有意義。」

「啊？」

赫蘿抱著書本穿過艾凡少根筋的聲音，往走廊走去。

羅倫斯立刻明白，這是赫蘿不願意在他人面前看這本書的心情表現。於是羅倫斯請人點了新的蠟燭，並將之放在燭臺後，追上赫蘿。

當羅倫斯來到禮拜堂的後方時，看見赫蘿像個挨罵的小孩子似的抱著書本蹲在那裡。

「妳的眼力再好，也沒辦法在黑暗之中看書吧。」

抱緊書本、蹲在地上的赫蘿微微顫動著身子。

羅倫斯以為赫蘿在哭泣，但是看見赫蘿緩緩抬起頭後，便發現她臉上並沒有浮現那麼軟弱的表情。

「汝啊。」

在燭光映照下，赫蘿的眼睛散發出金色光芒。

「咱如果因為太過憤怒而撕破了書本，可以幫咱向對方賠不是嗎？」

赫蘿的語調不像在開玩笑。

不過，比起表現出一副哭哭啼啼的模樣，這樣的態度更符合赫蘿的作風。

羅倫斯聳了聳肩，然後點點頭說：

「我是可以幫妳賠不是，不過妳可別撕下書頁拿來擦眼淚。」

羅倫斯自覺說出了很不錯的台詞。

赫蘿聽了，只露出一邊的尖牙，抬高視線笑著說：

「汝一定會樂於高價買下咱的眼淚，所以沒在汝面前流眼淚，不划算吶。」

「世界上有很多假寶石，我得小心以免買到假貨。」

這樣的對話，就跟平時的調侃沒兩樣。

兩人一副彷彿在說「愚蠢極了」似的表情笑了出來，然後稍微喘了一下氣。

「汝啊，暫時讓咱一個人看書好嗎？」

「我知道了。不過，妳要告訴我看完的感想。」

要是情況允許，羅倫斯希望陪在赫蘿身邊。

但是，他知道如果這麼說，赫蘿應該會生氣。

有所擔心就等於不信任對方。

赫蘿是高傲的賢狼，如果把她當成動不動就哭哭啼啼的女孩子看待，不知道會遭到多麼心狠手辣的報復。

羅倫斯告訴自己，等到赫蘿表現的需要依靠時，再擔心就好了。

於是羅倫斯沒有再多說話，也沒有多看赫蘿一眼，便從赫蘿面前離去，赫蘿也像是忘了羅倫斯的存在似的深呼吸一口氣。

下一刻，傳來了像是毅然翻開第一頁的翻書聲。

羅倫斯一邊走在昏暗的走廊上，一邊叩叩叩地輕敲腦袋轉換思緒。

艾莉莎當然沒有放棄村子東山再起的機會。如果羅倫斯持有的知識能夠有所幫助，他當然會不惜提供。

而且，羅倫斯也不忘在思緒的角落事先想好，如果到了緊要關頭時，要如何說服艾凡一起離開村落。

「嗯？羅倫斯先生，你不用陪在她身邊嗎？」

羅倫斯一回到房間，便聽到艾凡感到意外的話語。

艾莉莎可能是很自然地察覺到氣氛有所不同，她若無其事地從艾凡身上抽回手，跟著擦了擦眼角；羅倫斯不禁心想，赫蘿也像她這麼楚楚可憐就好了。

「如果我不在這裡比較好，那我也可以到其他地方去。」

看見艾莉莎咳了一聲，艾凡顯得一臉愕然。

羅倫斯不禁有些擔心，自己在旁人眼中是否也跟艾凡一個樣。不過他告訴自己現在應該擔心的，不是這種和平小事。

如果可以，想必艾莉莎也希望能一直待在艾凡身邊，什麼都不管吧。

即便如此，她還是立刻恢復成原本的面無表情。

「那麼，我的知識和經驗能夠提供什麼幫助呢？」

「我方才問了塞姆村長，村長說如果麥子全數送還，恐怕當場就會不夠七十利馬。」

利馬是金幣的單位。一利馬相當於二十枚崔尼銀幣左右，所以七十利馬約為一千四百枚崔尼銀幣。

想必這是被村民用來修理農具、採買過冬的儲糧，以及花費在日常酒食和奢侈品上面的金額吧。假設特列歐村最多有一百戶人家，那就是說每一戶人家使用了十四枚銀幣。特列歐又不是擁有廣大農耕地的村落，這樣的金額實在太不相稱。

「就是沒收我的財產，也不過是杯水車薪。如果買家是恩貝爾，就算把裝載貨物的小麥也算進去，也會被殺到最低價，能夠賣得兩百枚就很不錯了。」

「不足的金額還不止這些。大家總不能拿今年保留下來放在糧倉裡的麥子當糧食，所以還得準備採買新糧食的錢……」

「不能一點一點分給狗兒吃，再看看有沒有毒嗎？」

到了最後關頭時，也只好採用艾凡說的這個方法。
然而，問題是村民有沒有辦法吃著使用可能被下了毒的麥子做成的麵包，熬到明年收成的季節呢？
應該沒辦法吧。
「卡帕斯酒是眼睛看不見的東西。而且，就算從袋子裡抓起一把沒有毒的麵粉，並不能代表那下面的麵粉同樣沒有毒。」
就算赫蘿有辦法分辨出毒麥和正常的麥子，也沒辦法讓村民相信她的能力。
就算隨機選取麵粉來製作麵包，也無法得知下一塊麵包是否有毒。
「這次的事件隨便猜也知道是恩貝爾想出來的詭計。明明知道是他們的詭計，卻不能揭發他們，天底下怎麼會有這種事情？先說謊的人反而受到信任，這太奇怪了吧。」
艾莉莎按住額頭，丟出一連串話語。
在做生意上，也經常發生這樣的事情。
羅倫斯見識過好多次先找碴的一方取得勝利的醜惡爭鬥。
人們經常會說，神雖然會告訴我們正義的規範，卻不會告訴我們如何證明正義。
想必艾莉莎一定感到莫大的無力和鬱悶感。
「但是光在這邊感嘆，也改變不了現狀。」

聽到羅倫斯開口，艾莉莎保持按住額頭的姿勢點了點頭。

接著抬起頭說：

「你說的對。我再繼續感嘆下去，會被家父……被法蘭茲祭司……斥罵……的……」

「艾莉莎！」

艾莉莎彷彿突然失去了下半身力量般就要不支倒地，幸好身邊的艾凡即時抱住了她。

她看來一副筋疲力盡的樣子，儘管微微張開了眼瞼，卻無法匯集焦點。艾莉莎會按住額頭不放，或許是貧血的緣故吧。

「我去叫依瑪女士來。」

艾凡點頭回應羅倫斯說的話，並推開椅子讓艾莉莎緩緩躺下。

在羅倫斯與赫蘿強勢逼迫艾莉莎時，艾莉莎也曾經暈厥過去。

一個沒有信徒參加禮拜的教會之主。

這樣的教會之主，就跟不受人們敬仰的神明沒什麼兩樣。

沒有捐贈金，也沒有祭品，攤手度日的僅有一位少年磨粉匠。

羅倫斯的腦中，一下子就浮現這兩人如何分享少量麵包的畫面，同時胸口也感到一陣苦澀。

羅倫斯一繞到禮拜堂的正面入口，搬了張椅子在入口坐鎮的依瑪便一副彷彿在說「什麼事？」的模樣站起身子。

「艾莉莎小姐暈倒了。」

「又來了啊？是貧血吧？那孩子太愛逞強了。」

依瑪推開羅倫斯在走廊上跑去，沒多久後她抱著艾莉莎回來，並往客廳的方向走。

艾凡也慢了一步拿著燭臺出現，他的臉上當然是籠罩著陰霾。

「我說羅倫斯先生啊。」

「嗯？」

「我們……會變成怎樣？」

艾凡一邊看著客廳的方向，一邊茫然地說道。現在的他與幾分鐘前的他簡直判若兩人。

羅倫斯心想，或許艾凡是因為看見艾莉莎暈倒，所以突然感到不安吧。

「不對。」羅倫斯暗自說道，並改變了想法。

想必艾凡是絕不願意在艾莉莎面前表現出不安情緒吧。

儘管艾莉莎顯得倔強，但是羅倫斯才一離開，她便立刻求助於艾凡。

艾凡身為被求助的一方，當然不可能讓艾莉莎看見他的軟弱。

然而，這並不代表艾凡就不會感到不安。

「雖然艾莉莎堅持說沒那回事，但是村民們都在懷疑我和羅倫斯先生，對吧？」

艾凡完全沒有看向羅倫斯的意思。

羅倫斯也不知看向何方地說：

「沒錯。」

艾凡倒抽一口氣的聲音，出乎意料的只有短短一聲。

「我就說嘛……」

艾凡的側臉看起來，有些像是鬆了口氣的表情。

當羅倫斯察覺那是艾凡死心的表情時，艾凡也在同時抬起頭說了句：「可是……」

「你剛剛說的是真的嗎？」

「我說的什麼？」

「我不是要故意……偷聽，那個，你說可以成功逃跑……」

「喔，你說這個啊。沒錯，可以成功逃跑。」

艾凡先看了客廳的方向一眼，然後把臉湊近羅倫斯說：

「連艾莉莎也一起嗎？」

「嗯。」

艾凡的眼神說出他雖然習慣被人懷疑，卻不習慣懷疑別人。

想要相信的真心，在艾凡那「能夠相信這話嗎？」的疑心底下，根本無所遁形。

「如果我只和我的夥伴兩人逃跑，你和艾莉莎小姐肯定會遭眾人指責。以我個人擅作主張的想法來說，我希望帶著你們倆一起逃跑。」

「這哪會是擅作主張的想法。我才不要死在這種地方，我也不願意讓艾莉莎死在這裡。如果你可以幫助我們逃跑，我當然想逃跑。艾莉莎一定也……」

艾凡垂下頭擦了擦眼角後，繼續說：

「她一定也很想離開這個爛村子才對。雖然村民們口中會說法蘭茲祭司是村子的恩人，但是他們根本沒有表達過感謝的意思。他們不曾聽從過法蘭茲祭司的教誨，他們明明會在村裡的古老神明面前供奉一大堆祭品，卻是連一塊麵包都捨不得給教會。如果不是有塞姆村長和依瑪女士在，我們早就餓死了。」

艾凡這番話說得沉重，也不像臨時編造的話語。

雖然他一副說得不夠多，不夠痛快的樣子，而想開口說些什麼，但是他的話語跟不上跑在前頭的思緒。

這時，從客廳走了出來的依瑪插嘴了。

「外面的世界確實也不輕鬆就是了。」

依瑪叉著腰，一副感到疲憊的表情說道：

「但是比這個村子好多了。我不知道已經這麼說了多少遍，但那孩子就是……」

「我記得依瑪女士經歷過一段旅行生活，對吧？」

「嗯，對啊。你在酒吧裡有聽說吧？所以啊，我覺得人一生沒必要執意留在同一個城鎮或村落。說到法蘭茲祭司因為生病而臥床不起後，你絕對想不到村民的態度變得有多快。但是，艾莉莎也很固執。不用你說，那孩子早就恨不得能夠離開村子了。」

聽到依瑪這麼對自己說道，艾凡一副不知道該生氣，還是該難為情的表情別過臉去。

「對村裡來說……這次的事件是慘事一樁，一想到未來的生活，連我都覺得很害怕。但是，存在這個村子裡的這所異質教會，或許可以趁這個機會跟村子好好作個了斷。」

雖然以「作了斷」來形容，聽起來比較婉轉；但事實上，這意思跟被趕出村子沒什麼不同。

羅倫斯不禁心想，希望赫蘿沒在聆聽這話題才好。

不過，艾莉莎與艾凡如果選擇留在村裡共赴黃泉，實非明智之舉。

「所以，你……呃……」

「羅倫斯。克拉福．羅倫斯。」

「對，羅倫斯先生。如果你有辦法帶他們倆一起逃出去，我覺得你們應該逃跑比較好。不，我希望你們逃跑。不管怎麼說，這裡是我的故鄉。如果有人在自己的故鄉受到不合理指控，而因此被處死，誰知道故鄉會受到什麼樣的批判呢？沒有什麼比這更教人難過了。」

在村子正陷入被發現麥子裡有毒麥、麥子將被送還的危機之中，到底能有幾人會擔心村子的名譽呢？

「既然這樣，還是得說服艾莉莎才行。」

聽到艾凡這話，依瑪點頭回應。

有人像羅倫斯一樣與故鄉「作了斷」而離開故鄉，有人因為不得已才離開故鄉，也有人像依瑪一樣因為遭到毀滅而失去故鄉。

赫蘿抱著「出去旅行一下」的想法而離開故鄉，結果過了好幾百年也沒回去過，而故鄉就在這之間遭到毀滅。

有些事情是人們所願，但有些事情卻非人們所願，為何世上總有那麼多事情無法如願呢？

或許是因為在教會的空間裡，羅倫斯的腦中不禁浮現這般與其性格不符的想法。

「在恩貝爾的使者還沒抵達之前，大家應該會暫時保持沉默吧。所以要離開，就在那之前做好準備趕緊離開。」

塞姆村長說過恩貝爾如果派出了使者，應該會在天亮之際抵達。

現在距離天亮時刻，還有一些時間。

艾凡點點頭後，隨即往客廳的方向跑去。

羅倫斯也打算去看看赫蘿的狀況時，依瑪搭腔說：

「雖然我話是這麼說，但是你們究竟打算怎麼逃跑啊？」

依瑪提出了正常至極的疑問。

只不過答案一點也不正常。

於是羅倫斯毫不猶豫地說：

「倘若有人某天來到深山裡，結果遇到釀造美味啤酒的少女；那麼有其他人在某天遇到同樣不可思議的存在，也不足為奇吧。」

依瑪愣了一下後，露出懷疑神情笑著說：

「你該不會說你遇到了精靈吧？」

羅倫斯告訴自己這是一場賭局。

於是他聳了聳肩，跟著含糊地點點頭。

「哈哈……哈！哈！哈！真的有這種事情嗎？」

「我想如果有人第一次聽到發現妳的伯爵提到這種事，也會跟妳有一樣的想法吧。」

依瑪笑笑後，緩緩撫摸自己的臉頰說：

「經歷一段旅行生活後，確實常會聽到這類的話題，但沒想到竟然是真的。你是指……你的夥伴吧？」

羅倫斯贏了賭局。

「這裡是教會，所以我不能亂說話。」

「這倒也是。不過，反正我是酒吧的老闆娘，一年三百六十五天幾乎沒一天清醒過，我只期望這裡是個好村子而已。耽誤你的時間，真是抱歉啊。」

這次羅倫斯毫不含糊地搖搖頭。

依瑪見狀，露出可掬的笑容說：

「我聽說過要拿花蜜釀成的酒給幸運精靈喝，然後把精靈引誘到瓶子裡。而且，我也是因為酒的緣故，才會被引誘到這個村子來。」

「有困難時，我會借助酒的力量看看。」

「聰明之舉。」

羅倫斯笑著轉過身子，彎進走廊往黑暗之中前進。

走著走著，羅倫斯打算前往赫蘿所在的禮拜堂後方，他一彎進第二個轉角，臉部隨即撞上了牆壁。

隨後羅倫斯發現，突然出現在眼前的不是牆壁，而是厚重的書本。

「大笨驢，咱才不會被酒給騙了。」

羅倫斯一邊揉著鼻子，一邊收下書本。儘管挨罵，羅倫斯還是偷瞄了赫蘿一眼。

赫蘿不像在哽咽的樣子。

這讓羅倫斯稍稍鬆了口氣。

「那，事情談好了嗎？」

「差不多了。」

「嗯。咱已經達成目的了，接下來的任務只剩下保護汝的安全而已。」

羅倫斯心想，難道赫蘿已經看完這麼厚重的一本書了嗎？

羅倫斯的視線一移向書本，赫蘿便靠在牆上輕輕笑著說：

「說到感想吶，一半一半唄。」

「一半一半？」

「一半是早知道就不要看，另一半是幸好看了。」

赫蘿回答得有些模糊，她一副彷彿在說「汝隨便翻翻看就知道」似的模樣頂了頂下巴後，便坐在蠟燭前方，窸窸窣窣地拿出尾巴。

或許夾了羊皮紙的地方，就記載了有關約伊茲的內容。

然而，羅倫斯決定從第一頁開始翻看。

這本書是把發生在各個地方，有關熊怪來自什麼地方、去了什麼地方，以及做了什麼事情的傳說串聯在一起，而敘述成一個故事。

根據書中的描述，被冠上「獵月熊」這誇張稱號的熊怪，擁有不輸給其名的巨大身軀。據說無論再高聳的山岳，都只能夠充當熊怪的椅子而已，由此可見其身軀之高大。

據說熊怪的生性殘暴、全身白皙如雪，所以也被稱呼為死亡使者。只要有人敢反抗，熊怪一律殺無赦。不僅如此，熊怪還會四處挑戰各地被尊稱為神明的存在。一旦殺了祂們後，熊怪就會盡情吃光該處的食物，再前往下一個地方。書中盡是記載了一些這樣的故事。

除了夾著羊皮紙的部分之外，無論翻開哪一頁，都只看得到類似的故事。

在這些故事當中，占了最多頁數的就是編排在書本最後的〈與圖佩洛凡大海蛇之戰〉。故事內容是描述熊怪如何與背上扛了一大塊陸地，以及無數島嶼的怪物海蛇交手。其中甚至還記載了描寫激烈交戰狀況的歌曲。歌詞裡有提到，至今世上仍保有的拉頓地區島嶼，就是在這次的戰役中掉落到海上的碎片。熊怪與大海蛇的戰役可說壯烈至極，書中用了甚多頁數來記述戰況有多麼劇烈。

至於其他故事，雖然不及大海蛇之戰來得壯烈，但也盡是一些大規模的戰役。書中的描述讓人得知熊怪有多麼無敵、多麼殘暴，以及有多少神明被消滅。

這讓人不難理解，法蘭茲祭司會強調不願意以特別眼光看待這本書的心情。

如果相信熊怪真的存在，那表示教會從南方北征之前，北方地區的異教眾神便早已受到殘酷的對待了。

最後，當羅倫斯看完對赫蘿而言，最為重要的約伊茲相關記述時，他的心情變得十分複雜。

雖然書中有提及約伊茲的話題，但是那裡的土地眾神似乎全都夾著尾巴逃跑了。書上只描述了在果實從樹枝上掉落般的眨眼間，約伊茲就被熊爪扯得四分五裂。如果只是迅速地翻閱書頁，或許會漏看了約伊茲的記述。

土地之眾神指的應該是赫蘿的同伴。既然他們都夾著尾巴逃跑了，就表示他們應該平安無事，只是這也說出了他們有多沒出息。

現在羅倫斯非常能夠體會赫蘿會說早知道就不要看，但也幸好看了的心情。

而且，就只有約伊茲的記述是如此冷冷落落又簡短的故事，相信也讓赫蘿覺得很沒趣吧。話雖如此，但因為約伊茲並非經過徹底抗戰而遭遇嚴重損害，所以應該算是不幸中的大幸。照書上的描述看來，就算失去了土地，不過約伊茲的眾神們或許是一同遷居到其他地方去了。

然而，就如同赫蘿無法打從心底感到開心一樣，羅倫斯也不知道該向赫蘿說些什麼。因為赫蘿的同鄉們之所以沒有遭到殺害，全是拜他們沒膽量所賜。

羅倫斯闔上書本，偷偷看向赫蘿的背部。

被尊稱為神明的存在，正被迫接受世界不再以祂們為重心的事實。就算是教會擁有強大影響力的南方，也不例外。

然而，有眾多神明就是在從前，也沒能夠成為世界的重心。

看著神明的情況與人類世界沒多大不同的事實攤在眼前，羅倫斯不禁覺得赫蘿的背影顯得比平時更嬌小了。

因為羅倫斯記起赫蘿甚至受到村民們的輕蔑。

羅倫斯覺得自己似乎能夠理解赫蘿會感到寂寞的原因。

或許赫蘿就跟人類沒什麼兩樣，正如她的外表就跟個小孩子一樣會感到寂寞；就在羅倫斯這麼想著時——

「怎麼覺得好像有人投來令人生氣的目光，難道是咱多慮了嗎？」

赫蘿回過頭目光銳利地說道，羅倫斯不禁被她的氣勢給壓倒。

國王就是國王，哪怕只是個小國的國王。

「妳多慮了……不，不對，妳沒有多慮。是我錯了，別那麼生氣嘛。」

要是在平時，赫蘿應該早就別過臉去，但是今天的赫蘿卻是一直瞪著羅倫斯看，於是羅倫斯急忙舉白旗投降。

赫蘿會有如此反應，或許是被羅倫斯猜中了心聲。

「哼。只要能夠知道以前的同伴都平安無事，咱就滿足了，沒什麼其他想法。」

想必赫蘿一定很想在最後加上一句「所以別再追問什麼」吧，只不過高傲的賢狼當然不可能說出那麼沒出息的話語。

不過，赫蘿如此孩子氣的表現還是讓羅倫斯不禁感到愉快。

羅倫斯咳了一聲來掩飾不禁上揚的嘴角，然後開口說：

「這確實是個好消息，但是好像沒有任何關於約伊茲所在位置的情報。」

羅倫斯再次迅速地翻閱書頁。

約伊茲的情報雖然少之又少，但是有關熊怪的傳說似乎都是相當古老的故事，而大部分的故事也都是以「在未曾聽過的國家、未曾聽過的鄉村或城鎮發生——」來描述。

雖然羅倫斯曾耳聞其中幾個傳說，特別是大海蛇傳說，他還聽說過了好幾次，也知道成為故事舞台的拉頓地區，但還是沒能夠推定出約伊茲的位置。

然而，這般在各地留下厲害爪痕的熊怪傳說當中，羅倫斯曾耳聞特別不顯眼的約伊茲傳說，會是個什麼樣的偶然呢？

雖說這問題就算想也想不出答案來，但還是令羅倫斯覺得有些在意。

「世上真的有很多事情都無法如願呢。」

羅倫斯一闔上書本，赫蘿便咬著尾巴前端，然後夾雜著嘆息聲回答了句：「就是吶。」

「那麼，這村子那些無法如願的傢伙打算怎麼做吶？汝如果決定要逃跑，就趕快搞定唄，畢竟還是趁夜逃跑比較理想吶。」

「關於我們的命運，艾莉莎的推論和我的想法都一樣。這麼一來，當然是三十六計走為上策，對吧？」

「真是笨人想不出好主意來吶。」

赫蘿一邊「呼」的一聲打了個哈欠，一邊說道，跟著站了起來。

「不過這麼一來，汝這次可虧損大了吶。」

「這也是沒辦法的事啊，又沒辦法帶走小麥。」

「汝這次倒是沒有表現得慌張吶。」

「是嗎？」

羅倫斯摸著下巴說道，他並非第一次牽扯進這類糾紛。身為商人，有時難免會碰上無法挽救的損失。

雖然羅倫斯沒顯得慌張，當然也是拜他在卡梅爾森賺了一筆出乎預期的利益所賜。但是對於自己能夠如此鎮靜，就是羅倫斯本人都覺得訝異。

況且，在村落這種封閉的地方，旅人的性命是非常不值錢的東西。羅倫斯覺得光是知道沒有性命危險，就算是賺夠了本。

「不過，如果是能夠帶著走的高價商品，即使在現在這種狀況下，也有辦法挽救吧。」

「好比說之前賣過的胡椒，是唄？」

當然很多商人都會有同樣的想法，而且因為胡椒等辛香料非常稀少，所以價位非常高。只不過如果進不到貨，當然就沒得運送。

羅倫斯想到這裡時，腦海中忽然浮現一個念頭：

「不過，有一種高價品比辛香料更輕盈，而且能夠帶著走。」

「喔？」

「那就是信任。」

赫蘿難得露出感到佩服的表情，然後壞心眼地笑著說：

「就等到汝對咱的信任度變高，再脫手賣出好了。」

「妳知不知道我因為被妳過度捉弄，變得疑神疑鬼的？」

赫蘿以喉嚨發出咯咯笑聲後，用她的手臂輕輕勾住羅倫斯的右手臂說：

「那麼，咱得設法挽回吶。」

「妳不知道就是因為妳這種態度，才讓我變得疑神疑鬼的嗎？」

然而，赫蘿卻是絲毫不動搖，她瞇起眼睛喃喃說：

「當心說謊會減低信任度。」

羅倫斯只能用「狡猾」兩字來形容赫蘿。

「不過，汝沒有責怪過咱半句，咱真的覺得高興。」

「咦？」

「咱如果沒說要來這裡，汝就不會虧損。」

羅倫斯心想，赫蘿竟然在這裡使出這招。

想必這也是赫蘿的真心話吧。

「既然這樣，為了彌補這次的損失，妳今後就好好控制一下飲食吧。」

聽到羅倫斯這麼說，赫蘿一副感到懊惱的模樣低吟道：

「汝最近也真是越來越不懂分寸吶。」

「既然這樣，妳乾脆鬆開韁繩……」

羅倫斯一邊把快要從書本的縫隙之中掉落的羊皮紙重新夾回書中，一邊說到一半時，與赫蘿四目相會。

就在這時傳來了聲音。當然，這不可能是無奈地垂著頭似的聖母雕像，因為聽到兩人你來我往的愚蠢對話，而對兩人說出的祝福話語。

那聲音是連羅倫斯的耳力都聽得見、有人用力敲打教會大門的聲音。

「怎麼有種不好的預感。」

「這種時候預感多半會中唄。」

赫蘿忽然鬆開羅倫斯的手臂，兩人隨即往走廊跑去。

羅倫斯聽見了敲門聲，以及依瑪在怒罵對方些什麼的聲音。

他馬上就知道那是村民要求交出自己的爭論內容。

「啊，不要到這裡來。到裡面、到裡面去。」

「但是——」

「他們竟然說只要把你們當成犯人交給恩貝爾，對方就會原諒我們。村民們打從一開始，就沒想過要靠自己的力量解決問題。對他們來說，麥子是自己會從地上長出來的東西。所以只要覺得對自己有利，他們就會割下麥子，根本不在乎有什麼後果。」

依瑪說話時不停傳來叩叩叩的敲門聲。

這裡再怎麼樣都是異教徒充斥之地的教會，教會大門的內側當然設有可以掛上堅固橫木條的門閂。

雖然大門應該不至於被撞開，但是客廳裡有一扇看似不牢固的木窗。萬一村民們認真起來，只要打破木窗就能夠輕易進到教會裡。

目前的狀況可說分秒必爭。

就在這時，艾凡陪著艾莉莎出現了。

「我出去說服他們。」

「妳在說什麼蠢話。」

「可是……」

依瑪從內側用力拍擊大門一下後，立刻回過頭看向艾莉莎，以訓誡的語氣說：

「妳這時候出去，只會火上添油而已。雖然妳們兩個自以為掩飾得很好，但村民們都知道妳和艾凡的感情有多深。一個弄不好，說不定村民們會為了巴結恩貝爾，把妳當成異端交出去。」

依瑪的分析十分透徹。

羅倫斯的腦海裡也能夠輕易地描繪出那樣的畫面。一旦成為救命繩索的塞姆村長被夾在村民與艾莉莎之間，想必最後還是會選擇村子吧。

因為世上沒有人會放棄性命、名譽，以及故鄉。

「聽好啊，妳就是繼續留在這個村子也沒好處。妳看看這兩個怪異的旅人，也應該明白外面的世界有多麼遼闊吧。而且，村民們的心胸那麼狹窄，要是不管身在哪裡都得辛苦過活，那至少應該和值得信任的伴侶一起展開新生活。」

雖然這樣必須捨棄很多東西，但是也能夠得到很多東西。

聽到依瑪重複說了一遍後，艾莉莎回過頭看向艾凡，兩人一起垂下頭。

當羅倫斯察覺到這是兩人不需要言語，就能夠明白彼此心意的動作時，赫蘿也幾乎在同時若無其事地抓住了羅倫斯的衣袖。

雖然赫蘿從沒說出口過，但是她離開停留了好幾百年的村落時，一定也捨棄了很多東西吧。

「妳想想，不管是什麼樣的旅程，當遇上岔路時，總得在瞬間決定要往哪去吧。」

「我贊成妳的意見。」

一聽到羅倫斯補充說道，艾莉莎便緊緊閉上雙眼，毫不掩飾地牽起艾凡的手。

然後，她睜開眼睛說：

「我想逃跑。」

依瑪轉頭看向羅倫斯，而羅倫斯則看向赫蘿。

在這時，赫蘿早已若無其事地鬆開抓住羅倫斯衣袖的手，她叉著腰說：

「放心交給咱。但是，咱有一個條件。」

赫蘿毫不猶豫地脫去頭上的兜帽。對於感到驚訝的依瑪和艾凡，她沒多加理會地繼續說：

「所有人都必須把接下來目睹的一切，當成是破曉前的一場夢。」

一旦必須下定決心時，女性或許比較不會猶豫。

艾莉莎先點點頭後，艾凡才跟著她點了點頭。

「因為我是在森林釀造啤酒的精靈嘛，喝醉酒的人什麼都記不得。」

聽到依瑪的發言，赫蘿也笑著說了句：「那就放心交給咱唄。」

「就算外面那些傢伙手上拿著長槍，咱也有信心飛過那些傢伙。但是汝等會感到困擾唄。」

「這所教會有後門嗎？」

羅倫斯接下赫蘿的發言說道，艾莉莎瞬間想要轉動脖子搖頭否定，但轉到一半時，她說：

「搞不好有。」

「法蘭茲祭司只對我說過一次地下室的存在。那時他說過，地下室後方有個地道。」

如果說不管哪裡的教會都有著相同構造，教會裡的人當然也會採取相同動作。

只要是教會相關人士，都知道擁有眾多敵人的教會，會在地下挖掘秘密通道的事實。

「那麼，我們從那邊走吧。」

艾莉莎點頭回應後，把視線移向依瑪。

「我看，應該還可以再多撐一會兒吧。反正那些人現在不過是在外面慌張地想著接下來該怎麼做而已。」

的確，自從依瑪從內側拍擊了大門後，只聽得見喧嘩聲從門外傳進來。

「那麼，我們先去地下室入口。」

「拜託你了。」

艾莉莎的語氣雖然剛強，她的表情卻是十分不安。

如果在某天突然被宣告必須離開出生的故鄉時，或許日日夜夜想著離開故鄉的人還能夠平靜面對，但一般人一定都會感到不安。

「這沒什麼，離開前還能夠多少做點準備，算很不錯了。」

據說依瑪是因為故鄉被海盜縱火燒毀，為了逃命而離開故鄉。

「嗯，故鄉又不是明天就會消失不見吶。故鄉還能夠存在，就很不錯了。」

「喲，精靈小姐也失去故鄉了啊？」

「別把咱跟那些軟弱傢伙相提並論。」

人們不會因為得知有人受了很多苦，就覺得自己受的苦變少了。

但是，至少可以拿別人的辛苦來激勵自己。

艾莉莎立刻振作起來，堅強地說：

「我馬上去準備。」

「可是，有盤纏嗎？」

「艾凡。」

一聽到羅倫斯的呼喚，艾凡才想起自己代為保管著皮袋，於是他取出皮袋還給了羅倫斯。

「即使有四個人，只要省著點花，應該還夠用吧。」

「是嗎？那就好。快走、快走。」

聽到依瑪的發言，所有人都毅然地離開原地。

像依瑪這樣的女性，或許就是人們所指的女中豪傑吧。

羅倫斯一邊跑步，一邊這麼想著，等到來到聖母雕像前面後，赫蘿一副看出羅倫斯心聲的模樣開口說：

「就連咱也輸給那外表顯現出來的威嚴吶。」

雖然羅倫斯不禁開口想要說話，但是他改變了主意。

不過，赫蘿當然不可能沒察覺到羅倫斯的動作。

「別擔心，咱只能變成這副人類模樣。」

看著赫蘿開心地笑著說道，羅倫斯一方面也是因為害羞，於是板起臉反駁說：

「那真是太可惜了，因為我比較喜歡豐腴一點的身材。」

赫蘿微微傾著頭，露出可掬的笑容後，使出拳頭打了羅倫斯的臉頰一拳說：

「還不趕緊打開地下室。」

因為擔心會惹得赫蘿更生氣，所以羅倫斯決定不去詳加思索方才是哪一點說錯了。

第五幕

羅倫斯原本擔心沒有旅行經驗的艾莉莎，可能無法在短時間內收拾好行囊。不過，或許是有憧憬著離開村落的艾凡陪在她身邊的緣故，兩人的表現比他預期的還要好。

艾莉莎與艾凡所準備的裝備當中沒有多餘的物品。硬要說，就只有破損不堪的聖經算是。

「找到通道了嗎？」

「找到了。不過，通道被牆壁擋住了。」

在地下室的正前方，只有一處牆壁前面沒有擺設書櫃。

當聽到地下室裡有秘密通道時，自然會先想到那面牆壁。敲了幾次牆後，便發現牆壁背後是一片空洞。接著又踢了幾次，填充在石塊之間的泥土便開始出現裂縫，最後終於踢開了一個洞。

牆壁背後出現了一條呈正圓形，看起來有些神秘的地下通道。裡面散發出來的氣氛，甚至令人毛骨悚然。

與其說是地下通道，不如說是像個洞穴。

「那麼，可以出發了吧？」

在聖母雕像的守護下，艾莉莎與艾凡點頭回應羅倫斯。

這時依瑪應該在入口處看守著，不讓村民們肆意妄為。

羅倫斯深呼吸一口氣，便拿起燭臺率先邁開步伐。赫蘿立刻跟了上去，而艾莉莎與艾凡則是跟在兩人後方。

地下室裡還有很多尚未過目的書本。這些書本中，或許有書本記載著赫蘿同伴的傳說。

而且，以商人的角度來看，這些精美的裝訂書可是一大筆財產。

雖然羅倫斯很想隨便帶走一本書好湊點盤纏，但是他的膽子沒大到能夠帶著記載眾多異教神話的書本四處行動。

因為當東窗事發時，擁有耳朵和尾巴的異形少女雖能展現連商人都自嘆不如的辯才，但書本卻只會保持沉默。

於是，羅倫斯一腳踏進了地下通道。

踏進地下通道的瞬間，羅倫斯感覺到一股怪異的寒氣襲上全身。洞穴約有羅倫斯必須稍稍把身子向前傾，才不會撞到頭的高度；而寬度是張開雙手即可觸及左右牆壁的距離。幸好洞穴裡的空氣並沒有顯得渾濁，或是充滿霉味。

不過，羅倫斯進到洞穴，拿著燭光一照，便發現這個洞穴果然奇妙地呈現圓形，四處可看見巨大岩石被削成通道的形狀。

不僅如此，洞穴就像刻意用鑿子開鑿過似的擁有平整的表面。

雖說如此，洞穴卻不是筆直地向前延伸，而是有些蜿蜒曲折。

如果沒打算讓通道筆直延伸，照理說不需要刻意去切削岩石，這讓羅倫斯不禁感到納悶。

而且，羅倫斯感覺到通道裡似乎帶有一股動物腥味，散發著性質不同於在河口城鎮帕茲歐潛入地下水道時的恐怖氣氛。

羅倫斯右手拿著燭臺，左手握住赫蘿的手，他感覺到些微的緊張感從赫蘿的手心傳來。

走在通道上，所有人都沉默不語。

因為事先說好由依瑪伺機關上地下室的入口，所以羅倫斯憂心地想著：萬一這條通道沒有出口，不知道依瑪會不會再次打開地下室的入口？

即便如此，羅倫斯之所以能夠不輸給緊張感，沒多說廢話地走在前頭，是因為這條通道雖然蜿蜒曲折，卻是條沒有岔路的通道。

如果這條通道出現岔路，羅倫斯恐怕會輸給沉重的壓力，而忍不住開口說話吧。

所有人就這樣沉默地向深處前進。不知過了多久，原本瀰漫著動物腥味似的空氣之中，開始滲入外頭新鮮空氣的味道。

「離外面不遠了。」

聽見赫蘿簡短地輕聲說道，艾凡明顯感到安心地嘆了口氣。

羅倫斯雖然不忘留意著不讓微弱的燭光熄滅，腳步卻不自覺地加快。

被難以承受的恐怖氣氛所催促，不停快步行走的羅倫斯，在經過約三次深呼吸的短促時間後，終於見到了月光。
或許是因為蔥鬱的樹木遮住了洞口，使得羅倫斯以為洞口是存在於岩石與岩石的縫隙之間；等到接近洞口後，他才發現原來不是那麼回事。
洞穴有一個大開口，正貪婪地吸納月光。
而且，羅倫斯本以為洞穴出口是設在無人知曉的隱密位置，結果走出洞口一看，發現洞口前面有一座看似祭壇的台子。
他走近一看，發現一塊平坦的石塊被放在方形石頭上面，上方擺著乾枯的水果和麥束。
看到這景象的瞬間，羅倫斯在心中喃喃說：「不會吧？」
赫蘿似乎也立刻察覺到了，她把視線移向羅倫斯。
艾莉莎晚了一步叫出聲音來：
「這、這是……」
「哈！哈！這太好笑了。」
最後是艾凡笑著說道。
從教會往外延伸的洞穴，似乎是穿過位於村落外圍的山丘，並通往山丘背面的山坡。
只要沿著平緩的山坡往下走，就會遇上稀疏的森林，在月光的反射下，可看見狹窄的小河在森林的縫隙之間穿梭。

等到四人都走出洞穴，並確認四周沒有村民的蹤影後，羅倫斯回過頭看向洞穴。

「羅倫斯先生，你猜這是什麼洞穴？」

羅倫斯故意搖頭回應艾凡的詢問說：

「嗯……我不知道。」

「這是陶耶爾大人在很久很久以前，從北方來到這裡時，用來冬眠的洞穴喔。」

雖然羅倫斯看見供有祭品、看似祭壇的石塊時，就已經心裡有數；但實際聽到真是這麼回事時，還是難掩驚訝之情。

「每年到了收割和播種的時期，村民們就會在這個祭壇前面祈禱和慶祝。我們是很少參加他們的活動，只是……教會的通道為什麼會通到這裡……」

「我是不知道原因是什麼，不過這點子還真是妙。這麼一來，村民們再怎樣也不可能進到洞穴裡面。」

不過，羅倫斯當然察覺到有疑點。

倘若這是法蘭茲祭司所挖掘的洞穴，他在挖掘洞穴時不可能沒被人發現；而且，在建蓋好教會之前，村民們早就信奉著陶耶爾了。

這麼想著的羅倫斯看向赫蘿，發現赫蘿不經意地望著洞穴。

光是看見赫蘿這樣的舉動，羅倫斯就懂了。

這個洞穴顯得異樣地蜿蜒曲折，洞穴裡到處可見被削得平整的岩石；而且，如此完美的洞穴卻不見蝙蝠的蹤影。

再加上瀰漫在洞穴裡的動物腥味。

赫蘿發現羅倫斯的視線後，露出一抹微笑，跟著轉身看向浮在半空中的月亮說：

「喏！站在這個地方，就等於是在告訴對方自己在這裡。先沿著那條河下山唄？」

所有人一致同意。

艾莉莎與艾凡小跑步地跑下枯草叢生的坡面。羅倫斯先吹熄蠟燭，再次環視四周一遍後，把視線拉回赫蘿說：

「這個洞穴是真的吧？」

在艾莉莎與艾凡兩人面前，羅倫斯不敢這麼發問。

「是一條巨蛇。至於是在多久以前有的洞穴，咱實在也不知道。」

羅倫斯不確定赫蘿指的巨蛇是否就是陶耶爾。

他心想，教會的地下室與這個大洞穴連接，或許只是偶然；而且，正常來想，地下室應該是被建蓋在這個大洞穴的途中位置，想必在通道的背面，洞穴會繼續延伸下去。

在通道繼續延伸下去的地底，真有巨蛇蜷伏嗎？

雖然羅倫斯不知道答案，但是他看見赫蘿看似開心，卻又露出顯得悲傷、像是沉浸在懷念回憶裡的眼神輕聲說：

「不過是剛好挖了洞穴，卻不斷有人前來供奉，就是想好好睡個午覺，應該都很難唄。」

「……對於一個為了傳承修行，而以聖人走過的巡禮路為行商路線的商人來說，這話聽來很刺耳啊。」

赫蘿笑笑，並聳了聳肩說：

「誰叫人類是沒事就想找個崇拜對象的奇怪動物吶。」

然後，赫蘿收起原本的笑容，換上不懷好意的笑容說：

「汝也會想崇拜咱嗎？」

赫蘿厭惡被稱為神明受人敬仰，想必她的發言並非出自真意。

只是，僅管羅倫斯明白那不是赫蘿的真意，卻無法反駁她。

因為當赫蘿心情不好時，羅倫斯為了平息她的怒氣，總會不由得向她奉上貢品。

羅倫斯嘆了口氣別開視線。赫蘿見狀，便從喉嚨發出了咯咯笑聲。

然後，赫蘿忽然牽起羅倫斯的手，說了句：「走唄。」並往山坡跑去。

看著赫蘿的側臉，羅倫斯發現赫蘿臉上並非浮現捉弄了他的滿足表情，而像是鬆了口氣的安心表情。

或許赫蘿是看了陶耶爾的洞穴受到村民們祭拜，而記起自己從前在村落的回憶吧。

赫蘿在最後之所以會捉弄羅倫斯，一定是難為情自己變得感傷，而想要掩飾吧。
她在月光下奔跑著。
對於赫蘿內心的脆弱地帶，羅倫斯根本不能為她做些什麼。
羅倫斯能做的，就只有在赫蘿感到難過時，陪伴在她身邊，以及當赫蘿想掩飾難為情時，假裝沒察覺到而已。
羅倫斯不禁對這樣的自己感到沒出息；即便沒出息，赫蘿卻仍願意牽起他的手。
羅倫斯心想，或許與赫蘿保持這樣的距離是最好的。
他告訴自己，像這樣帶點寂寞感的距離是最好的。
羅倫斯一邊讓這些思緒在腦中盤旋，一邊跑下山坡，並追上先抵達河邊的兩人。
「那麼，要怎麼逃跑呢？」
羅倫斯把艾凡的詢問丟給了赫蘿。
「先前往恩貝爾一趟。」
「咦？」
「咱們曾經路過恩貝爾一次。因為是要躲著逃跑，所以多少得掌握到一些地理方向比較好。」
艾凡一副「原來如此」的表情點點頭。
然而，赫蘿卻像是感到有些不滿地踢高小石子，對著河面嘆了口氣說：

「咱把話先說在前頭。」

然後，她轉身對著手牽手的艾莉莎與艾凡說：

「如果表現出害怕的樣子，咱可會當場咬死汝等。」

雖然羅倫斯差點就脫口說出「妳這是在威脅吧？」但他心想，赫蘿當然也明白自己表現得像在威脅。

赫蘿散發出來的氣勢，就像小孩子明明知道是自己在任性要求，卻還是忍不住想說出口。

不出所料地，看著兩人被自己氣勢洶洶的模樣嚇住而僵硬地點點頭，赫蘿顯得有些不好意思地別過臉說：

「汝等兩人轉過去唄。汝啊！」

「嗯。」

赫蘿取下兜帽，脫去長袍，然後把衣物一件件遞給羅倫斯。

光是看著赫蘿的模樣，就讓人不禁替她冷了起來。艾凡似乎因為聽到有人突然開始脫衣服的聲音，而忍不住回頭張望。

不過，艾凡的舉動沒有惹來赫蘿的責難，因為他身邊的艾莉莎正嚴厲訓著他。

羅倫斯不禁有些同情起艾凡。

「真是的，為何人類的模樣會這麼冷吶。」

「就連我這個在旁邊看的人，都覺得冷了起來。」

「哼。」

赫蘿也脫去鞋子，並丟給了羅倫斯；最後她取下掛在脖子上、裝有麥子的小袋子。

月光籠罩下，在樹葉凋落、樹木稀疏的森林裡——

眼前有一條如明鏡般反射著月光的小河。

在這條小河前面，有一名身材纖細、身上長出就只有該部位顯得特別溫暖的尾巴，並擁有靈敏耳朵的異形少女佇立著。

如果要說這景象是在破曉前看見的夢境，似乎也不為過。

白色的氣息從赫蘿嘴邊拖著長線飄去，這時她忽然把視線移向羅倫斯。

「想聽我誇獎妳啊?」

羅倫斯聳聳肩說道。赫蘿聽了，一副受不了似的模樣展露笑容。

他轉過身子，從赫蘿身上別開了視線。

在皎潔的月光照射下，少女變身成了狼。

這世界並非只屬於教會。

這句話與事實的差距，比小河潺潺流過的兩岸距離還要更近。

『咱的毛髮果然是最好的。』

羅倫斯回頭看向低沉粗獷聲音傳來的方向，發現帶點紅色、如皎月的一雙眼睛直視著自己。

「妳想脫手的時候，隨時跟我說一聲。」

赫蘿的嘴唇上揚，露出一長排利牙。

儘管看來恐怖，但是依羅倫斯對赫蘿的了解之深，他能夠知道那是赫蘿的笑容。

再來就得看艾莉莎和艾凡會不會感到害怕了。然而，他們兩人尚未轉過身子的背影就已經引來赫蘿的嘆息聲。

『哼，咱本來就沒抱太大的期望。趕快坐上來唄，被發現可就麻煩了。』

儘管赫蘿這麼說，但是被獵犬盯上的小鳥就是看見人類靠近自己，也無力振翅飛起。

羅倫斯繞到艾莉莎與艾凡的前面，用下巴指指後方，兩人才總算轉過身來。

即使是羅倫斯，在他第一次看見赫蘿的真實模樣時，也嚇得差點軟腳。

看見兩人沒有當場暈厥過去，羅倫斯不禁想在心中為兩人的表現鼓掌。

「這是破曉前的一場夢，對不對？」

羅倫斯一邊折疊赫蘿的衣服，一邊對著僵住身體的兩人說道。

羅倫斯說話時還特別看向艾莉莎。

不過，兩人既沒有大叫大鬧，也沒有企圖逃跑，他們緩緩回頭看向羅倫斯，再轉向赫蘿。

「原來法蘭茲祭司沒有說謊。」

聽到艾凡簡短地喃喃說道，赫蘿稍微露出利牙笑了。

「好了，坐上去吧。」

赫蘿一副感到疲憊的模樣再次嘆了口氣後，當場俯臥在地面。

三人依照羅倫斯、艾莉莎、艾凡的順序爬上赫蘿的背部，並各自抓住硬邦邦的毛髮。

『如果從咱背上掉下來，咱就用嘴巴叼著汝等走。做好心理準備唄。』

看來，赫蘿讓人類騎上背部時，似乎一定會這麼說。

艾莉莎與艾凡明顯地加重抓住毛髮的力道後，羅倫斯便感覺到赫蘿的喉頭發出輕聲竊笑。

『那麼，出發唄。』

赫蘿一跑起來，便立刻化身為真正的狼。

騎在赫蘿背上的感覺，就像是掉進冰水般冰冷。

赫蘿的腳程快得讓人吃驚。她繞了村子一大圈後，兜過山丘並朝向恩貝爾前進，轉眼間就跑到羅倫斯與她當初駕著馬車走來的道路。

騎在赫蘿背上的艾莉莎與艾凡，想必此刻的感受已超越了害怕的境界。

儘管身子不住地顫抖，他們本人一定也不知道自己是因為寒冷、還是恐懼而顫抖。

因為赫蘿是在不成道路的道路上奔跑，所以在她背上的人會一下子貼緊她的背部，一下子又像快要飛出去似的。為了不掉下來，眾人可說一刻不得閒。

即便如此，羅倫斯依然死命地抓住赫蘿的背部，並且只能在心中祈禱在他身後的艾莉莎與艾凡不會摔落。

在那之後不知過了多久，感覺像是長久到令意識逐漸模糊，也像是只打盹一下的短暫時間；在這般感覺的時間經過後，赫蘿放慢了腳步，跟著「咚」的一聲俯臥在地面。

「被人發現了嗎？」沒有人這麼詢問赫蘿。

現場最不感到疲累的，無疑是背上載著三人的赫蘿。

羅倫斯儘管僵著身體，就連抓住赫蘿毛髮的手都沒能鬆開，他卻聽得見赫蘿用尾巴掃過草地的聲音。

赫蘿也沒開口要求大家下來。

她一定是知道大家都動不了吧。

赫蘿會突然停下腳步，或許是因為她判斷出如果再繼續跑下去，三人當中可能會有人無法承受下去。

「……來到多遠了？」

就是羅倫斯，也花了相當久的時間才有辦法開口這麼詢問。

『一半。』

「現在是小歇一會兒，還是……」

一聽到羅倫斯這麼詢問，在他身後顯得筋疲力盡，趴在赫蘿背上的艾莉莎與艾凡便抽動了一下身子。

赫蘿當然也察覺到了兩人的反應。

『如果汝等都死了就白搭了，咱們休息到早上唄。反正已經來到以馬的腳程需要跑很久的距離，暫時不會有危險唄。』

關於羅倫斯等人已離開特列歐村的消息，就是再怎麼快，也只能靠馬兒的速度傳開來。在被消息傳開的速度趕上前，大家可以放心休息。

聽到赫蘿說的話後，羅倫斯頓時感到一陣疲憊。

『不准在咱背上睡覺，下來睡。』

聽到赫蘿顯得不悅的聲音，羅倫斯與艾凡好不容易地從赫蘿的背上自力下來；但艾莉莎似乎已經到了極限，於是兩人合力把她抱下來。

如果可以，羅倫斯當然會起火取暖。但是赫蘿安頓眾人的位置就在連接特列歐與恩貝爾的道路途中、夾著小山丘的樹林裡。雖然只要安靜不動，就應該不會被發現；但是如果起了火，就很可能被發現。

不過，取暖的問題一下子就解決了。

不管怎麼說，畢竟現場有一大塊皮草。

『怎麼有種當上父母的感覺吶。』

羅倫斯倚在赫蘿的身上，而聲音就從她的側腹直接傳進了耳中。

艾莉莎與艾凡蓋著從教會帶出來的棉被，倚在赫蘿的身上。赫蘿用尾巴包住了倚在她身上的三人。

羅倫斯立刻掉入夢鄉，就連他聽到赫蘿的發言後，都不知道自己是否露出了苦笑。由此可知被赫蘿的毛髮裹住是多麼地溫暖。

雖說商人隨時隨地都睡得著，但是在這種情況下，終究是無法熟睡。

隨著赫蘿稍微動了一下身子，羅倫斯自然醒了過來。

這時天空已變得明亮，只見薄薄一層晨霧。如果是在城鎮裡，應該是市場剛開放或即將開放的時刻吧。

羅倫斯一邊注意著不吵醒在他身旁倚偎在一起睡覺的艾莉莎與艾凡，一邊站起身子，慢慢放鬆已輕盈許多的身體。

然後伸了一個大懶腰，並夾雜著嘆息聲放下手臂。

他滿腦子都是接下來的計畫。

無論是決定前往哪一個城鎮，都不能在到了目的地之後，就丟下艾莉莎與艾凡不管。現在也只能先回到卡梅爾森，向洋行說明事由，並取得洋行的保護後，再透過洋行的門路與恩貝爾和特列歐談判。

下一步就是要回保管在洋行的現金，然後前往雷諾斯。

大致上是這樣吧。

羅倫斯思考到這，總算察覺到赫蘿正在看他。

即使俯臥在地面，仍顯得非常龐大的赫蘿身軀雖然不再讓羅倫斯感到恐懼，但依舊給他一種不可思議的感覺。

赫蘿就像個愛惡作劇的神明所捏出來的精巧玩偶般，一雙眼睛直直注視著羅倫斯。不久後她忽然別開了臉。

「怎麼了？」

羅倫斯一邊踩著枯葉發出啪沙啪沙的聲響，一邊走近赫蘿問道。赫蘿聽了，用憂鬱的眼神看向他，跟著頂出下巴。

羅倫斯當然不會以為這是赫蘿撒嬌要他撫摸脖子，赫蘿指的方向應該有什麼東西吧。

在小山丘的另一端有連接恩貝爾與特列歐的道路。

羅倫斯立刻聯想到了。

「走去前面瞧瞧不會有危險吧？」

赫蘿沒有回答羅倫斯的問題。她打了一個大哈欠，跟著把臉放在兩隻併攏的前腳上，動了兩、三次耳朵。

羅倫斯把赫蘿的這般舉動視為肯定的回答，即便知道沒有危險，羅倫斯還是壓低身子，躡手躡腳地往山丘的方向走去。

說到這時間會有什麼人經過這條道路，羅倫斯當然心裡有數。

他走近山丘頂端附近時，更是壓低了頭，並小心翼翼地把視線移向道路的方向。

羅倫斯輕瞥一眼後，並未看見路上有人影。他移動到前面一些的位置放眼望去，這時隱約聽到吵雜的聲音從通往恩貝爾的方向傳來。

聲音傳來沒多久後，在晨霧之中隱約看見了一支隊伍。

想必那是運送麥子到特列歐的隊伍吧。

這麼一來，就表示恩貝爾的傳令已經送達特列歐。根據傳令內容，村民們有可能已經強硬地闖入教會，尋找著羅倫斯等人。

為羅倫斯等人撐腰，甚至讓他們逃跑的依瑪會不會有危險呢？

雖然羅倫斯覺得依瑪的立場看似相當強勢，所以應該不會危及到她的人身安全，但是他難免感到有些不安。

然而，羅倫斯等人已不會再有機會前往特列歐了。

就在他這麼想著時，身後傳來了沙沙作響的腳步聲，於是回過頭看。

便看見了艾凡的身影。

「身體狀況怎樣？」

聽到羅倫斯的詢問，艾凡點點頭，並蹲在他身邊看向遠方說：

「那些……是恩貝爾的手下嗎？」

「應該是吧。」

「是喔……」

艾凡的表情，像是如果手上有武器就會立刻衝上前去，但又像因為手上沒有武器而感到安心般奇妙。

羅倫斯的視線從露出這般表情的艾凡臉上移向後方的赫蘿。

赫蘿依舊趴睡在地面，艾莉莎也依舊倚在赫蘿的身上。

不過，艾莉莎雖然已經醒了，卻顯得一臉茫然的樣子。

「艾莉莎小姐……她身體不舒服嗎？」

畢竟是在艾莉莎暈倒過，又熬夜強行軍的狀況。

羅倫斯一想到接下來的計畫，最教他擔心的莫過於艾莉莎的身體。

「不知道耶……她的臉色看起來還好，但是好像一直在沉思。」

「沉思？」

艾凡點頭回應。

依艾凡的反應看來，艾莉莎應該沒有把她沉思的事情告訴艾凡。在扯進幾乎算是不得不突然離開故鄉的狀況下，想必任誰也會茫然地陷入沉思。

艾凡回過頭看向艾莉莎。羅倫斯看著他的側臉，那表情很像是恨不得立刻衝回艾莉莎身邊的忠狗。

即便如此，艾凡似乎也明白現在應該讓艾莉莎一個人靜一靜。

他一副強忍住衝動的模樣，把視線移回已拉近許多距離的恩貝爾隊伍。

「他們的人數好像很多的樣子。」

「他們應該是打算送還所有從村子買來的麥子。馬車四周的那些傢伙手上拿的長棍……應該是長槍吧。」

長槍顯然是隊伍為了防範村民們反抗而做的準備。然而，這副戒備森嚴的模樣，反而使隊伍顯得更加不祥。

「羅倫斯先生。」

「嗯？」

「不能求羅倫斯先生的……那個，載著我們離開的那位神明嗎？」

雖然艾凡壓低聲量說道，但想必赫蘿是聽得一清二楚吧。

即便如此，赫蘿卻是佯裝沒聽見的樣子。

羅倫斯接續問：

「你想求她什麼？」

「把那些傢伙通通殺了。」

人們感到困擾時，都想依賴神明。

而且，人們想依賴神明的往往都是很誇張的事情。

「假設她答應你的要求，也實際去做了，你的願望應該一下子就會實現吧。可是，這麼一來，恩貝爾接下來會直接派軍隊到特列歐去。我們不可能一一應付他們的軍隊。」

艾凡像是一開始就知道答案會是如此似的，很乾脆地點點頭說：

「說的也是。」

運送麥子的隊伍已前進到相當接近兩人的位置。

兩人蹲下來看著隊伍行進。

「那麼，我們接下來會怎樣？」

「我打算先到一個叫做卡梅爾森的城鎮。只要到了那裡，至少不會有生命危險。至於在那之後的安排，就等到了那裡之後再打算吧。」

「這樣啊……」

「如果你有什麼要求，可以趁現在好好想一下。事情會演變成這樣，也算是一種緣分。我會幫助你的。」

艾凡閉上眼睛笑笑後，簡短地說了一聲：「謝謝。」

即將為特列歐帶來滅亡的隊伍，像是要打亂清晨的空氣似的，發出嘈雜的聲音，在道路上行進著。

隊伍約有十五輛馬車，手持長槍的隨從至少有二十人以上。

不過，其中最吸引羅倫斯注意的，是在隊伍最後頭、性質有些不同的一群。

拉動最後一輛馬車的馬兒身上有覆面巾以及障泥（註：馬鞍兩旁下垂的馬具，用於遮擋泥土），代表這輛馬車乘載了高階聖職者。馬車四周有四名手持盾牌的隨從，後方尚有幾名旅行裝扮的聖職者步行跟隨。

羅倫斯在心中嘀咕說：「原來如此。」

特列歐收成的麥子裡混了利德里斯地獄之火，讓恩貝爾出現死者。

然而，如果麥子裡原本就沒有混入利德里斯地獄之火，特列歐就不可能有人中毒。
想必恩貝爾是想利用這點吧。
恩貝爾打算以特列歐是受到惡魔保護為由，來譴責特列歐沒有出現中毒者的事實，然後將所有村民視為異端處置。
「回去吧。」
羅倫斯說道，艾凡似乎隱約感覺到了什麼，他默默地點點頭。
羅倫斯走下斜坡回到赫蘿身邊時，雖然艾莉莎朝向他投來了想詢問些什麼的目光，但是羅倫斯假裝沒察覺到的樣子。
因為他知道不管艾莉莎怎麼發問，都只會得到特列歐村已陷入絕境的答案。
「先稍微前進一些後，再吃早餐吧。」
聽到羅倫斯的發言，艾莉莎像是有所察覺似的垂下視線。
然後，她沉默不語地從赫蘿身上站起來，赫蘿也跟著驀地站起身子。
艾凡與羅倫斯負責扛起行李，由赫蘿在前頭率先走去。
啪沙、啪沙、啪沙、啪沙，踩碎枯葉的聲音響起。
最先停下腳步的是艾凡，接著是羅倫斯。
赫蘿多走了幾步路後，沒回頭地坐了下來。

「艾莉莎？」

艾凡問道。

艾莉莎依然用棉被裹著身子，杵在原地不動。

她的視線別說是看向羅倫斯，就是艾凡也沒看一眼，只是注視著自己的腳邊。

與羅倫斯互看一眼後，艾凡輕輕點頭，並準備轉身走向艾莉莎。

就在這個瞬間，艾莉莎開了口：

「赫蘿……」

艾莉莎呼喚的對象並非艾凡。

「妳……真的是神明嗎？」

赫蘿沉默不語地輕輕甩動一次尾巴後，站起來轉身面對艾莉莎。

『咱是約伊茲的賢狼赫蘿。不過，咱被稱為神明已有很長一段時間了。』

赫蘿坐下來，直直注視著艾莉莎說道。

赫蘿的答案令羅倫斯感到十分意外。

不僅如此，赫蘿甚至露出非常認真的眼神注視著艾莉莎，而認真的眼神中同時流露出溫柔的感覺。

『咱寄宿在麥子裡，可變身成狼模樣，也可變身成人類模樣。人們尊稱咱為麥子的豐收之神，而咱也能夠回應人們的期待。』

赫蘿像是看透了什麼。

艾莉莎的肩上掛著棉被，並用手抓住棉被拉近胸前。赫蘿看透了艾莉莎藏在她的手臂底下、藏在棉被底下的心聲。

否則赫蘿不可能以神明自稱。

「豐收？這樣，妳是陶耶爾的……？」

『關於這個問題，汝心裡已經有答案了唄？』

赫蘿稍微露出了尖牙，或許她是在苦笑吧。

艾莉莎聽了赫蘿說的話後，輕輕聳了聳肩，然後點點頭說：

「陶耶爾是陶耶爾，妳是妳。」

赫蘿像在發笑似的嘆了口氣，她腳邊的枯葉隨之飛舞。

赫蘿的琥珀色眼珠流露出的溫柔，是羅倫斯從未見過的。

如果說世上真有神明，或許指的就是像現在的赫蘿般，不會讓人感到恐懼，而是會讓人肅然起敬的眼神。

艾莉莎抬起了頭。

然後，她直直注視著赫蘿說：

「……如果是這樣──」

『汝想問的這個問題──』

赫蘿的尾巴「唰」的一聲掃過枯葉。

艾莉莎吞下說到一半的話。即便如此，她的視線還是沒有從赫蘿身上移開。

赫蘿緩緩地回答：

『不應該問咱。』

艾莉莎聽到的瞬間，整張臉一揪，眼淚隨之從右側臉頰滑落。

艾凡像是把艾莉莎的反應視為暗號似的飛奔過去，並用手搭著她的肩膀。

不過，艾莉莎一副彷彿在說「我沒事」似的表情點點頭後，抽了抽鼻子，跟著深深嘆了口氣說道：

「我是法蘭茲祭司的繼承者，現在的我可以大聲這麼說。」

『是麼？』

聽到赫蘿的附和，艾莉莎露出溫柔的笑容。

那是拋開既沉重又硬實的負荷後，感到神清氣爽的笑容。

艾莉莎應該也察覺到法蘭茲祭司收集異教眾神傳說的目的。

不，她應該早就察覺到了。或許在老早以前，在法蘭茲祭司告訴她地下室的存在時，她就立刻察覺到了。

只是，艾莉莎一直不願意去理解。

依瑪的話一直是正確的。

世界很遼闊，但村民的心胸很狹窄。

艾莉莎得知了世界的遼闊。這麼一來，自然猜得到接下來她會說出什麼話。

「我要回村子去。」

「什……」

艾凡發出不成聲音的聲音。在他想要繼續說話時，艾莉莎脫下裹住身體的棉被塞給了他。

「羅倫斯先生，對不起。」

雖然羅倫斯猜不出艾莉莎是針對哪件事情在道歉，但是他心想「對不起」應該是最適合現在說的話吧。

羅倫斯沉默地點點頭。

但是，艾凡當然不可能接受這樣的決定。

「妳回村子做什麼?就算回去，那村子也已經……」

「即便如此也要回去。」

「為什麼！」

儘管艾凡逼近艾莉莎說道，但艾莉莎既沒有往後退，也沒有推開艾凡。在保持艾凡逼近自己的姿勢下，艾莉莎回答說：

「我是掌管村裡教會的人，我不能捨棄村民。」

艾凡彷彿受到比被甩了耳光更大的衝擊。他的身體一歪，並向後退了一步。

「艾凡，你要當個成功的商人喔。」

艾莉莎這時才用力推開艾凡的胸口，然後轉身跑了出去。

以女子的腳程來說，就是一邊休息，一邊前進，也能夠在傍晚左右抵達特列歐。

不過，就是不願意去想，羅倫斯也能清楚知道艾莉莎到了特列歐後，必須面對什麼狀況。

「……羅、羅倫斯先生。」

艾凡一副無計可施、彷彿就快哭了出來似的表情看向羅倫斯。

艾莉莎方才的發言讓羅倫斯十分感動。

「艾莉莎小姐說，她希望你能夠成為一個成功的商人。」

「……你！」

艾凡表情憤怒地打算撲向羅倫斯。

不過，羅倫斯冷靜地說：

「商人必須具備能夠冷靜計算損益的能力，你做得到嗎？」

艾凡現在的表情，就像大部分的小孩子第一次看見錯覺畫像時會有的表情。露出那般表情的艾凡突然停下了動作。

「我想，不管艾莉莎小姐再怎麼剛強，而且有著不輸給任何人的決心，並不代表她完全不會感到不安吧。」

羅倫斯聳了聳肩，重複一遍說：

「商人必須具備能夠冷靜計算損益的能力。你想當商人吧？」

艾凡咬緊牙根，跟著閉上眼睛，握緊了拳頭。

然後，他丟下所有扛在肩上的行李，轉身跑了出去。

人們之所以會懷念故鄉，是因為心愛的人就在故鄉。

羅倫斯一邊看著艾凡顯得耀眼的背影，一邊拾起行李，撥開上頭的枯葉。

他感覺到背後有人靠近，於是一邊回頭，一邊說：

「那，接下來──」

羅倫斯不確定自己有沒有說出最後的「呢」。

因為在那個瞬間，他的身體有如枯樹般被赫蘿巨大的腳掌推倒在地。

『咱錯了嗎？』

赫蘿用腳掌壓住羅倫斯的胸口，兩根粗大尖銳的利爪在羅倫斯耳邊一邊發出嗤嗤聲響，一邊慢慢陷入地面。

『咱做錯了嗎？』

赫蘿瞪著燃燒得火紅的眼睛，她的尖牙毫不客氣地逼近羅倫斯。

羅倫斯感覺得到自己的背部陷入柔軟的地面。

赫蘿只要稍稍再加重力量，想必就能輕易地壓碎羅倫斯的胸腔吧。

儘管如此，羅倫斯還是勉強擠出聲音說：

「是、是誰……是誰要判斷是對是錯？」

赫蘿聽了，搖了搖巨大的頭。

『咱根本無法判斷。可是，咱……咱……』

「為了故鄉……就算感到絕望也要奮力一戰……」

羅倫斯把手放在赫蘿的腳掌上，繼續說：

「這樣至少不會後悔。」

羅倫斯感覺到赫蘿的身體膨脹了起來。

會被壓扁。

就在羅倫斯的理性即將被恐懼感壓過的那一刻，赫蘿的身影消失了。

如果有人告訴羅倫斯這是一場白日夢，他絕對不會感到懷疑。

赫蘿的小手輕輕掐著羅倫斯的頸部，輕盈的身軀就坐在羅倫斯的身上。

「咱的爪子能夠輕鬆壓碎岩石。就算有千百成群的人類，也敵不過咱。」

「我剛剛深刻感受到了。」

「在約伊茲，根本沒人敵得過咱。不管是人類、是狼、是鹿，還是豬都一樣。」

赫蘿用單手掐著羅倫斯的頸部，一邊俯視羅倫斯，一邊說道。

「那麼熊呢？」

這裡指的當然不是普通的熊。

「咱敵得過獵月熊嗎？」

赫蘿之所以沒有哭泣，大概是因為她並不悲傷，而是憤怒吧。

所以，羅倫斯不對她說出溫柔的話語。

「我看是打不贏吧。」

赫蘿聽到的瞬間，舉高掐住羅倫斯頸部的右手，然後——

「即便如此，也要徹底抗戰。這麼一來，或許能夠讓約伊茲的故事在法蘭茲祭司收集的書本裡，佔上三張左右的頁面。」

赫蘿無力垂下的手臂，拍在羅倫斯的胸口上。

「妳不知道這樣是對是錯。不過，這只是假設罷了。我說錯了嗎？」

「……沒說錯。」

赫蘿說罷，再拍打了一次羅倫斯的胸口。

「如果妳在離開約伊茲不久後，就立刻得知獵月熊會出現的消息，想必妳會急忙趕回去吧。但是，現實並沒有照這樣的劇本走。雖然不知道事情是在妳離開約伊茲多久後發生，但在妳無法干預的時候，災難確實降臨了約伊茲。」

赫蘿察覺到了艾莉莎心中的想法。

應該捨棄故鄉嗎？還是說，就算村民疏遠自己，就算不可能有辦法解救村子，也應該勇敢抗戰呢——這就是艾莉莎的迷惘。

赫蘿甚至沒有機會感到迷惘。因為當她得知事實時，一切都已經結束了。

那麼，當看見感到迷惘的艾莉沙時，赫蘿會想到什麼呢？

她當然會想讓艾莉莎選擇不會後悔的選項吧。

然而，這也讓赫蘿看見了過去那個她永遠選不到的選項。

艾莉莎說出「我不能捨棄村民」的這句話，想必在赫蘿的耳中聽來，彷彿是超越了時空責備著她的話語。

所以，羅倫斯在相同的時間和空間下責備了赫蘿：

「妳沒有哭，就表示妳心裡明白自己為了多麼蠢的事情慌張不已吧？」

「這點事情……！」

赫蘿露出尖銳的利牙，以發著怒火的琥珀色眼睛瞪看羅倫斯說道。

儘管如此，羅倫斯仍然一副不以為意的表情，繼續讓赫蘿坐在他身上。他只是伸手撥開被赫蘿推倒時，沾上臉頰的泥土和枯葉。

「這點事情……咱很清楚。」

羅倫斯聽了嘆口氣，用手肘頂著地面，稍微抬高頭。

跨坐在羅倫斯身上的赫蘿看到羅倫斯的舉動，便像個挨罵的小孩子似的躲避羅倫斯的目光。

不過，赫蘿並未因此從羅倫斯身上離開。她動作僵硬地挪動身子，雙腳併攏地在羅倫斯的右膝上重新坐好後，才總算伸出手攙扶羅倫斯。

羅倫斯抓住赫蘿的手，坐起一半已陷入地面的身體，一臉疲憊地再度嘆口了氣。

「萬一艾莉莎她們跑回來，妳打算怎麼解釋啊？」

一絲不掛的赫蘿在羅倫斯眼前別過臉去。

「要解釋什麼吶？」

「殺人。」

赫蘿難得露出極其尷尬的表情，然後皺起鼻頭說：

「咱如果是雌性的人類，汝就算被咱殺了，也不能有怨言。」

「要是被殺死了，當然沒辦法開口抱怨了。所以呢……」

赫羅看起來似乎很冷，讓人不禁想抱緊她。這樣的她正抬高視線等待著羅倫斯繼續說話。

「妳想怎麼做？」

「咱才想這麼問吶。」

赫蘿當場做出的反駁讓羅倫斯感到驚訝，然後他將身子微微向後仰。

就是臨到此時，赫蘿依舊是赫蘿。

無論任何時候，韁繩永遠都在赫蘿的手上。

為了報復被赫蘿握住韁繩，羅倫斯抱緊赫蘿，並在她耳邊說：「妳給我記住。」

赫蘿在羅倫斯懷中稍微動了一下身子後，簡短地說：

「不能幫忙想點辦法嗎？」

赫蘿指的對象當然是艾莉莎與艾凡，還有特列歐村。

「約伊茲已經沒得救了。可是，這邊還有得救。」

「我只是單純的旅行商人啊。」

赫蘿一邊發出甩動尾巴的聲音，一邊說：

「咱不是單純的狼。」

赫蘿的意思是，她會給予全面性的協助。

然而就算如此，真有可能解救危機嗎？

赫蘿總不可能咬死所有看不順眼的傢伙。

「問題在於毒麥是唄？如果是混在其中，咱有辦法分辨。」

「我也想過這個可能性了。不過，我想還是沒用。」

「無法讓人們相信是唄……」

「除非有奇蹟發生。」

羅倫斯說道，然後再說了一遍：

「……除非有奇蹟發生？」

「怎麼著？」

羅倫斯以令人頭昏眼花的速度移動視線，試圖將腦中的思緒銜接起來。

羅倫斯曾想過赫蘿能夠分辨麥子的可能性。當時使得思緒碰壁的問題是，如何讓人們相信麥子是否有毒。

不過，羅倫斯隱約記得有聽聞過類似的話題。

到底是什麼？

各種記憶在羅倫斯的腦海裡唰唰唰地一一閃過。

最後浮現了教會與艾莉莎的身影。

「對啊，奇蹟啊。」

「唔？」

「妳猜猜，什麼方法能讓教會有效地增加信徒？」

赫蘿露出感到有些被瞧不起的表情，不甘願地回答說：

「創造奇蹟嗎？」

「沒錯。但是大部分的奇蹟，都像果實裡藏有種子一樣藏有秘密。」

這會兒換成是赫蘿快速移動著視線。

「如果是要眼睛看得到的東西，就是……汝啊，咱的麥子在哪？」

羅倫斯指向被赫蘿推倒而飛到後方的行李。

「汝伸手幫咱拿。」

赫蘿似乎沒有從羅倫斯的膝蓋上挪開身子的打算。

羅倫斯心想抗議也沒用，於是聽話地扭轉身體，伸手把行李拉近自己，然後取出裝有赫蘿寄宿其中的麥子的小袋子。

「拿去。」

「嗯，汝睜大眼睛看好吶。」

赫蘿從小袋子裡取出一粒麥子，放在手掌心上，跟著輕輕深呼吸一口氣。

然後，在下一個瞬間——

「這！」

羅倫斯才發現眼前微微顫動的麥粒突然裂開，跟著就看見麥粒發出綠芽、長出白色根莖，葉片也隨之拉大，莖幹朝向天際迅速伸展。

不久後，莖幹上端長出了新的麥穗，當麥穗變得沉甸甸時，青青麥草也變成了茶色。

這一連串的過程，在極其短暫的時間內就完成了。

轉眼間，赫蘿手上就長出了一根麥子。

「大概只能做到這般程度唄，而且不能一次做太多。還有吶……」

赫蘿拿起手掌心上的麥子，一邊在羅倫斯的鼻子前用麥穗前端搔癢，一邊說：

「咱的這個也藏有種子。」

「我就是想笑，也只能苦笑。」

赫蘿聽了，一臉不悅地把麥子塞給羅倫斯說：

「那，不行嗎？說到眼睛看得到的東西，頂多只有這個，還有原本的狼模樣而已。」

「不，這樣就夠了。」

羅倫斯從赫蘿手中接下麥子，繼續說：

「再來就只剩下艾莉莎肯不肯接受這個計畫而已。還有……」

「還有嗎？」

羅倫斯點點頭後，說了句「不過……」並搖搖頭。

「到時就輪到我展現商人的手腕。我想，應該沒問題吧。」

在分辨出恩貝爾送還的麥子當中哪些是毒麥，哪些不是毒麥，而且讓村民們相信後，並不代表特列歐村就能夠當場擺脫危機。

照塞姆村長的概算結果來說，不足的金額約莫七十利馬。

特列歐必須設法解決金額不足的問題，否則就將成為恩貝爾的掠食對象。

然而，如果恩貝爾一開始就是為了支配特列歐才在麥子裡下毒，就算恩貝爾認同了奇蹟，並接受毒麥的辨別結果，也不可能買回送還的麥子。

這麼一來，就表示必須設法把送還的麥子變賣成現金。

不過，如果能夠讓問題發展到這般地步，那就是商人的領域了。

而羅倫斯正是商人。

「好，那這樣我們回去吧。」

「嗯，咱也快要冷得受不了了。」

赫蘿笑著站起身子，跟著啪唰一聲，甩動尾巴遮住了羅倫斯的視線。轉眼間赫蘿就變回了狼的模樣。

『汝好像覺得很可惜的樣子吶？』
赫蘿露出尖牙說道，羅倫斯聳聳肩回答說：
「妳倒是很開心的樣子呢。」
赫蘿與羅倫斯很快就追上了艾莉莎與艾凡。
在過了正午不久後，一行人便抵達了特列歐。

出乎意料地，艾莉莎一下子就接受了羅倫斯兩人的提議。
或許艾莉莎心裡明白，如果找不到手段，光有決心也無濟於事。
不過，如果是昨天以前的艾莉莎，想必就做不出這樣的判斷了。
「不過，即便我這麼做，我仍然相信我心中的神。我心中的神是領導所有神明，是創造出全世界的神。」
距離第一次看見赫蘿的真實模樣到現在，並沒有經過多久的時間，但是艾莉莎竟能夠面對狼模樣的赫蘿，斬釘截鐵地這麼說。
面對就算沒有一口咬碎艾莉莎，但只要輕輕一揮爪子，就能夠把她撕個爛碎的對象，艾莉莎絲毫沒有表現出恐懼。

赫蘿露出一長排利牙，沉默不語地瞪著艾莉莎好一陣子。
雖然艾凡吞著口水，神情緊張地觀望著。但赫蘿當然知道世界有多遼闊，她當然知道自己並非站在世界頂端的存在。
赫蘿一下子就收起利牙，「哼」的一聲別過臉去。
「再來就看要用什麼方法、怎麼展現給村民看了。」
「你有什麼點子嗎？」
在赫蘿負責看守下，羅倫斯等人在特列歐近郊、距離艾凡的水車磨坊不遠的山丘頂端，討論接下來的打算。
「無論是任何商品，以底價採買時的利潤是最高的。」
「你是指等到村子被逼到走投無路之後嗎？」
羅倫斯點點頭後，艾凡接下話題說：
「從早上那狀況看來，梵主教好像也一起來了。」
「梵主教也……」
梵主教的出現，說明恩貝爾不單是在金錢面上，就是在宗教面上也打算把特列歐逼上絕路。
雖然在早上以前，梵主教的出現只會使得特列歐的狀況更顯絕望，但現在說不定可以利用這個機會，讓狀況出現轉機。

不，應該說有恩貝爾的教會負責人在場，反而更有利。

因為以一個奇蹟的見證人來說，最適當的人選非梵主教莫屬。

「恩貝爾派來的人一定會讓特列歐幾乎沒有反駁的機會，就自顧自地安排起來吧。他們還派了帶著長槍的手下，這很難讓人認為他們會進行具紳士風度的談判。」

「我想塞姆村長應該也不願意村民們拿起長劍反抗。」

「而且，村裡那些傢伙應該也沒有那樣的勇氣吧。」

艾凡的責難也不算全然與事實不符。

這麼一來，羅倫斯等人在村裡現身的最佳時機便呼之欲出。

「那麼，我們就是等到塞姆村長下跪時再現身，是吧。」

「展現奇蹟的方法就照我剛剛說明的那樣。」

艾莉莎點點頭後，把視線移向艾凡說：

「艾凡，你沒問題吧？」

艾莉莎指的是艾凡被分配到的任務。

在這次的作戰計畫中，艾凡負責的是攸關性命的危險任務。

而且想要執行這項任務，就必須信任赫蘿。

艾凡的目光投向赫蘿說：

「哪有什麼問題。如果我中毒了，在大家發覺我是被毒死之前，先殺了我不就得了。」

艾凡的指尖微微顫抖著。

僅管知道艾凡是在艾莉莎面前逞強才這麼說，但赫蘿並不討厭這樣的舉動。

『只是輕輕一口吞下去而已，一點兒都不痛。』

赫蘿看似開心地答道。

「那麼，讓奇蹟發生後，可以交由羅倫斯先生負責金錢方面的交涉吧？」

「最好的狀況當然就是讓恩貝爾當場收回麥子，反正就交給我來處理吧。」

艾莉莎點點頭後，雙手合十說：

「願神庇護我們。」

然後，赫蘿輕聲說：

『來了。』

所有人的視線在此刻交錯。

第六幕

接二連三來到特列歐的馬車共有十六輛。每輛馬車的貨台，都載著三到四只的大麻袋。

手持長槍的隨從有二十三名。另外手持盾牌的隨從們戴著頭盔和鐵護手，看起來就像騎士團的步兵一樣。

徒步的聖職者有四人。雖然不確定有幾人在有蓬馬車裡頭，但是依艾莉莎所言，裡頭應該是坐了梵主教與其輔佐祭司。

另外，在這樣的隊伍當中，還有一名胖嘟嘟、看似商人的男子。羅倫斯看見這名男子的瞬間，輕輕「哦」了一聲。

據說在恩貝爾，最富裕的麵粉店老闆就是里恩都。如果是他，就算能一次買盡特列歐送來的麵粉也不足為奇。若真是如此，當然能夠認同「吃了麵包死去的人是從這家麵粉店買了麵粉」的說法。

這麼說來，如果里恩都是整個詭計的重心人物，在羅倫斯路過恩貝爾前去拜訪商行時，里恩都一定是故意不向他採買麥子。

說不定里恩都在那個當下，就已經決定執行計畫了。

人們會說只要差了一步，就會掉入黑暗深淵。而誰也猜不到人們的惡意潛藏在其中何處。

羅倫斯緩緩嘆了口氣。

他趴在山丘上，目送著恩貝爾的隊伍進入特列歐。赫蘿也趁著這時變回人類的模樣，並動作俐落地穿上衣服。

然後，四人繞了遠路朝向陶耶爾的洞穴前進。

雖然依瑪有可能在關上地下室的入口後立即鎖上，但同樣有可能只是關上入口而未上鎖。

羅倫斯等人就是賭上了後者的可能性。

「這就是汝等說的神的庇護唄。」

然後，賭贏了。

「裡頭有動靜嗎？」

「沒有，沒人。」

既然艾莉莎兩人已逃跑，教會對村民們就不再有用處，所以教會裡沒有人可說理所當然。

羅倫斯把底座往上一推，隨即傳來雕像「叩咚」一聲倒下的聲音。雖然羅倫斯瞬間感到一陣膽寒，但是在那之後，沒有半點聲音傳來。於是羅倫斯毅然地把底座往上推，而艾凡從打開的縫隙裡鑽出地下室後，便把底座整個抬起。

「這樣子……嗯，請準備鐮刀以及聖杯。」

羅倫斯指的當然是接下來所需的小道具。

走出地下室的艾莉莎點點頭後，便與艾凡小跑步離去。

羅倫斯一邊輕輕笑笑，一邊對著仍留在地下室裡的赫蘿說：

「如果一切都能順利進行，就可以好好看個夠了。」

赫蘿聽了，一副死了心的模樣爬上石階，走出地下室說：

「那，外面的狀況如何？」

「幸好木窗沒有被打破，這樣就能看得一清二楚。」

想必依瑪在羅倫斯等人逃跑後，便伺機打開教會的大門。

原本掛在緊閉大門上的門閂也完好無缺地立在牆邊。

羅倫斯從木窗打開的縫隙往外一看，發現負責運送麥子的馬車隊伍已進入廣場。身穿高階聖職者禮服、看來應該是梵主教的壯年男子與麵粉店的里恩都，以及塞姆村長與村民代表們在巨石上對峙。

「羅倫斯先生。」

這時，艾莉莎與艾凡躡手躡腳地來到木窗附近，輕聲開口喚道。

艾莉莎的手上拿著怎麼看都不像純銀打造的聖杯，還握著生鏽的鐮刀。

不過，作為奇蹟的小道具，顯得破舊不堪的物品反而比較好。

「那麼，再來就只剩下等待時機到來了。」

艾莉莎與艾凡嚥下口水點點頭。

羅倫斯看見塞姆村長正比手畫腳地拚命向梵主教說明著什麼，只是以他的耳力，並無法聽見談話內容。

塞姆村長時而會指向教會，而每指向教會，聚集在廣場上的村民和在巨石上的人們就會看向教會，總是害得羅倫斯膽顫心驚不已。

即便如此，卻仍然沒有人前來教會，這表示大家都認為教會裡完全沒有人。

梵主教冷靜地應對，甚至時而會從容地向站在一旁的年邁輔佐祭司尋求意見。

或許塞姆村長與村民們的意見，只被梵主教當成是蒼蠅飛來飛去的振翅聲罷了。

事實上，梵主教光是拿出幾張羊皮紙，就使得塞姆啞口無言。

「妳聽得到談話內容嗎？」

羅倫斯向赫蘿這麼詢問後，得到「對方正在請款」的回答。

這時，忽然傳來了一陣齊聲怒吼，隨即看見一名撲向前的村民，不消一會兒就被手持長槍的男子制伏。

有幾名村民見狀紛紛撲向前助陣，但結果還是不變。

雖然手持長槍的隨從們服裝不一，就像倉卒成軍的一群小兵，但似乎也多多少少受過訓練。

隨從們散亂地調整陣形，形成了槍林。

這麼一來，就算村民總人數勝過隨從人數，也難以逆轉劣勢。

「嗯。那個叫塞姆的人已放棄反抗，開始讓步了。」

只要一開始讓步，接下來的命運就是不斷遭到進攻。

梵主教想必會在特列歐被逼到窮鼠齧貓的地步前，才罷手吧。

「那個人是誰？」

這時出現了一名村民加入交涉。那名村民與里恩都交談幾句後，立刻變得情緒激昂，結果塞姆出面制止了他。

對於羅倫斯的詢問，艾凡回答說：

「是麵包店老闆，那傢伙最會挖苦我了。」

里恩都與梵主教同樣地從懷裡拿出羊皮紙，一副傲慢的模樣舉高羊皮紙後，村民們立刻陷入了沉默。

從里恩都的開心模樣看來，與其說他是習慣看見村民保持沉默，不如說他是看見村民好不容易安靜下來而感到開心。

「可能是法蘭茲祭司太優秀了。」

聽到羅倫斯無意地說道，艾莉莎輕輕點了點頭。

這時，塞姆終於屈膝跪在巨石上。瞪著梵主教的村民們見狀，慌張地伸手支撐塞姆的背部。

看著事態如此進展，這時羅倫斯似乎聽見了拳頭握緊的聲音。

他回頭一看，發現是艾莉莎握住了拳頭。

雖然艾莉莎的表情顯得冷靜，但不用說也知道她的內心有多麼激昂。

因為村民們並沒有伸手支撐她的背部。

「交涉即將結束，對方已經提出最後的選擇。」

赫蘿突然開口說道，而羅倫斯與其他人也立刻明白了赫蘿的意思。

塞姆等人的視線同時看向教會的相反方向，也就是塞姆村長的住處。

光是看著他們的背影，羅倫斯就能夠清楚知道他們心裡在想什麼。

沒多久後，兩名士兵站上了巨石。

士兵手上拿著羅倫斯在塞姆家中看見的陶耶爾神軀。

「只要燒了這東西，然後接受正確的教誨，一切好談。不然就以異端的罪名舉發特列歐。」

聽到赫蘿這麼說，羅倫斯心想這應該是梵主教的發言吧。

赫蘿說話時，塞姆等人就彷彿聽見了赫蘿在說話似的看向教會。

「有困難時就依賴別人，這就是人類。」

從木窗前面往後退的赫蘿把雙手交叉在胸前，跟著嘆了口氣。

「不過，咱也有依賴人類的時候。那麼，要採取行動嗎？」

艾凡的臉上寫著「無法原諒村民們的自私」的表情。

但是，他吞下了這股怒氣，把視線移向艾莉莎。

艾莉莎迅速站起身子。

然後，她簡短地說：

「身為一個接受正確教誨的神僕，我無法捨棄村子。」

羅倫斯點點頭說：

「那麼，走吧。」

隨著這句如信號般的話語，四人打開了教會的大門。

現場就彷彿飛揚的塵埃瞬間落地似的，變得一片鴉雀無聲。

羅倫斯這麼想著。

他恐怕一輩子都不會忘記，塞姆等人在陶耶爾附身其中的蛇皮標本前，竟把乞求的目光投向教會時的表情吧。

「艾莉莎！」

最先如此呼喚的是依瑪。

或許是因為祖護了艾莉莎等人，所以沒被允許站上巨石的依瑪與四周的住戶們一同觀望著事態發展。一看見艾莉莎出現，她立刻一副毫不在意四周目光似的跑了過來。

「艾莉莎，為什麼要回來？」

「對不起，依瑪女士。」

依瑪一副完全無法理解的表情也看向了羅倫斯。

「大家快看看是誰來了，這不是法蘭茲祭司的繼承者艾莉莎小姐嗎？」

羅倫斯還來不及回答依瑪，巨石上即傳來了梵主教的聲音。

「好久不見，梵主教。」

「我聽說妳偷偷逃出村子了，是怎麼了啊？是不是承受不了罪惡感，所以來懺悔啊？」

「神永遠是寬大的。」

雖然聽到艾莉莎的剛強話語後，梵主教瞬間露出懦怯的表情，但或許是覺得艾莉莎在虛張聲勢，他的臉上立刻又浮現從容不迫的笑容，並朝著身旁的祭司低聲耳語。

一陣耳語後，祭司先咳了一聲，跟著舉高一張羊皮紙向眾人宣告：

「我方恩貝爾聖里歐教會認為，特列歐村向異教之神祈禱，並為了達成加害正教民眾的目的，而蓄意在麥子裡放入卡帕斯酒。儘管我方正教民眾因詛咒而受著苦，特列歐村卻沒有任何一人受苦。兩者明明食用相同的麥子，這顯然說出特列歐是受到異教的邪惡神明所保護。」

「我們依照與法蘭茲祭司所簽訂的合約內容，先將麥子送回特列歐。不僅如此，我們還會在這裡重新建蓋一所公正神聖的教會。對於外表披著羊皮，但底下藏著蜷曲毒蛇的邪偽神僕，必須讓她接受神的公正裁判。」

聽到梵主教在祭司之後說出這番話後，架著盾牌的士兵們隨即拔出長劍，指向羅倫斯等人的方向。

然而，艾莉莎沒有退後一步。

「沒那個必要。」

艾莉莎凜然地回答道，然後大聲繼續說：

「我確實一直抱持著錯誤的信仰。但是，寬大的神指引了我正確之路。因為祂讓我遇見了神的使者！」

梵主教瞬間露出怯懦的表情，他皺起眉頭瞥了身旁的祭司一眼。

祭司回答了他兩、三句話。

梵主教高高舉起單手說：

「隨隨便便就說出遇見神的使者這種話，就是異端的證明！如果想要證明不是異端，就當場拿出證據來！」

梵主教像隻魚兒般一口咬住了誘餌。

艾莉莎以眼神先向艾凡，再向赫蘿示意。

磨粉匠少年與狼的化身點點頭後，跑了出去。

「如果您有所懷疑，那就證明給您看吧。」

看著艾凡與赫蘿直直奔向載了麥子的馬車隊伍，小兵們架起長槍對準兩人，但梵主教對艾莉莎的話語嗤之以鼻地說了句：「讓開給他們過！」

艾凡手中握有赫蘿交給他的麥粒。

艾莉莎目送著兩人的背影後，不聽依瑪勸阻地走向巨石。

「崇拜蛇神陶耶爾確實是錯誤的行為。」

聽到艾莉莎的發言，在巨石上面的村民們，露出被迫吞下石塊似的表情瞪著艾莉莎。

「但是，這樣的行為並非本質上的錯誤。」

她登上巨石旁的階梯，從梵主教面前走過，跟著在陶耶爾的附身物前跪了下來。

艾莉莎在教會時，即使掉入羅倫斯與赫蘿為了看法蘭茲祭司留下的書本而設下的陷阱，也不肯說謊。

相信這樣的艾莉莎到現在也沒有改變，本性依然是徹頭徹尾的聖職者。

既然如此，艾莉莎為何不控訴陶耶爾的附身物是異教徒們的崇拜對象，甚至還跪拜在附身物前方呢？

艾莉莎繼續說：

「我認為陶耶爾本身就是神指示的奇蹟之一。」

塞姆瞪大了眼睛，村民們的神情也顯得慌張。

艾莉莎的發言既沒有否定，也沒有肯定陶耶爾。

然而，梵主教卻是笑笑後，以嘲諷的口吻說：

「人們說的話與謊言總是只有一線之隔，妳能夠證明妳說的話不是惡魔的呢喃嗎？」

「神的使者答應我願意顯示光芒，讓迷途的羊群能夠走回正確的方向。」

赫蘿與艾凡看向艾莉莎的方向，示意兩人準備已經完成。

儘管知道一切能夠順利地進行，羅倫斯還是不禁緊張不已。

想必一邊獨自承受巨石上的村民與梵主教等人的目光，一邊說話的艾莉莎，一定感受到相當沉重的壓力。

即使如此，艾莉莎仍然強而有力地做了回答。

艾莉莎承接了法蘭茲祭司的教誨，她以一個繼承者的身分相信了赫蘿的非人類力量，進而相信了創造這個世界的神的公正性。

「哼，就憑妳也想顯示神的力量……」

梵主教的聲音，被馬車四周的人們發出像是恐懼，也像是驚愕的叫喊掩蓋過去。

「麥、麥子！」

「哇啊～～～～！」

堆放於馬車貨台，裝有麥子的袋子上方紛紛長出麥穗，並朝向天際越長越高。

塞姆等人有如粗製濫造的人偶般，露出不成表情的表情凝視著眼前的景象。梵主教則是面帶驚愕的表情注視著這個奇蹟。

看著不斷長高的麥子，發出近似哀叫聲的人們一同跪伏在地。

「神現身了！這是神的奇蹟呀！」驚呼聲如野火般迅速擴散開來，最後甚至連聖職者們也都跪了下來。

就只有梵主教一人呆立不動地注視著這般光景。

在那之後，等所有貨台上的青青麥苗都長出麥穗，驚呼聲立刻再次響起。

十六輛馬車貨台上所長出來的麥子當中，只有一根麥子並沒有結成黃金色的麥穗，就直接枯萎，最後化成了粉末。

只要是在場的人，都知道這代表著什麼意思。

當在場的所有人把目光全都集中在麥子上面時，就只有羅倫斯一人看向不同的地方。

他看見臉色蒼白的里恩都，以及梵主教。

在麥子裡下毒的人們，當然不可能對這個奇蹟一笑置之。

「神為我們指引了正確之路。」

聽到艾莉莎的話語，所有人的視線連同聲音集中了過來。

「說、說什麼蠢話……這種事情……」

「梵主教。」

艾莉莎以冷漠的口吻冷靜地說道：

「請您確認這不是惡魔所為。」

「怎、怎麼確認？」

「請使用這個。」

說著，艾莉莎取出泛黑的銀聖杯，並遞向梵主教。

「請您先將這只聖杯神聖化。在那之後，本村的磨粉匠艾凡會將神的正確教誨加以具體化。」

梵主教照著艾莉莎的意思收下聖杯，然後慌張地開口說：

「妳、妳到底打算用這種東西做什麼？」

「就是貧窮者也有資格接受神的洗禮，請梵主教親自淨化這只聖杯。」

被艾莉莎的氣勢壓倒，而無法再做任何反駁的梵主教表情苦澀地把視線移向祭司。祭司指示站在巨石四周的聖職者們前去取水。

立刻取水回來的聖職者，把水遞給了梵主教。

只要是由聖職者倒入的水，那些水就會變得神聖而特別。

經過聖水淨化的聖杯，在梵主教手中發出柔和的光芒。

「那麼，請將您手上的聖杯連同聖水交給那位磨粉匠。」

艾莉莎之所以沒有親手取回聖杯，是為了不讓梵主教有機會挑毛病。

聖職者們的公正性，將會藉由親手傳遞到艾凡手上的動作，寄宿於聖杯及聖水之中。

「請看仔細。」

艾莉莎朝著艾凡點點頭，艾凡隨之也用力地點頭。

然後，艾凡取出小刀，跳上馬車貨台，接著便一一割開麻袋，從每只麻袋各取出少量的麵粉放進聖杯裡。

只要是在場的人，想必都知道艾凡打算做什麼。

彷彿能夠聽見人們嚥下口水的聲音似的，所有目光都集中在磨粉匠少年的身上。

在十六輛馬車當中，艾凡從十五輛馬車貨台上的麻袋取出麵粉，並將其放進聖杯後，高高舉起裝有聖水混入麵粉的聖杯。

聖職者們像是受到控制似的把視線移向聖杯。最後不知喃喃說些什麼，想必他們是在向神禱告吧。

艾凡緩緩放下聖杯，直直注視著杯中物。

艾凡見識到赫蘿的真實模樣，理解赫蘿並非普通的存在。不僅如此，他也親眼目睹麥子一年的成長在短短幾秒鐘便完成的奇蹟。

他驀地從手中的聖杯移開視線。

艾凡看向的不是其他人，正是艾莉莎。

在下一刻，他一口氣飲盡杯中物。

「那就是神啟示我們的奇蹟所實現的成果。」

嘴巴四周沾上麵粉的艾凡，把聖杯推向聖職者並向其交待一番。接著，聖職者便從皮袋倒出清水，重新淨化聖杯。

在那之後，艾凡跳上之前唯一沒有拿取麵粉的那輛馬車貨台，從麻袋裡取出少許麵粉放進聖杯裡。

對著全身不住顫抖的梵主教，艾莉莎簡短地說：

「倘若這是錯誤的奇蹟，您應該能夠顯示正確的奇蹟吧？」

一旦有人說出麥子裡被下了毒的謊言，如果想要知道麥子是否有毒，就得吃下所有的麥子。

不過，這畢竟只是理論性的問題，但是奇蹟能夠超越理論。

而且，奇蹟只能夠以奇蹟抗衡。

如果想要證明這不是惡魔創造的奇蹟，就只能夠以神的奇蹟來證明。

「梵主教。」

艾莉莎收下艾凡送來的聖杯，然後遞向梵主教。

里恩都當場屁股著地跌坐了下來。

梵主教僵著身體動彈不得。

因為他不敢收下眼前的聖杯。

「我、我明白了。這是奇蹟，是正確的奇蹟。」

「那麼，本村的教會呢？」

艾莉莎毫不客氣地迅速接續說道。

梵主教找不到話語，也找不到奇蹟回給艾莉莎。

「唔……是正統的，是正統的教會。」

「那麼，請以書面寫下您說出的內容。」

艾莉莎到了此刻，才露出可掬的笑容向塞姆和村民們搭腔，並恭敬地撿起陶耶爾的附身物。

看著艾莉莎的這個舉動，梵主教既不能有所抱怨，當然也不能要求村民們放棄崇拜陶耶爾。

對村民而言，這可說是值得高興的事態。

艾莉莎巧妙地度過了難關。

不過，艾莉莎雖然毫不畏縮地面對梵主教等人，並巧妙地完成了任務，但想必在她薄薄一層的勇敢外表底下，一定有著翻騰如火的不安與緊張情緒。

艾莉莎深深地吸一口氣，輕輕擦拭了眼角後，像在依賴著誰似的雙手合十地低頭禱告。

雖然不知道艾莉莎是在向神，還是向法蘭茲祭司禱告，但是無論對象是誰，應該都會誇獎艾莉莎吧。

這時，赫蘿跑到了以一個旁觀者身分看著艾莉莎的羅倫斯身旁。

「如何？咱很厲害唄？」

赫蘿得意地說道。她的態度，與駁倒梵主教卻一點也不驕傲的艾莉莎可說是正好相反。

不過，兩人的態度不同或許就在於羅倫斯與艾凡之間的差異。

艾凡把聖杯塞給一名聖職者後，立刻衝向艾莉莎抱住了她。

當羅倫斯的目光與其他村民們同樣地被艾凡兩人吸引時，赫蘿在一旁用鼻子發出了「哼哼」的聲音。

「汝好像很羨慕的樣子吶？」

看見赫蘿露出帶有挑戰性的笑容說道，羅倫斯只能害怕地聳聳肩。

「是啊，很羨慕啊。」

然而，羅倫斯卻說出與其態度完全相反的話語。赫蘿聽了，一副感到有些意外的表情眨了眨眼睛。

「因為這次我完全在幕後。幕前的舞台是由艾莉莎兩人表演，而設下圈套的是妳。」

羅倫斯順利地岔開了話題。

赫蘿露出感到無趣的表情嘆了口氣說：

「可是，錢的事情還沒談妥。這是汝的工作唄？」

「是啊。不過……」

羅倫斯冷靜地觀察現狀，動腦思考著。

狀況有了大逆轉。

既然窮鼠難得地齧了貓一口，再順便跟貓討一塊肉來吃會更好。

當眼前的景象改變時，想得到的點子當然也會改變。

感覺自己變得有些殘忍的羅倫斯，在腦中組織起在其他城鎮根本不敢去實行的計畫。

「嗯，這或許值得一試。」

然後，羅倫斯一邊撫摸鬍子使它唰唰作響，一邊無意地說道，跟著發現赫蘿正在看他。

赫蘿像在偷窺似的抬高視線看著他，那眼神顯得有些驚訝的樣子。

看見赫蘿難得露出的模樣，使得羅倫斯反而感到驚訝，於是他開口詢問說：

「怎麼了？」

「嗯……會不會汝其實也是隻狼吶？」

當羅倫斯聽到如此偏離主題的話語，忍不住「咦？」的一聲做出少根筋的反應。看到這樣的羅倫斯，赫蘿一副感到安心的表情，露出尖牙笑道：

「呵，還是這種表情比較適合汝。」

「……」

因為擔心如果再說些什麼，可能又會中赫蘿的計，所以羅倫斯就此打住話題。而赫蘿似乎只是抱著稍微捉弄一下羅倫斯的想法，也沒再多說什麼。

不管怎麼說，要享受這種拌嘴的樂趣，是等一會兒後的事情。

因為羅倫斯還有尚未完成的工作，這其中也包含了報復對方。

或許是打算前往塞姆住處簽寫文件，梵主教等人從巨石上走了下來，羅倫斯見狀，小跑步地跑向他們說：

「他們幾位負責到塞姆村長的家中討論神的事情。至於里恩都先生，您負責留在這裡討論錢的事情。」

這時的里恩都，露出像是罪犯終究還是被警官逮住時的表情。

根本不認識羅倫斯的梵主教一副彷彿在說「來者何人」的表情，但是在塞姆聽了艾莉莎的耳語，而向梵主教輕聲說明後，梵主教驚訝地叫出「啊」的一聲。

接著，同樣露出懷疑目光看著羅倫斯的村民們在聽完塞姆的說明後，明顯露出感覺有些不同於梵主教的驚訝神情，但最後還是心不甘情不願地點點頭。
赫蘿在羅倫斯耳邊細語：「似乎願意全權交由汝來處理。」
羅倫斯從被懷疑在麥子裡下毒的惡人，升格成為代表村落的交涉人。
里恩都似乎自覺陷害了羅倫斯，他露出一副幾乎快要哭出來的表情留在巨石上。
巨石四周還有村民們圍繞著，從恩貝爾前來的人們也都興奮地談論著奇蹟。
在這般盛況下，想必羅倫斯一定能夠輕鬆完成交涉。
「那麼，里恩都先生。」
「嚇、是！」
里恩都以沙啞的聲音答道。羅倫斯看不出這是他裝可憐的演技，還是真實的反應。
然而，看見赫蘿先咳了一聲，跟著以銳利的眼神瞪視里恩都，羅倫斯便明白這是演技。
被赫蘿一瞪，里恩都猛地閉上嘴巴。臉上開始浮現靠演技絕對無法表演出來的油汗。
「艾莉莎小姐和村長打算委託我負責有關金錢方面的所有交涉，不知道各位村民是否願意接受這個決定？」
「……村長都答應了，不接受也不行吧。」
一名村民心不甘情不願地說道，看似急性子的麵包店老闆也咯吱咯喳地搔了搔頭說：
「畢竟金錢方面的事情，我們一直都是交給村長處理。」

羅倫斯點點頭說：

「就是這麼回事。那麼，首先提出最大限度的要求——請取消送回麥子。」

「開什麼……！咳咳……我、我怎麼可能辦得到！」

「為什麼呢？」

「那是因為麥子的評價……不、不管怎麼說，總之有人吃了麥子死了！我們麵粉店也因為受到這件事的波及，信用盡失！」

羅倫斯心想，照這樣子看來，出現死者的話題恐怕也是個大謊言。

羅倫斯一看向赫蘿，赫蘿便對著他投來「怎麼處理？」的眼神。這讓羅倫斯更篤定鬧出人命是個大謊言。

只不過，拆穿這個謊言並不理想，因為這樣會成為致命傷。

「再說、再說啊，與法蘭茲祭司的合約上，確實是寫了一旦出現卡帕斯酒，就得送還所有麥子才對。」

里恩都提出理所當然該主張的主張。當然了，村民們也無法針對這點提出反駁。

因為就算懷疑是里恩都在麥子裡放進毒麥，也沒辦法提出證據。

「那麼，我明白了。假設我方願意收下退貨，那價格方面是？」

聽到羅倫斯的讓步發言，里恩都就像被丟進水池裡後，第一次把臉探出水面似的深深吸了一口氣說：

「兩、兩百利——」

「你開什麼玩笑！」

揪住里恩都胸口如此大罵的是麵包店老闆。

「這不就是你向我們採買的金額嗎？」

的確，因為里恩都一定早已賣出些許麥子，所以不可能會是這樣的價格。

而且，若以這個價格退費，照村長的試算，特列歐一方會產生高達七十利馬的不足金額。

不過，看見里恩都臨到此時還敢說出最大限度的金額，羅倫斯不禁佩服起他的商人精神。

「那、那那那那麼，一百……九十。」

麵包店老闆聽了，更用力揪緊里恩都的胸口，但羅倫斯制止了他。

不過，羅倫斯並沒有為里恩都解圍的打算。

「里恩都先生。如果再出現一次奇蹟，應該會對您很不利吧？」

雖然村民們似乎無法理解羅倫斯的意思，但是多虧赫蘿識破里恩都的謊言，所以羅倫斯掌握到了里恩都最擔心的事情。

他擔心會穿幫的，當然是這起自導自演事件的真相。

里恩都的表情當場變成像隻溺死的豬。

「一……一百……六十……」

換算成崔尼銀幣，里恩都做了八百枚的讓步。

這時麵包店老闆總算鬆開了手。

看著咳個不停的里恩都。羅倫斯心想，這個價格差不多就是里恩都實際做得到的妥協點。

如果再繼續施壓，可能會惹來里恩都的怨恨。

因為特列歐與恩貝爾的合約內容本來就不正常。

「那麼，關於退貨的價格，就敲定這個金額吧。四周在場的人士都是證人。」

每個人各自點頭回應後，里恩都也總算抬起頭來。

接下來才是重點。

雖然順利讓里恩都做出這樣的讓步，但是金額並未減少到村民的償還能力範圍內。

而且，為了避免今後再度發生同樣的事情，必須有一份內容還算正常的合約。

「對了，里恩都先生。」

「嚇、是。」

「關於退還的麥子，不可能請您再次採買回去，對吧？」

里恩都當場做出搖頭的回應。如果再次採買回去，里恩都的商行有可能因此倒閉。

「我明白了。可是，塞姆村長告訴我，特列歐沒有足夠的現金支付買回麥子的款項。就算您減價到一百六十利馬，還是不夠。」

村民們發出驚呼聲。

或許村長是為了避免村民們陷入恐慌之中，所以故意隱瞞的吧。

「所以，我在這裡有一個提議。」

羅倫斯在村民們圍毆里恩都之前插嘴說道。

「到、到底……要做什麼……」

「只是個舉手之勞而已。能否請您拜託主教，允許特列歐以主教認可的名義來販賣麥子？」

里恩都聽了，一副為了識破羅倫斯的企圖背後的目的，拚命在思考的樣子。

然而，里恩都肯定無法識破羅倫斯的真正目的。

「如、如果你是打算賣給其他店家……我勸你還是死了心比較好……」

「為什麼？」

聽到麵包店老闆如此吆喝，里恩都雖然嚇得縮了一下脖子，但是他跟著一副彷彿在說「這也是沒辦法的事情」似的回答：

「因、因為今年不管哪裡都豐收，造成黑麥過剩。城鎮根本沒辦法照單收下村落能夠供應的數量。為了不失去信用，我們是能買多少，就盡量多買……」

而且，雖說毒麥事件是捏造的虛假事實，但畢竟是有過爭議的麥子。身為一名商人，應該會想要避免採買這樣的麥子吧。

「不，就算是這樣也沒關係。那麼，您願意幫這個忙嗎？」

里恩都露出哀求的眼神看向羅倫斯，然後緩緩地點點頭。

他的眼神彷彿在向神求救，卻也像是在祈禱不要發生神蹟似的。這讓看在眼裡的羅倫斯感到很不可思議。

「如、如果是這一點忙……我、我想應該沒問題吧……」

「那麼，還有一件事情。」

「咦？」

「對於我打算做的生意，恩貝爾的人們有可能會挑毛病或找麻煩。不過，我希望您到時候能夠袒護我們。」

里恩都「啊」了一聲。

「你該不會是打算做麵包吧？」

「您的答案雖然很接近，但不是。畢竟再怎樣也不能那麼做吧？麵包店的人絕對不會允許的，不是嗎？」

儘管受到下巴多餘的贅肉阻礙，里恩都還是勉強地點點頭。

不過，羅倫斯打算做的是近似麵包店的生意。

「還有，關於退還的麥子，必須等到這生意上了軌道後才開始支付退款。」
「到、到底是什麼生意？」
「當然了，我不會做出不合理的要求。我會加上有利的交換條件給您。」
羅倫斯環視了村民一圈，最後把視線移向里恩都說：
「讓必須無條件購買特列歐村的麥子這項規定，也就是法蘭茲祭司留下的合約作廢，您覺得如何？」
羅倫斯的發言引來了村民們的齊聲責難：
「喂！就算村長委任你簽約，你也不能擅自做這種決定！」
「可是，只要還留有這份合約，就會再次招致恩貝爾的怨恨，是不是？」
雖然這是難以回答的問題，但是恩貝爾規模最大的麵粉店老闆，還是戰戰兢兢地點點頭。
「說起來，這份合約本來就不正常。一般來說，村子裡也會有熟悉金錢交易的人，並且由這個人專門負責交涉。因為這樣才是所謂的交易。」
里恩都聽了，用力地點頭回應，但被村民一瞪，立刻縮起了脖子。
「里恩都先生，您覺得如何呢？您願意答應我的要求嗎？」
「喂！可是！」
儘管村民們逼近羅倫斯，羅倫斯卻沒有退縮。

因為羅倫斯有信心在這裡創造出莫大的利益。

「假使里恩都先生和梵主教願意袒護我們，我可以告訴各位一個對特列歐村來說，相當有利的生意。」

羅倫斯以笑臉說道，村民們被他的氣勢壓倒而沉默了下來。

「到底……是什麼生意……？」

羅倫斯稍微裝模作樣了一下後，才開口說：

「就把這個秘密告訴大家好了，這個生意必須請麵包店提供協助。」

麵包店老闆有些驚訝地點點頭。

「然後，可以請您準備雞蛋和奶油嗎？最好還有蜂蜜。」

所有在場的人，都露出感到不可思議的表情。

唯獨赫蘿一人說了句：「好像會做出很好吃的東西吶。」

終幕

準備好旅行裝備後，一回到教會的客廳，便聽到啪哩啪哩的清脆聲響。

這像是走在碎砂石路上的聲音，應該是赫蘿吃東西的聲音吧。

不知道叮嚀過她幾次不要一邊看書，一邊吃東西，然而她還是充耳不聞的樣子。

每看到邊吃東西，邊掉落碎片的艾凡，艾莉莎也會罵他邋遢，然後嘆息搖頭。

在這種時候，當羅倫斯與艾莉莎的視線相交時，總會不約而同地露出苦笑。

這天是恩貝爾與特列歐的紛爭結束後的第三天。

就結果來說，由羅倫斯負責的最後交易可說非常成功。

在最後，特列歐村的不足金額是三十七利馬，換算成崔尼銀幣，超過了七百枚的數量。

不過，根據與里恩都的協議結果，特列歐村不僅能夠一筆勾銷不足的金額，甚至還有可能要里恩都退回更多的錢。

羅倫斯使用村裡的麥子，並在麵包店老闆的協助下所做出的東西是餅乾。

雖然餅乾和無酵麵包相似，是只使用水揉和麵粉，然後在放入麵包的精靈——酵母之前便進行燒烤，但是光加上奶油和雞蛋，就能使餅乾變成讓人瞠目結舌的美味食物。

餅乾在南方是很普遍的食物，但不知什麼原因，羅倫斯從未在北方看過餅乾。

因為羅倫斯在教會用餐時，發現艾凡與艾莉莎對於麵包種類幾乎都不了解的樣子。所以他確信，這地區的人們一定不知道餅乾的存在，而事實果然也如他所料。

而且，餅乾怎麼看也不像麵包。雖然麵包店公會有嚴格規定「麵包店以外的店家不得使用麵粉做麵包，並擅自販賣」，但是對於麵包以外的食物，就不能以這項規定加以限制。

麵包店公會當然會有所責難，不過只要讓里恩都與梵主教也分得利益，就能夠擁有所謂息息相通的關係。

因為餅乾在恩貝爾是稀奇又好吃的食物，所以賣得很好。餅乾的銷路之好，使得原本過剩的黑麥麵粉可能會變得不夠，甚至有必要追加採購。

不過，這類的生意一下子就會遭人模仿，所以只有剛開始的這段時間，能夠毫不費力地賺取到大筆利益。

因此，羅倫斯並沒有隨便開口要求從餅乾生意中分取利益。取而代之地，他要求村民以加上道歉費的金額買下自己的裝載貨物——小麥。

如果特列歐村想以餅乾作為特產，並當作能長久經營的生意，想必未來還得努力好一陣子。

不過，這餅乾的美味的確是掛了保證。

只要看到在紛爭結束後的這三天裡，赫蘿一直吃著餅乾，其他食物都不吃的模樣，就知道有多麼好吃了。

對於第一次品嚐的人來說，餅乾有著會讓人上癮的口感及美味。

「好了，差不多該出發了。」

一邊讀著法蘭茲祭司的書本，一邊不停掉落餅乾碎屑的赫蘿，在被羅倫斯頂了一下頭後，一副嫌麻煩的模樣闔上書本。

艾莉莎正在教會外向馬車熱衷地祈禱著旅途平安，而村長也自作主張地向陶耶爾祈禱羅倫斯兩人的生意興隆。

不過，村長對於教會與艾莉莎的態度已有了改變。村民當中，也開始有人帶著感謝之意前往教會參加禮拜。

想必在未來，特列歐村也會像現在這樣祭拜兩種神明吧。

赫蘿從椅子上站起來，從桌上堆積如山的餅乾堆裡拿起一塊餅乾用嘴巴叼著。

「真是的，馬車的貨台上也有堆積如山的餅乾啊。要是像之前那樣買了太多蘋果吃都吃不完，妳就得一直吃餅乾當三餐啊。」

赫蘿卡滋一聲咬了一口餅乾後，面帶不悅表情說：

「真是的，是誰分辨出毒麥，創造奇蹟的吶？要不是有咱在，汝現在早就一絲不掛地被丟進油鍋裡了唄。」

雖然聽到赫蘿這麼說，羅倫斯的表情難免會變得苦澀，但是說到赫蘿瘋狂吃餅乾的行徑，就連因為赫蘿是解救村子的大恩人，而熱心提供幫忙的村民們都不禁僵住了臉。

羅倫斯心想，稍微警告一下赫蘿又不會遭到天譴。

「嗯。不過，這次還真是遇上了無妄之災吶。」

雖然赫蘿強勢地岔開了話題，但羅倫斯也贊同這個意見。

「反正，最後還是賺到了錢。」

「說到底汝在意的還是這個。」

赫蘿笑著說道，然後啪哩啪哩地咬了滿口的餅乾。

「至於咱的目的吶，雖然沒有期待的那麼多，但也是達成了，算是辛苦得有代價唄。」

看著桌上那本反覆閱讀了三次，寫有獵月熊傳說的書，赫蘿一副感到疲憊的模樣重重嘆了口氣說：

「那，接下來要前往的城鎮叫什麼來著？」

「雷諾斯，那裡留有直接與妳有關的傳說。」

「嗯。再拖拖拉拉下去，如果下雪就麻煩了，只好動身唄。」

雖然羅倫斯明白赫蘿其實是恨不得快點去到北方，但是一想到接下來的旅途，他也能夠理解赫蘿想要悠哉地繼續待在這個舒適村落的心情。

所以，赫蘿在第三天就願意離開，讓羅倫斯感到有些訝異。

「哎，走唄？」

「嗯。」

一見到羅倫斯與赫蘿走出教會，前來送行的村民們紛紛向兩人搭話。

像「抱歉懷疑了你們」這類會讓人鬱悶的招呼語老早說完了。

所有人都是說出像「祝旅途平安」之類的開朗話語。

「願神庇護你們！」

艾莉莎也露出著實溫柔的笑容這麼說。

那笑臉是會讓男人感到開心的笑臉，而羅倫斯也因此被赫蘿踩了一腳。

「羅倫斯先生。」

艾凡握著艾莉莎的手，向羅倫斯說道：

「謝謝你教了我很多事情，我會留在村子努力的。」

艾凡當初是因為受到村民們的冷淡對待，才會說想離開村落成為商人。

經過這次的事件而被另眼看待的艾凡，選擇留在村裡，負責與恩貝爾交涉。

艾莉莎與艾凡緊握住彼此的手，任誰都看得出艾凡這樣的決定是最妥當的選擇。

「旅人在村裡留下的不是留戀，而是美好的回憶。再見了。」

羅倫斯握住韁繩，讓馬兒緩緩邁開步伐。

在進入嚴冬前的和煦陽光籠罩下，馬車發出叩叩聲響，離開了小村落特列歐。

艾莉莎、艾凡以及塞姆等人在教會前面不停地揮著手，不僅是赫蘿，就連羅倫斯也回頭看了兩次。

不過，他們的身影一下子就消失了。

羅倫斯與赫蘿的雙人之旅再度展開。

目的地是雷諾斯。

到了雷諾斯之後，還要往東北方向前進。

差不多在春天將盡，最晚在夏天來臨前，應該會抵達約伊茲的所在位置吧。

當羅倫斯這麼推測時，赫蘿早已從袋子裡取出餅乾咬了起來。

面臨別離，同時展開新旅程原本散發著一些莊嚴感，現在卻被赫蘿發出的卡滋卡滋吃餅乾聲破壞殆盡。

「嗯？」

然而，當看見塞了滿口餅乾的赫蘿露出一臉狐疑的表情，也讓羅倫斯不禁覺得這樣其實沒什麼不好。

即便如此，羅倫斯卻一下子收起注視赫蘿天真模樣時所露出的笑容。他在心中喃喃說：「夏天前啊。」

突然，羅倫斯察覺到有東西湊近臉頰，一看之下發現是餅乾。

「不准露出那麼眼饞的表情。」

然後，赫蘿板著臉這麼說。

「我已經吃了很多了。」

儘管羅倫斯已經這麼說了，赫蘿卻沒有收回餅乾。

「汝露出很眼饞的表情。」

赫蘿重複說了一遍後，用力把餅乾塞給羅倫斯。

羅倫斯無奈，只好收下餅乾咬了一口。

送給赫蘿的餅乾，因為加了特別多的蜂蜜，所以甜味相當濃郁。

羅倫斯心想「偶爾吃點這麼甜的東西也不錯」，於是咬了一小口。

然而，儘管羅倫斯已吃了餅乾，赫蘿卻依然有所不滿地瞪著他。

「怎、怎麼了？」

「沒事。」

赫蘿顯得不悅地看向前方，跟著咬了一口餅乾。

雖然赫蘿顯然一副想說些什麼的樣子，但是羅倫斯猜不出她想說什麼。

羅倫斯思索一會兒後，忽然察覺到了赫蘿可能想說什麼。

只是，他覺得赫蘿這樣太狡猾了。
赫蘿要讓羅倫斯說出這件事，就像故意設下陷阱一樣地狡猾。
然而，羅倫斯如果沒有主動掉入陷阱，肯定會惹得赫蘿生氣。
真是拿她沒輒。
這麼想著的羅倫斯讓自己定下決心，跟著把最後一口餅乾放進嘴裡說：
「我說啊。」
「嗯？」
赫蘿佯裝不知情地回過頭。
她長袍底下的尾巴充滿期待地不停甩動。
於是羅倫斯愚直地把愚蠢至極的演技演了出來。
「有個很有賺頭的生意。」
「喔？」
「可是，這樣得繞點遠路。」
赫蘿聽了，一副感到極其厭惡的表情嘆了口氣。
即便如此，赫蘿卻沒有詢問詳細的狀況，她露出一抹淡淡的笑容說：
「沒辦法吶，就陪汝走一趟唄。」

赫蘿一定也不願意兩人的旅行結束。

羅倫斯這麼深信著，他相信赫蘿就是因為不願意旅行結束，所以才會表現出這樣的態度。

然而，赫蘿絕對不會主動說出來。

真是一點都不可愛。

「那，是什麼有賺頭的生意吶？」

赫蘿看似開心地笑著問道。

羅倫斯咀嚼著放進口中的餅乾，在心中感謝起位於某處的神明，讓他感受到這股又苦又甜的滋味。

完

後記

好久不見，我是支倉凍砂。這是第四集了。

而且，在發行第四集的同時，我也正好出道滿一年。日子過得真的很快。

感覺不久前我才穿著筆挺的西裝，拖著因緊張而變得僵硬的身體前去參加第十二屆電擊小說大賞的頒獎宴會，卻在轉眼間也參加了第十三屆的頒獎宴會。

因為時光實在流逝得太快，以至於我來不及將西裝送洗，只好穿著便服就去參加了宴會。在放眼望去全是正裝打扮的參加者之中，我之所以會以髒兮兮的牛仔褲裝扮在會場裡走來走去，也是因為這樣的原因。宴會上的英式烤牛肉真的很好吃。

對了，其實在距離我寫這篇後記的日期約兩個星期後，正是電擊文庫舉辦尾牙的日期。一想到尾牙上不知道會有什麼樣的美食出現，就教我興奮不已。如果可以，我希望能夠帶著保鮮盒去參加尾牙，然後能打包多少就打包多少回家。但是，因為我還是出道不滿一年的菜鳥，所以這樣的樂趣還是等到我成為大家公認的老手作家後，再慢慢享受好了。

一想到蓄著鬍鬚、風采堂堂的我一邊含著煙斗，一邊甩動手杖，擺起架子在宴會會場上悠然闊步，然後偷偷帶著壽司回去的模樣，不禁讓我充滿了幹勁。只是，總覺得這與我心中描繪的老手作家理想圖有些出入；不過，好像也沒什麼好在意的。啊，一定是我忘了拿搭配壽司的薑片，才會這樣。畢竟忘了薑片，就不夠資格當個紳士。

靠著寫這些瑣碎事情就填滿篇幅了。

以下為感謝詞。

文倉十老師，感謝您這次也為我畫出如我想像的插圖。草圖當中有一個人物的畫像實在太符合我的想像，以至於我在檢查插圖時，忍不住笑了出來。

責任編輯、校對的前輩，感謝您們每次幫我仔細檢查生硬不流暢的原稿。如果要我自己執行那樣的作業，恐怕做到一半就會伏首認輸了吧。真的很謝謝您們。

最後，我要感謝拿起這本書閱讀的讀者們。下一集也請各位不忘關照。

那麼，我們下次再見了。

支倉凍砂

©HIROKI IWATA 2003

Kadokawa Light Novels

獻上女神的祝福 1~2 待續

Kadokawa Fantastic Novels

作者：岩田洋季　插畫：佐籐利幸

傲嬌學姐vs乖乖牌學弟
新世代超純情校園奇幻喜劇！

我是引起種種騷動的吉村護，自從我反過來對絢子學姊告白，我的周遭終於平靜了。可是，我卻沒辦法好好與絢子學姊說話，此刻學園祭到來了。什麼要我和絢子學姊一起參加話劇演出，還有一同擔任主角……岩田洋季創作的超純情校園喜劇第二彈，啟動！

各 **NT$200/HK$55**

台湾角川

Kadokawa Light Novels

魔法人力派遣公司 1~3 待續

Kadokawa Fantastic Novels

作者：三田 誠　插畫：pako

派遣魔法師們多采多姿的日常生活大公開！
集結雜誌連載的短篇故事集登場!!

成為魔法人力派遣公司〈阿斯特拉爾〉第二代社長的伊庭樹，天天眼眶含淚做著不習慣的工作。面對前來挑戰的敵手，樹真正的力量在危急時刻覺醒了！集結了古代居爾特魔法、陰陽道、神道等世界各地的魔法，異種魔法戰鬥之夜即將開始！

各 **NT$180~220/HK$50~60**

台湾角川

Kadokawa
Fantastic
Novels

狼與辛香料 Ⅳ

（原著名：狼と香辛料Ⅳ）

2007年12月28日　初版第1刷發行
2024年6月17日　初版第17刷發行

作　者：支倉凍砂
插　畫：文倉十
日版設計：渡辺宏一
譯　者：林冠汾

發 行 人：台灣角川股份有限公司
總　監：呂慧君
總 編 輯：蔡佩芬
主　編：林秀儒
編　輯：黎夢萍
設計指導：陳晞叡
美術設計：莊捷寧
印　務：李明修（主任）、張加恩（主任）、張凱棋、潘尚琪

發 行 所：台灣角川股份有限公司
地　址：104台北市中山區松江路223號3樓
電　話：（02）2515-3000
傳　真：（02）2515-0033
網　址：www.kadokawa.com.tw
劃撥帳戶：台灣角川股份有限公司
劃撥帳號：19487412
法律顧問：有澤法律事務所
製　版：巨茂科技印刷有限公司
ISBN：978-986-174-560-2

國家圖書館出版品預行編目資料

狼與辛香料 / 支倉凍砂作 ; 林冠汾譯. -- 初
版. -- 臺北市 : 臺灣國際角川, 2007.08-
冊 ; 公分. -- (Kadokawa fantastic
novels)
ISBN 978-986-174-451-3(第2冊 : 平裝). --
ISBN 978-986-174-492-6(第3冊 : 平裝). --
ISBN 978-986-174-560-2(第4冊 : 平裝)

861.57 96013203

Kadokawa Light Novels

糖果子彈 A Lollypop or A Bullet （全一冊）

Kadokawa Fantastic Novels

作者：櫻庭一樹　插畫：むー

全才型輕小說作家——櫻庭一樹
震撼人心的新感覺黑暗夢幻小說！

生活在偏僻鄉村，只想趕快畢業、步入社會的現實主義者·山田渚，和主張自己是人魚、有點不可思議的轉學生·海野藻屑。兩位13歲少女在真實與謊言、現實與幻想交織的短短一個月中，將青春吶喊化作糖果子彈，震撼你直到靈魂深處！

NT$180/HK$50

台湾角川

Kadokawa Light Novels

學校的階梯 1~3 待續

Kadokawa Fantastic Novels

作者：擢末高彰　插畫：甘福あまね

天栗浜高校階梯社VS網球社！
雷之女神對決冰之女神的結果將是!?

主要活動是在校內走廊與階梯上奔跑，徹底違反規則的階梯社竟然在學生集會上獲得認可，得以成為正式社團!?但是，階梯社卻放棄這個機會，依然以地下社團的立場，不斷在校園內來回奔跑！這次，為了招收女性新社員，階梯社又會引起什麼風波？

台湾角川

各 **NT$180/HK$50**